O Último Dia de um Poeta
E OUTROS CONTOS

Machado de Assis

O Último Dia de um Poeta
e outros contos

Principis

Esta é uma publicação Principis, selo exclusivo da Ciranda Cultural
© 2023 Ciranda Cultural Editora e Distribuidora Ltda.

Texto
Machado de Assis

Editora
Michele de Souza Barbosa

Preparação
Luciana Garcia

Revisão
Thalita Moiseieff Pieroni

Produção editorial
Ciranda Cultural

Diagramação
Linea Editora

Design de capa
Edilson Andrade

Imagens
lyeyee/Shutterstock.com;
Save nature and wildlife/Shutterstock.com;
freepik/freepik.com

Dados Internacionais de Catalogação na Publicação (CIP) de acordo com ISBD

A848u	Assis, Machado de
	O último dia de um poeta e outros contos / Machado de Assis. - Jandira, SP : Principis, 2023.
	320 p. ; 15,50cm x 22,60cm. - (Clássicos da literatura brasileira).
	ISBN: 978-65-5552-843-5
	1. Literatura brasileira. 2. Contos clássicos. 3. Morte. 4. Realismo. 5. Contos. 6. Leitura. I. Título. II. Série.
	CDD 869.8992
2023-1027	CDU 821.134.3(81)-34

Elaborado por Lucio Feitosa - CRB-8/8803

Índice para catálogo sistemático:
1. Literatura brasileira 869.8992
2. Literatura brasileira 821.134.3(81)-34

1ª edição em 2023
www.cirandacultural.com.br
Todos os direitos reservados.
Nenhuma parte desta publicação pode ser reproduzida, arquivada em sistema de busca ou transmitida por qualquer meio, seja ele eletrônico, fotocópia, gravação ou outros, sem prévia autorização do detentor dos direitos, e não pode circular encadernada ou encapada de maneira distinta daquela em que foi publicada, ou sem que as mesmas condições sejam impostas aos compradores subsequentes.

SUMÁRIO

O último dia de um poeta 7

O caso da viúva 36

O astrólogo 56

Muitos anos depois 66

Quem conta um conto… 88

Ruy de Leão 105

Carta ao Senhor Bispo do Rio de Janeiro 134

Carta à Redação da Imprensa Acadêmica 139

O Visconde de Castilho 142

Um cão de lata ao rabo 144

Filosofia de um par de botas 151

Elogio da Vaidade 158

Cherchez la femme 165

Metafísica das Rosas 167

José de Alencar 171

Carta a um amigo 172

Pedro Luís 174

Artur Barreiros 178

Antes a rocha Tarpeia… 180

O futuro dos argentinos 184

Joaquim Serra 186

A morte de Francisco Otaviano 189
Secretaria da Agricultura 190
Henrique Chaves 193
Henrique Lombaerts 196
Ferreira de Araújo 197
A Paixão de Jesus 200
Vidros quebrados 205
Casa, não casa 210
Cinco mulheres 226
A melhor das noivas 246
A pianista 266
Quem boa cama faz… 295

O ÚLTIMO DIA DE UM POETA

Publicado originalmente no *Jornal das Famílias*, 1867

1

São nove horas da manhã.

Entra-me o sol vivo e ardente pelas frestas das venezianas. Parece que me convida a deixar o leito, e como que a reviver. Reviver! É esta a palavra: reviver quando estou certo de que poucos dias ou apenas horas me separam da sepultura. Não parece um escárnio da morte? Não parece que para melhor sentir o que vou perder, deixando a vida, quer a morte que eu toque pela última vez os tesouros da felicidade que me ficam na terra?

Melhor fora, decerto, para minha perfeita contrição, que a natureza me surgisse nos últimos dias com o seu aspecto mais sombrio e aflitivo. Então cuidaria, ao sair do mundo, que deixava um pesadelo e uma angústia, e que ia respirar os ares puros de uma vida sem igual.

Depois...

2

Abramos a janela.

Oh! Como está bonito o dia! O céu azul, o sol afogueado, a folhagem palpitando de alegria agita-se ao sopro de um vento plácido e suave. Estas trepadeiras enchem-me o quarto de perfume; lá vejo o tanque calmo e límpido em que eu me banhava em pequeno. É o mesmo ainda. As paredes de pedra têm um aspecto mais venerável, mas tudo isso, aquela murta que o rodeia, aquelas roseiras que ali brotam e enfloram sem cuidado de ninguém, tudo isso me lembra o tempo de minha meninice.

Mais longe vejo a mangueira grande, onde eu passava as tardes, abraçado ao balanço rústico que meus irmãos impeliam no meio da gritaria geral.

A verdura, a água, a árvore, a flor, tudo me lembra a dita do tempo em que sem cuidados nem remorsos eu só cuidava em ser feliz e amar os meus.

Onde foi agora esse tempo? Passou como passaram as folhas de todos estes arbustos; mas os arbustos, se perderam, umas ganharam outras, e nem houve, neste abençoado clima, espaço algum entre a queda das primeiras e o abrir das últimas. Só em mim, ilusões e esperanças que me caíram uma vez, não me renasceram mais, e eu fiquei, como tronco árido e seco, chorando o que fui, chorando o que sou, chorando o que hei de ser.

Mas o que dói é esta alegria universal, esta placidez com que a natureza vem assistir à minha morte, garrida e alegre como se fora um espetáculo. Ó mãe cruel, que não honras a morte de teus filhos com uma lágrima de dor e um suspiro de mágoa... Parece que te apraz criá-los para matá-los, produzi-los com uma ilusão, absorvê-los com um desengano, verdadeira condenação dos que não aguardavam esse desengano e acreditaram nessa ilusão...

Também eu te mereci esta ironia? Também. Que outro absorveu mais essa ilusão do que eu? Que outro sorriu mais à ideia do desengano do que eu? Tens direito, ó natureza, a vestires hoje as tuas melhores galas para assistir, não à morte da alma, essa já morreu, mas à do corpo, que se vai finar miseravelmente como um inseto pisado pela dama distraída!

3

Sinto-me fraco.

Vou sentar-me.

Esta cadeira alta, forrada de couro, molde antigo, foi de meu finado avô. Feliz homem que pôde chegar à mais avançada idade e só morrer quando o mundo lhe começava a ser pesado. Todas as glórias da vida, gozou-as na plena liberdade de um espírito que se não acovardava e de um coração que não sentia o espinho da desilusão. Essa impavidez serviu-lhe de amparo; com essa segurança inteira é que atravessou os anos, sem nada deixar do que levava, porque também levava muito pouca coisa.

Tenho defronte de mim um espelho. Vejo ali refletida metade do corpo; tenho vontade de ir ver o resto. Que feições apresentarei hoje? Serão as mesmas quebradas e mortais de ontem? Serão as mesmas animadas e vivas de há três dias? Uma ou outra coisa, que importa isso? O espinho da morte sinto eu dentro de mim agudo, dilacerante, mortal...

Que valem as feições? Esperanças ou terrores para o moribundo, sintomas ou provas para a ciência. Nada mais.

Sinto passos. Abre-se a porta. É minha mãe!

4

– Ah! Minha mãe!

– Que tens? Estás melhor?

– Não sei. Talvez que sim.

– Deixa dar-te um beijo; estás muito melhor... Olha-te ao espelho.

O espelho responde-me como minha mãe. Estou muito melhor; minhas feições são outras. Como que renasço. Principalmente esta visita de minha mãe é que me dá vida...

Oh! Se eu morresse longe dela! Tudo se altera, tudo se corrompe, tudo se desnatura, mas o amor daqueles que nos deram o ser, esse nunca; é o amor por excelência: o amor que preside ao berço, vela na infância, ama na mocidade e consola nas desilusões como estas em que me vou do mundo.

Tudo se alegrou à entrada de minha mãe. Coitada! Tem os olhos vermelhos de chorar: foi por mim. Lágrimas sinceras as que ela derramou! Nestas creio. Saltam espontâneas dos olhos quando o coração já se acha demasiado cheio; e só corações tais se podem encher desse modo.

Como ela me olha! Parece que procura adivinhar nas minhas feições a hora da nossa eterna separação! Não, não nos abandonemos à dor; a mesma separação pede agora toda a efusão dos sentimentos, toda a expansão das almas...

– Meu filho, não sentes vontade de passear?

– Não, minha mãe. Quero passar hoje o dia inteiro no meu quarto. É dia de descanso. Não é hoje Natal? Quero hoje viver no pleno repouso do espírito. Demais, esta janela põe-me em comunicação com a natureza. Como está bonito o dia! É em honra do nascimento do Salvador, não? E virá o desejado de todas as gentes. É do profeta.

Minha mãe sentou-se e fez-me sentar ao pé de si.

– Meu filho – disse-me ela –, serás capaz de viver? Deixarás de ajudar com o teu desânimo a ação da moléstia que te consome? Ah! Por mim te peço, por teu pai...

– Em que ajudo eu a minha moléstia, minha mãe? Não estou alegre? Olhe, já fiz a minha saudação ao sol. É bom sinal o sol. Eu sempre o adorei como o olhar profundo de Deus. Ele basta para me dar vida. Não morrerei hoje, decerto. Hei de morrer no dia em que alguma nuvem cobrir o astro do dia. Então as sombras me levarão às sombras. Acredite...

– Oh! Não fales em morrer.

– É mau?

– É triste, meu filho.

– Não é. Quero ser filósofo o meu tanto. Olhemos a morte como ela deve ser olhada: livramento e não aniquilamento. Ah! É que realmente sofro...

Minha mãe abraçou-me. Senti que duas lágrimas me corriam pelas faces. Essas lágrimas eram já resultados de uma recordação que me acabava de atravessar o espírito. Minha mãe leu em minha alma.

– Não te esquecerás disso?

Minha resposta foi muda. Levantei-me, fui a uma mesa e beijei um ramo de flores secas, o ramo dela, o ramo fatídico, o ramo destruidor. É ali que está a minha morte, ali e não na moléstia. Sinto que é assim.

Depois de alguns instantes de silêncio, minha mãe levantou-se e veio a mim.

– Meu filho – disse ela –, deixa que eu arrede por algum tempo estas flores. Quando estiveres bom dar-te-ei de novo. Mas agora de que te servem?

– Não – disse eu –, as flores ficam. Não fazem mal a ninguém.

– Fazem-te mal.

– A mim? Pobres flores!...

Minha mãe insiste, mas eu recuso. As flores ficam no meu quarto...

5

Meio dia...

Acabo de ler duas páginas dos *Salmos* de Davi. O rei-poeta consolou minha alma. É destas consolações de que eu preciso, destas que preparam o espírito para a eternidade...

Hoje de manhã acusava a natureza por vir garrida e alegre assistir talvez ao meu último dia. Como estava o meu coração! A dor desvaira e eu não sei o que penso nem o que digo. Mas a verdade é uma; a verdade é esta grande verdade. Ó infinito, é enfim para ti que eu vou, como gota de água desviada que se recolhe ao oceano! Disse há pouco para consolar minha mãe, mas disse o que realmente é: a morte é livramento, não é aniquilamento. Sinto que há dentro de mim uma coisa que anseia por livrar-se desta prisão para lançar-se na eternidade e no infinito. Grande, suave, consoladora esperança! Sem ti, que fora o passamento senão a maior dor e o maior suplício? Mas deixar o mundo com a esperança de que aos olhos mortais se abre mundo novo, tão outro que não este, mundo em que a virtude resplandecerá e a paz eterna compensará as atribulações da vida!

Alegra-me, comove-me, alvoroça-me a ideia de que não vou todo à sepultura; e que ali, à porta do cemitério, só ficará de mim o que há de pior em mim, mas que o espírito, a luz desta lâmpada a que tão cedo vai escasseando o óleo, há de remontar ao foco da grande luz.

Deixarei saudades? Deixo; mas o tempo as consolará, e a esperança de que um dia surgirá em que o consórcio moral das criaturas se realizará ante o trono de Deus, deve ser a grande esperança dos que ficam e dos que vão.

Assim que, ó minha mãe, se em nossa passagem no mundo nos separamos um pouco, não será mais do que para costear uma montanha, até que, rasgando-se aos nossos olhos nova fonte de luz, possamos entrar para sempre unidos no seio do absoluto.

6

Uma hora da tarde.

Creio que adormeci um pouco.

Tive um sonho.

Sonhei que assistia à minha coroação na posteridade. Foi sonho! Que fiz eu para merecer os aplausos dos homens? Gastei a minha mocidade... em quê? Aqui entra a parte sombria do meu sonho. Gastei a minha mocidade em amar, com as forças vivas do meu coração, a quem provou que não me merecia.

Embalde procuro desviar de meu espírito esta lembrança que me acabrunha e me leva à sepultura.

Pobres flores aquelas! Lembra-me o lado feliz da história da minha mocidade. São as relíquias do tempo da fé pura e da paz do espírito. Naquele tempo eu a julgava um anjo. E era-o. Não sei que demônio a perseguiu depois e fez-se-lhe introduzir no espírito. Desde aí perdi o ideal para ganhar a morte. Nem podia ser de outro modo.

Ah! Carlota!...

Tenho uma ideia. Vou fazer uma coisa que chamarei o meu testamento. É a revista dos meus papéis. Queimarei o que for inútil; deixarei o que puder dar de mim alguma ideia, não à posteridade, mas aos meus amigos. Eles não sabem talvez nada do amigo que lhes morre.

Cerremos um pouco estas cortinas. O sol queima demais. Assim é melhor. Meu Deus, como estão estas gavetas! Dissera-se que há aqui a matéria de vinte poemas... Talvez. Que sou eu próprio senão um poema trágico?

Deitemos isto fora, que não presta: cartas de alguns indivíduos que se diziam amigos meus, no princípio, no meio e no fim. Não é amigo aquele que alardeia a amizade: é traficante; a amizade sente-se, não se diz... Mas a que vem esta filosofia? Deitemos fora, simplesmente, estas cartas.

Aqui estão uns versos: As margaridas. Ah! Foram versos que eu escrevi quando ela me deu aquelas flores... São versos do bom tempo. Devo guardá-los? Para quê? Não, não servem; eram talvez bonitos; mas cantavam a mentira, endeusavam a falsidade... Não prestam.

Mais versos... São fragmentos de um poema humorístico: Os solidéus. É do tempo da Academia. Diziam todos que era esta a minha veia. Talvez fosse. Mas as circunstâncias mudam tudo, o gênio, o caráter e as tendências; e o homem de ontem nem sempre é o de hoje, como o de hoje nem sempre é o de amanhã. Foi o que me sucedeu. Se eu tivesse direito a uma biografia ou a um elogio histórico dava este ponto ao escritor para estudar e desenvolver.

Este poema, se eu tivesse acabado, havia de agradar, talvez. Tem por assunto o aparecimento do solidéu e o açodamento com que toda a gente deitou-se a imitá-lo para cobrir, mesmo aos seculares, as coroas que tivessem. O padre Simão era o meu herói em cuja boca punha eu muitas coisas boas de serem lidas... Devia tê-lo acabado. Infelizmente ficou no primeiro canto. De que serve mais? Não presta...

Uma carta de Carlota. Foi das primeiras. É apaixonada. Ainda me lembra do júbilo em que fiquei quando a recebi. Parecia doido. Minha mãe não compreendia a alegria de que eu estava possuído e receava pela minha razão. Tranquilizei-a, contando-lhe tudo, as minhas esperanças, os meus projetos...

"Cuidas," escrevia-me Carlota, "que há frieza em mim? Oh! Não creias! Amo-te como nunca amei a ninguém; sinto que encontrei em ti o corpo vivo dos meus sonhos de moça infeliz. Como te não hei de amar? Fria eu?

Sou reservada, porque é preciso sê-lo. Meu tio destinou-me a um homem que eu aborreço; mas teima nisso e eu não tenho querido romper de uma vez. Tenho esperança de convertê-lo à razão. Mas se julgas que por prova do meu amor devo deixar e acompanhar-te, fala, eu sou tua escrava. Acredita, meu poeta, que eu te amo como ainda não amou mulher alguma. – Tua escrava!"

Esta expressão matou-me. Escrava! Isto é, dependia de mim, vivia de mim, por mim, para mim. Era o amor como eu o compreendia, como a minha alma ardente o desejava: o amor escravidão, o amor que não faz valer direitos, nem vontades, nem caprichos. Viver assim um do outro, pelo outro, para o outro, tal era o modo do amor que pode resgatar a pequenez moral dos homens, em que o interesse e o cálculo frio substituíram todos os sentimentos generosos e magnânimos. Este ideal encontrara eu em Carlota; como não ficaria contente? Mas depressa...

Guardemos esta carta. Há de ficar ao lado desta outra, tão diversa, contraste tamanho que assusta e repugna, irrita e admira; reverso da medalha; face sombria depois da face brilhante; ponto corrompido depois do ponto são. Ou não, a primeira era a rede do engano; o fundo moral daquela mulher está na última, negro, repulsivo, mas verdadeiro. Era toda má.

Que me respondia ela às minhas exprobrações?

"O que deve fazer é fugir de mim. Se é real esse amor que me diz ter, dou-lhe de conselho que mude de terra, de modo que longe dos olhos fique-lhe eu longe do coração, o que será uma fortuna para nós ambos. Isto é fácil e proveitoso. Quanto aos juramentos que me recordou, respondo que eu mereceria censura se fizesse de mim tão infalível que nunca errasse. Ora, eu erro, errei. Salvo-me do erro, reconhecendo que foi erro e dizendo francamente que a leviandade é que teve parte nessas promessas tão puerilmente solenes. Pense nisto, e verá se não é assim. Console-se e anime-se, é o que lhe tenho a dizer..."

A carta continua; é toda no mesmo sentido; a impudência e a crueldade. Ah! Se tu soubesses, Carlota, o que me fizeste e fazes ainda sofrer!...

Sinto passos. É o médico. Fechemos a gaveta.

7

– Bom dia, doutor.
– Viva, meu doente.
– Como me acha?
– A julgar pelas feições, melhor. Como passou a noite?
– Assim, assim.
– Mas por que não está deitado?
– Não posso. E nem quero. Seria incivilidade esperar a minha grande visita deitado numa cama.
– Que visita?
– A morte.
– Ora!
– Com certeza. Há de dizer-me que não. É o que se diz a todos os doentes. Parece que isto os anima. Mas se os anima, descuida-os; e é exatamente o que não me acontece.
Estava eu agora cuidando de arranjar uns papéis, a fim de que nada me fique por arranjar quando eu mudar de domicílio...
– Deixe essas ideias.
– Entristece-se? Que faria quando eu lhe contasse a ideia que eu tive ontem?
– Que ideia foi?
– Foi a de mandar aprontar e medir eu mesmo o meu caixão...
– Faz um favor?
– Qual, doutor?
– Não fale assim.
– É fácil.
– Não fale, porque não só isso atrasa-lhe a cura, como ainda há de entristecer sua mãe.
– Mas eu não lhe digo nada...
– Não basta não dizer. É preciso mesmo nem falar. As mães são zelosas dos filhos, porque são mães. Muitas vezes andam a ouvir às portas, para ter

certeza do estado dos filhos. Querem surpreendê-los na plena confiança que lhes dá a ausência delas...

Tive uma suspeita: cuidei que minha mãe estivesse à porta.

Levantei-me e fui à porta. Não estava.

O doutor esperou-me sorrindo:

– Não está, mas podia estar – disse.

Voltei a sentar-me ao lado do doutor.

– Ouça bem – continuou ele –, esta cisma constante de que há de morrer, estes trabalhos que tem e as suas forças atuais não comportam, tudo isso torna-o pior. Não vê como está ansiado...

– É a comoção.

– Já estava quando eu entrei. Ora pois, não pense mais em coisas tão lúgubres, e sobretudo não se ocupe de coisa alguma. Vamos lá: tomou os remédios?

– Tomei.

– E então?

– Ontem não senti melhoras algumas; agora estou melhor um pouco, apesar da ânsia.

– Ânsia é por culpa sua... Aposto que esteve a escrever versos.

– Não.

– Nem deve ocupar-se com isso. Há de ser bonito se escreve alguma poesia em que fale da morte e do que vai deixar, e depois de três meses fica-me aí são como um pero...

Minha resposta foi sorrir-me.

– Ande deitar-se um pouco.

– Para quê?

– Porque a minha visita é mais longa hoje que de costume, e eu não quero que se canse. Vá deitar-se, deite-se e conte-me uma história.

– Obedeço. Que história quer?

– Uma história de meninos. As três cidras, O príncipe formoso...

Refleti um pouco e respondi:

– Contar-lhe-ei uma história interessante! Um pouco velha, mas instrutiva.

8

"Conheci um rapaz, poeta como eu, e como eu crente, a mais não poder ser, nas melhores ilusões desta vida.

"Não era rico, devia viver por si; todavia, pôde alcançar meio de preparar-se para uma profissão literária. Foi estudar. Tinha ao lado das ilusões grande bom senso, e a ele deveu correr os primeiros anos de seus estudos sem cair nos laços do amor. Teve algumas fantasias, mas fantasias simplesmente, que começavam e acabavam na mesma noite. A sorte preparara-lhe... Abre a boca, doutor? A história o adormece?"

– Não; pode continuar.

– A sorte preparara-lhe um golpe profundo, para castigá-lo do critério com que soube fugir às tentações que encontrou. Depois de muitas circunstâncias que não vêm ao caso, achou-se diante de uma mulher. Imagine o doutor que essa mulher era bela. Imagine mais, que estava em circunstâncias especialmente romanescas. Acabava de perder o marido que na idade de dezesseis anos seus pais lhe tinham obrigado a tomar. Contava então vinte e dois, e a morte daquele homem, se não lhe matou a alma, porque a alma não se achava ligada a ele, deu-lhe certa tristeza e arrancou-lhe algumas lágrimas, o que era nela um fundo de honestidade e pureza.

"O que é, porém, certo é que, à semelhança de uma criatura que deixa a prisão em que estivera detida por longos anos, ela reapareceu ao mundo, assombrada e abatida.

"Era uma viúva que se achava ainda solteira. Buscava uma alma para casar. Apareceu-lhe o poeta. Força da fatalidade os impeliu um para o outro. Parece que mesmo um para o outro se tinham conservado, ela na prisão que lhe armaram os pais, ele na torre de marfim de sua sossegada isenção. Mas viram-se e amaram-se. Naturalmente, pergunta-me, com que amor se amaram? Foi com o verdadeiro amor, o amor que consorcia desde a primeira hora as almas, as vontades e os pensamentos para nunca mais se separarem. Nunca mais! Logo mais verá que não foi assim! Vai-se embora, doutor?"

– Tenho que fazer.

– Fique, eu lhe peço.
– Com uma condição.
– Qual?
– Não continue essa história.
– Incomoda-se em ouvi-la?
– Um pouco.
– Deixe disso. Não me vê calmo? É verdade que como os fatos já se passaram há longo tempo, e o meu anjo... já morreu, estou hoje mais a frio e posso contá-la sem enternecer... E demais, assim ao menos não pensarei na minha visita, a morte.
– Oh! Não, não pense nisso! Vamos lá, conte. Mas antes disso tome o remédio, sim?
– Sim.

9

Tomei o remédio e continuei:
– Amaram-se pois. É preciso observar que o poeta tinha sede de amor. Atravessara um deserto, onde as miragens sucediam-se de hora em hora, e chegava enfim ao oásis da vida, uma fonte, uma relva, uma palmeira. Determinou não ir adiante e descansou, com a longa caravana das suas ilusões, sobre a relva, à sombra da palmeira, à beira da fonte... Desculpe esta linguagem romanesca e oriental: é própria da imaginação exaltada.

"Não existiam já os pais da viúva. Existia um tio que não era nem peixe nem carne; indiferente ao futuro da sua sobrinha como ao seu próprio. Tinha alguns bens da fortuna, poucos, e que ainda mais exíguos se tornavam em virtude do jogo largo e desesperado que fazia com eles nas bancas mais concorridas. A sobrinha tinha ainda menos.

"O amor do poeta e da viúva prosseguiu cada vez com mais força e mais intensidade. Mil projetos, mil planos formavam ambos na doce intimidade dos seus corações. Eram duas almas sinceramente poéticas. Viam o resto do mundo pelo prisma do seu amor e da sua fantasia. O lado feio, real, positivo, da existência aparecia-lhes assim, como se fora tudo dourado pela luz do céu. Durou esta vida seis meses.

"Perguntar-me-á por que se não casaram. É simples. No meio das suas imaginações não os abandonava certo critério frio e necessário. O casamento era uma obrigação para que ambos se deviam preparar. O poeta foi o primeiro a adiantar esta consideração a que a viúva se curvou convencida. Mas de novo juraram entre si fidelidade sem quebra, e o céu que os ouviu pareceu neste momento registrar aquele juramento.

"Sucedeu, porém, que se apresentou diante do poeta um rival ao coração da moça. Era um homem de 37 anos, seco de corpo e de espírito, inteligência acanhada, coração mesquinho, vivendo dos sentidos, e não dos sentimentos, perfeita reprodução, dizia a moça, do primeiro marido que ela teve. Chamava-se Venâncio.

"Dizia ter fortuna e tinha, razão poderosa do arrojo com que entrou em liça competindo com o poeta. A moça recebeu-o, não com frieza, mas com desdém. Valeu-lhe isto uma repreensão do tio, que era amigo do pretendente e que o achava merecedor de todos os respeitos.

"– Mas, meu tio – perguntou ela –, sabe que o senhor Barroso quer?

"– O que é?

"– Quer... amar-me.

"– Quem te disse isso?

"– Desconfio.

"– Ora, desconfianças...

"– Oh! Não me engano; pode ficar certo de que é assim.

"– Sabes que mais? – disse o tio. – Não te previnas contra esse homem, respeitável a todos os respeitos. É um caráter sério, fora dos homens do mundo, capaz de compreender as conveniências, e além disso possuidor de uma fortuna. Não te rias assim, que é indecente. Eu sei que as tuas preferências poéticas acham nesta consideração da fortuna uma consideração sem valor. Isso é criancice. A fortuna é uma das coisas mais respeitáveis.

"– Meu tio – observou ela –, não parece estar muito convencido disso. – O tio riu-se e, batendo-lhe na face, acrescentou:

"– Já sei por que dizes isso... Mas que queres? São coisas... Enfim, o que desejo é que não maltrates o senhor Barroso.

"Tudo isso foi referido pela moça ao poeta. Riram ambos da pretensão e da proteção, e descansaram por esse lado.

"Não quero, doutor, entrar nas mil particularidades do amor entre o poeta e a viúva. Cartas, versos, flores, ósculos sinceros e castos, tudo isso que se troca entre namorados, todos esses episódios romanescos e tão velhos como o mundo, tudo isso se deu entre os meus dois heróis.

"Estavam próximos de pederem o necessário consentimento para que a união legal confirmasse a união moral em que eles existiam. Marcaram o dia, e o poeta dispôs-se a usar das palavras mais brandas e persuasivas que conhecesse da língua portuguesa para convencer o tio da sua amada de que podia fazer a felicidade dela.

"Era desnecessário dizer qualquer coisa à própria mãe, que desde os primeiros dias do amor do poeta ficou ciente por confissão dele.

"Na véspera do dia aprazado, o poeta foi ver a viúva. Achou-a muito triste. Indagou o motivo dessa tristeza a que não estava afeito, mas não conseguiu arrancar uma palavra à moça. Respondeu que tinha dores de cabeça, mas depois de muitas instâncias e com ar de quem não dizia a verdade.

"Passando a falar do pedido em casamento, a viúva disse ao amante que o adiasse, e quando este lhe perguntou que razões haviam para isso, ela respondeu que lhas comunicaria depois. Aconteceu logo o que era natural, um pequeno arrufo. E só arrufo, porque ela deu aquela resposta entre tantos suspiros, com um olhar tão convencido, tão sincero, que o poeta não pôde, o que lhe seria natural, experimentar maior desgosto.

"O doutor sabe o que são arrufos dos namorados, é chuva miúda da primavera que tão depressa vem como vai. No fim de alguns minutos tinham voltado às boas, e o poeta despedia-se da viúva com a convicção de que só uma grande razão faria que ela adiasse o pedido do casamento.

"Era com efeito uma grande razão, como vai ver.

"Desde aquele dia em diante a viúva mudou. Mais e mais fria, mais e mais reservada, trazia o espírito do poeta entre a dúvida e o desespero, entre a mágoa e a esperança. Que se teria passado? Em vão o rapaz indagava todos os motivos prováveis e possíveis; não podia atinar com a causa de semelhante transformação.

"Enfim, uma noite em que se achavam na casa de uma terceira pessoa, o poeta pôde falar a sós à viúva. Expôs-lhe francamente o que sentia e fez um franco interrogatório sobre a tristeza que a moça apresentava.

"As respostas da moça foram ambíguas. O poeta desesperou.

"– Por que me não falarás com franqueza, Carlota?

"– Quer mais franqueza?

"– Oh! Não zombes! Tu não calculas o que sofro, nesta incerteza em que me pões. Sê franca, prefiro isso.

"– Não sei que te hei de dizer.

"– Dize o que quiseres, inventa, se te parece, mas dize alguma coisa. Estas respostas ambíguas, estas evasivas transparentes não me consolam, antes me deitam em pior estado. Não me amas?

"– Amo-te.

"– Então?...

"Esta conversa foi interrompida. Nessa noite não puderam falar mais a sós.

"O poeta saiu desesperado. Sentia que algum segredo existia no fundo daquela tristeza da moça... A suspeita curvou-se-lhe à cabeceira e introduziu-lhe no espírito mil ideias negras que foram outros tantos demônios que fizeram daquela noite uma noite infernal...

"O poeta não dormiu. Depois de vãos esforços levantou-se e foi... escrever versos! Triste consolação dos que a natureza dotou com o gênio da poesia. No fim de uma hora de trabalho em que as estrofes lhe caíam do bico da pena como lágrimas de dor e de saudade, o poeta tinha transferido parte de sua alma para o papel. Estava mais calmo, sem estar menos triste.

"Dois dias conservou-se em casa sem falar a pessoa alguma. De hora a hora esperava uma carta de Carlota. Nada. Ao terceiro dia, desesperado com o silêncio da viúva, resolveu ir, houvesse o que houvesse, pedi-la ao tio. Já estava em caminho quando lhe ocorreu a ideia de que sem completa averiguação dos motivos da tristeza da moça podia expor-se não só ao desgosto, mas ainda ao desar. Voltou para casa e escreveu uma carta à viúva pedindo-lhe explicações.

"Veio a resposta. Era um desengano. Carlota respondia que não podia amá-lo, e que se esquecesse dela.

"Dizer-lhe o que o poeta sofreu é contar-lhe muita coisa que deve saber de longa data.

"Sofreu... o que estou sofrendo. Caiu enfermo com uma febre violenta. Só daí a um mês se levantou, mas então já tinha em si o germe de uma enfermidade mais grave que depois o tomou de todo... e há de levá-lo à sepultura.

"Durante a moléstia fez loucuras incríveis. Tudo o que podia agravar-lhe o estado e encaminhar-lhe a morte, fê-lo com uma alegria selvagem, mas sincera.

"Enfim, restabelecido da febre, mas, como disse, doente de outra doença, o poeta levantou-se e não teve mão em si. Resolveu ir procurar a viúva. Queria a todo o transe conhecer as causas da recusa de Carlota, e sobretudo queria lançar-lhe em rosto a sua perfídia, de modo a não parecer covarde.

"Carlota recebeu-o com um gesto de surpresa. Foi a ele e perguntou-lhe se já estava bom. Ele descobriu logo o fingimento daquela solicitude e quis mostrar que não se enganava. Suas exprobrações foram enérgicas e veementes. Carlota ouviu-o com uma espécie de torpor.

"Depois, quando a alma do poeta derramou em palavras amargas a dor de que estava possuído, veio uma prostração moral, e o poeta, já mais brando, pediu a Carlota uma explicação da carta que esta lhe mandara.

"Então, a viúva, fingindo um grande esforço, deu em pleno rosto ao namorado poeta uma resposta que equivalia a um tiro. Disse-lhe que se ia casar, e com Venâncio.

"Afigurava-se ao poeta esta união como tão monstruosa, que ao princípio não quis acreditar nas palavras de Carlota. Olhou surpreso para ela, mas surpreso como o homem que não dá crédito, e intimou-lhe que falasse seriamente.

"– Mais seriamente do que falo? – perguntou Carlota.

"– Sim, seriamente.

"– É isto.

"– Pois deveras...

"– É verdade.

"O rapaz sentiu que lhe faltava o chão debaixo dos pés. Pareceu-lhe que ia cair em um abismo. É assim que deve ser a vertigem do náufrago. Como o náufrago, o poeta agarrou-se ao primeiro objeto que encontrou. Era um sofá. Encostou-se ao sofá e olhou fixo para Carlota.

"– Sei que isto lhe há de doer, mas é necessário...

"– Mas ama-o?

"– Amo.

"– Ah! Não diga isso!

"– Por que não?

"E fazendo esta pergunta a moça mostrou um ar de desdém que o poeta humilhado, abatido, indignado, não pôde dizer mais palavra. Foi, com passo incerto e vacilante, buscar o chapéu que se achava sobre o piano, e cumprimentando a viúva friamente, encaminhou-se para a porta.

"A moça deu alguns passos para ele e murmurou:

"– Só uma coisa lhe peço.

"O poeta deteve-se. Era ainda uma esperança que lhe surgia no meio daquela amargura e desespero de que enchera sua alma. Interrogou-a com o olhar. A moça, pregando os olhos no chão, disse:

"– Não me queira mal.

"– Que não lhe queira mal? Mas isto é zombaria... Não lhe queira mal!... Acha que me faz um benefício... Não vê que me matou?

"– Ah! Perdão... mas...

"– Ama a outro, não? – perguntou o moço com ironia.

"– Amo – respondeu ela –, mas de modo que o poeta antes adivinhou do que ouviu.

10

"O moço saiu desesperado da casa de Carlota.

"Passaram-se os dias. O mal que o minava foi tomando proporções maiores, e dentro de pouco tempo declararam-se os tubérculos pulmonares. É a minha moléstia, como sabe, doutor.

"Aos primeiros cuidados que tiveram amigos e parentes para que se curasse, o poeta recusou peremptoriamente. Ofereceu-se ocasião de ir a Buenos Aires, não quis; e para não dar a verdadeira razão dessa recusa, disse que tinha esperança de curar-se na terra natal, e que além disso tinha aversão às viagens marítimas.

"Queria morrer?, perguntará o doutor. Queria e quer. Odiava a mulher? Não, amava-a, ainda a ama tudo que possa dizer e sentir contra ela, não é senão amor disfarçado. Se não fosse assim, decerto que teria aceitado a vida que lhe ofereciam às mãos cheias. Mas recusou tudo; aceitou a moléstia como um bem da Providência.

"Pedir-me-á a explicação deste amor por um monstro, e eu não saberei o que lhe hei de dizer.

"Todavia, há um fato que me parece explicar tudo, e vem a ser: se o amor do poeta fora um desses amores fáceis ou simplesmente uma dessas afeições que tomam base na vaidade pueril, creio que a perfídia de Carlota teria ofendido a suscetibilidade, deixando intacto o coração, porque realmente o coração não se interessa em afeições tais.

"Mas o amor do poeta não era esse: era o amor verdadeiro, o amor único; a traição não podia deixar de aniquilá-lo. Foi o que sucedeu. Não sou filósofo, doutor; mas afigura-se-me que as coisas se passaram assim.

"Durante os primeiros tempos de sua moléstia, o poeta procurou sempre todas as ocasiões em que podia ver Carlota. A custo puderam contê-lo no dia do casamento da viúva. Ele queria, à força, ir assistir a esta cena e confundir com a sua presença os desposados.

"Onde quer, porém, que pudesse encontrá-la, e em poucos lugares era, o rapaz ia e não deixava de fixar nessa mulher os olhos de dor e desespero. Depois, voltava mais doente e mais amante para casa. Houve uma ocasião em que podia falar-lhe, não quis; entendia poder vê-la, falar-lhe afigurava-se ao moço que seria condenável.

"A moléstia progredia até que se declarou perigosa. A ciência foi impotente diante do princípio do mal que lavrava, até que um dia, no dia em que a Igreja celebra o nascimento do Salvador, poucas horas antes de morrer, o moço contou esta história ao sábio doutor que tratava dele.

11

"Que me diz a esta história?"

– Digo que o ouvi a custo. Eu já sabia alguma coisa, mas não sabia tão completamente. Mas que necessidade tinha de me referir essas coisas. Olhe, está pior, a tosse está mais forte, vejo-o mais pálido e abatido. Foi imprudência...

– Não foi. Eu desejava que o doutor ficasse sabendo de mais uma história destas que de tão vulgares são algumas vezes tão funestas.

– Mas diga-me...

– O quê, doutor?

– Se as coisas todas que me contou tivessem uma explicação, explicação razoável, honesta; se em vez de monstro, Carlota fosse um anjo, viveria?

– Um anjo? Do mal!

– Mas enfim...

– Não sei.

– Há de viver. Se alguma coisa houver que o possa fazer, visto que nem a ciência, nem os conselhos dos amigos podem fazê-lo sair desse abatimento em que está, acredite que empregarei os meus esforços para lhe dar esse remédio supremo.

– Veja sempre...

– Eu lhe prometo. Entretanto, ainda uma vez lhe peço, não se deixe perder nessas recordações angustiosas do passado; seja homem, e principalmente seja filho!...

– Minha mãe!...

– Seja filho. Lembre-se de que ela não poderá resistir...

– Sinto passos, doutor...

– É ela!

– Oh! Minha mãe!

Minha mãe está mais pálida que eu. Interroga o doutor com o olhar, e este abaixa os olhos. Que haverá entre ambos?

– Onde vai, doutor?

– Vou sair. Até já.

– Volta?
– Volto. Mas espere, tome já este remédio.
– Então, doutor, como acha meu filho?
– Vou consultar alguns colegas e cá virei com eles. Talvez se possa fazer alguma coisa. Até já. Coragem, meu doente!

12

São cinco horas da tarde.

Minha mãe foi descansar um pouco. Coitada! Passou a noite em claro, e durante todo o dia de hoje não parou um instante.

O doutor ficou de voltar e voltou com mais dois médicos. Examinaram-me e resolveram que eu não estava tão perigoso como parecia. Depois assentaram no medicamento que se devia empregar. Uma das cláusulas que me impõem é ir tomar ares. Não sei se o faça. Eu creio que eles todos se enganaram acerca do meu estado.

Daqui a pouco estará findo o dia e com ele a minha vida, talvez. Estou pior. Sinto uma opressão que me incomoda; minha mãe aconselhou-me que me deitasse, mas eu não posso; quero morrer como homem.

Tenho necessidade de escrever. Quero derramar a minha última gota de poesia no papel, e deixar ao mundo ao menos uma lembrança de que fui mártir e poeta. Será este o canto do cisne.

Que direi?

Sinto a cabeça pesada; e o meu espírito mal pode aplicar-se ao que a minha vontade o solicita. Ah! Já nem sou poeta! Musa ardente dos tempos da felicidade e do sossego, onde paras agora que não vens reclinar-te, como outrora, à cadeira do teu poeta infeliz?

Alguém chega... Guardemos estes papéis... Quem é? Minha mãe!...

– Eu e mais alguém, meu filho.
– Quem?
– Tens coragem?
– Por quê, minha mãe?

– Para o que vais ver?
– É a morte?
– É a vida.
– Mande entrar a vida, minha mãe.

13

Olhei, era... era Carlota.
– Carlota!
Recuei até à cama. Vi entrar uma mulher magra, abatida, doente; com os olhos fundos e ardentes de febre. Vê-se que o remorso dilacera aquela alma. Vê-se que ela pena os pecados em que caiu.

Parou à porta, e com as mãos magras, mas ainda belas, comprime o seio ofegante. Tem os olhos baixos como de vergonha. Parece pregada ao lugar em que ficou.

Nem eu nem ela podemos falar. Minha mãe toma-lhe a mão e trá-la para junto da janela.

– Não é uma criminosa que vem implorar perdão – disse-me Carlota.
– Pois quem é?
– Ah! Eu não quero perder tempo em longas explicações... Venho dizer-lhe que se a sua vida depende da declaração de que eu o amo, pode morrer, porque eu não posso fazer essa declaração. Mas se é razão para viver a certeza de que, no dia em que o repeli, ainda o amava, e que casando com aquele que é hoje meu marido eu ainda o tinha na memória, viva; porque isto é verdade.

– Carlota!
– É verdade. Depois, a consciência do dever prevaleceu, e eu pude, apesar da lembrança, ver que me podia fazer feliz, mas que, casada com outro, só podia fazer a desgraça de mim mesma.

Dizendo estas palavras Carlota parece animada por um fogo interior. Será sincera? A franqueza com que falou parece nascer de uma consciência sincera. Agora, o que me parecia remorso é vergonha, é já outra coisa;

reparo mais, é como que vejo na fronte desta mulher o sinal do martírio e da dor.

Minha mãe fê-la retirar-se. Eu não sei o que faço nem onde estou; parece-me que sonho; abro os olhos mais e mais, e corro um olhar por todos os ângulos do quarto para ver se com efeito estou na realidade.

Vê-la! Vê-la ainda, aqui, junto de mim, sincera, regenerada na minha consciência de um crime que lhe atribui, oh! Meu Deus! Isto é quase a felicidade!

Mas, se o que ela diz é verdade, qual a explicação de todos estes fatos que tiveram tão funestas consequências?

Carlota adivinha esta interrogação íntima. Minha mãe fê-la sentar. Depois, tomando um ar de recato e modéstia, Carlota procura referir todas as circunstâncias do seu casamento.

14

O que ela contou resume-se assim:

Quando, nos seus sonhos de felicidade e de amor, ela contava unir-se a mim e viver uma vida nova e única, veio transtornar os seus projetos o tio de quem já falei, e cuja neutralidade nos parecia a ambos sem contestação.

Neutral seria, decerto, o bom tio, se uma circunstância não o impelisse ao passo que deu. Tenho certeza de que ele gostava de mim e de Carlota, mas a paixão e o vício decidiram as coisas de modo diferente.

Venâncio era um dos seus parceiros habituais do jogo. Era rico, e por essa circunstância, talvez, tinha uma felicidade rara. A água corre para o mar, diz o provérbio. O dinheiro dos parceiros corria para a algibeira farta de Venâncio.

Até então, isto é, até a hora em que o tio de Carlota conheceu Venâncio, a boa sorte tinha protegido aquele. Mas Venâncio apareceu com a sua felicidade inaudita e bem depressa os últimos recursos do velho se esgotaram. É sabido como o jogo dá certa embriaguez que mais se exalta com a má fortuna. O tio de Carlota atirou-se às últimas operações. Jogou a crédito e perdeu. Insistiu e perdeu ainda. Insistiu, insistiu e perdeu sempre. Recuou a conselho de alguns amigos.

As quantias perdidas ao jogo com Venâncio perfaziam uma soma avultada. O tio de Carlota achou-se repentinamente em uma posição difícil. Como pagar-lhe? Escasseados os recursos, nem tinha onde buscar, ainda por empréstimo, a grossa quantia de que era devedor. Em tal situação só havia um meio. Pôr termo ao vício que o arruinara e procurar no trabalho, se fosse possível, o saldo de tão enorme dívida.

Este era o meio razoável, se porventura a lei do jogo, que é uma lei arbitrária como o próprio vício em que se funda, não o obrigasse a um prazo breve e fatal.

O tio de Carlota pensou nisto e desanimou. Era um abismo que tinha diante de si. Os recursos de Carlota, que eram escassos, não podiam, no caso de generosidade da moça, servir para uma quinta parte da dívida. Era despojá-la do patrimônio sem proveito.

O desgraçado, sem saber que fazia, sem meios reais, nem recursos da imaginação, saiu um dia de manhã em direção à casa de Venâncio.

Devo dizer que, já antes do desastre que fez de Venâncio um pesadelo para o tio de Carlota, o credor frequentava a casa deste.

O tio de Carlota entrando em casa de Venâncio não tinha uma ideia a apresentar; ia conversar e apanhar a primeira ideia que lhe sugerisse a conversa, ou aceitar o projeto razoável que o credor lhe indicasse.

Venâncio recebeu o devedor com o mais amável dos sorrisos nos lábios. Isto animou o desgraçado devedor.

– A que devo a sua visita?
– Não adivinha?
– À dívida?
– É verdade.
– Vem pagá-la? Não havia pressa.
– Não, não venho pagá-la.
– Ah!

Vê-se que este introito não era dos mais animadores. O tio de Carlota calou-se e mudou de conversa, sendo acompanhado no novo assunto por Venâncio, que se porfiava em ser o mais amável deste mundo.

Depois de meia hora de conversa sobre coisas diferentes, Venâncio voltou bruscamente ao assunto da dívida.

O devedor empalideceu.

Que responder?

Os olhos de Venâncio estavam pregados nele, e quanto mais corriam os minutos, mais vazio se achava o espírito do tio de Carlota.

Enfim, como era preciso responder alguma coisa, o pobre homem disse francamente que não podia pagar, e que nem lhe ocorria o meio para isso.

Venâncio sorriu e respondeu:

– Pois é simples. Há três dias que a fortuna me desampara, e como velho jogador que é, deve saber que ela tem seus caprichos e muitas vezes abandona os antigos aliados para acompanhar outros novos. Talvez que ela hoje esteja do seu lado.

O tio de Carlota estremeceu a esta proposta. A alma do jogador despertou e sentiu-se arrastada para a banca. Ganhar em dois minutos tudo o que perdera, ver-se de um só lance aliviado de uma obrigação e de um peso no espírito, era para o devedor a suprema felicidade.

Não hesitou, senão o tempo necessário ao espanto que lhe causava a proposta, e levantando-se, com as mãos estendidas para Venâncio, declarou-lhe alvoroçado que aceitava.

Tudo se preparou para o duelo fatal.

Diante da mesa em que se ia decidir a sua sorte, o tio de Carlota cobrou novo ânimo.

Venâncio estava frio e tranquilo. Parecia que não jogava dinheiro, e dinheiro avultado.

O tio de Carlota acompanhou a partida ansioso e atordoado. Não respirava, com a mão oprimia o coração e com os olhos parecia querer arrancar do baralho a carta feliz...

Infeliz! A carta que saiu dava ganho a Venâncio.

O tio de Carlota soltou um grito.

– Quer mais? – perguntou friamente Venâncio.

– Não! Não!

– Deve-me o dobro.

– Como lhe poderei pagar? Oh! Meu Deus!

– Não se aflija – disse o credor. – Isto não é sangria desatada; não lhe exijo agora o pagamento; pode pagar amanhã, depois, daqui a um mês... e até...
– E até?
– Até nunca.
– Nunca!
– Nunca.

A estranheza das palavras de Venâncio e o ar frio que ele apresentava fizeram impressão no tio de Carlota.

– Explique-se – disse ele.
– É simples. Há de crer que por muito exigente que eu fosse nunca poria em sérias dificuldades um tio. A um estranho é possível, é até certo, mas a um tio... Ora, nada impede que eu seja seu sobrinho.

O tio de Carlota não compreendeu e não respondeu.

– Não compreendeu? – perguntou Venâncio.
– Meu sobrinho, como?
– Não tem uma sobrinha? – perguntou Venâncio.
– Ah!

Venâncio expôs demoradamente a sua pretensão. Pediu formalmente a mão de Carlota. O tio hesitou ainda, disse-o ao menos depois à sobrinha, mas este casamento era a sua salvação. Depois, Venâncio tivera o cuidado de convencê-lo de que ele não era indiferente à viúva. Enfim, quando saiu da casa de Venâncio, o tio de Carlota deixou-lhe prometida a mão de sua sobrinha.

Quando esta ouviu de seu tio a proposta de Venâncio, repeliu-a peremptoriamente. Mas o tio, entre as lágrimas da sua conveniência, chegou a convencer a pobre moça de que casar com Venâncio era salvá-lo da desonra. Carlota pediu dilação para refletir. A reflexão foi contrária ao coração. Carlota aceitou a proposta, não sem exprobrar a seu tio a funesta paixão que o seduzira a cometer um ato de aviltamento.

Quanto a Venâncio, ela teve o cuidado de declarar-lhe que impunha uma condição.

– Aceito todas – respondeu Venâncio.
– Faço o sacrifício da minha pessoa, mas exijo ao menos que eu não seja mulher de um jogador.

– Juro-lhe que não será.

E não foi. Uma paixão neutralizou outra. Venâncio era dessas naturezas escravas da sensualidade, que estimam as estátuas, não pelo cunho de beleza ideal que elas possam ter, mas pela vista e exuberância das formas exteriores.

15

Tal foi a história que Carlota me contou.

Quando ela acabou tinha eu o rosto escondido nas mãos; palpitava-me o coração com uma força desusada. Minha consciência restituía à infeliz moça os créditos de elevação moral em que a tinha anteriormente aos tristes acontecimentos de que ela foi vítima. Em vez de um monstro tinha eu diante de mim uma mártir.

– Se esta simples exposição dos fatos – disse-me ela –, pode torná-lo à vida, viva; eu lhe peço. Viva por sua mãe e para sua mãe. Se eu ainda o amasse, ou pudesse amá-lo, dir-lhe-ia que vivesse por mim.

– Tem razão – respondi eu.

E tomando a mão de Carlota, beijei-lhe respeitosamente. Não era um beijo de amor, era um beijo de gratidão. Depois do que ela me disse eu sentia que voltava à vida.

– Agora – disse ela –, adeus.

E saiu.

Minha mãe não a deixou sair sem cobri-la de beijos verdadeiramente maternais.

16

26 de dezembro

São dez horas da manhã.

Passei uma noite tranquila. Tive sonhos felizes. Sonhei que estava bom e vivia com minha mãe em uma casa retirada do bulício e da agitação.

Voltavam os meus dias de poeta, e eu cantava em estrofes inspiradas a ventura que me dava a paz do coração e da consciência.

Não sei por quê, esta perspectiva de felicidade já me não desgosta, e nem já me causa ressentimento a alegria expansiva e radiante da natureza.

Ao mesmo tempo, a ideia tão poética dessa vida sossegada e feliz é contrariada pela ideia de que perdi Carlota em virtude de um contrato fundado sobre o vício. Essa ideia traz-me à vida real, e eu olho já os sonhos do passado e o desta noite como ilusões sem realidade prática.

A prática é outra coisa. Não transigir com os desvios dos homens, mas viver preparado para eles, tal é a norma regular que se me afigura devem ter todas as consciências honestas e previdentes.

Deixar-me seduzir por novas ilusões e expor-me a novos desenganos e torturas?

É o que farei... se ficar bom.

Ficarei?

O doutor me dirá.

O doutor! É seguramente a ele que eu devo esta transformação na minha vida. Foi, sem dúvida, ele quem encaminhou aquela explicação que tão benéfica foi para mim.

Farei tudo o que puder para ficar bom.

Oh! Minha mãe! Minha mãe!

* * *

17
Epílogo

Um ano depois, encontravam-se ao pé da estação do Campo, para tomar o caminho de ferro, dois homens, um moço, o outro velho. Olham-se e reconhecem-se. Depois entram, compram bilhetes e tomam lugar em um carro de primeira classe.

– Para onde vai? – pergunta o velho.

– Vou para o Rodeio.

– Também eu.

Acomodaram-se, e, enquanto esperavam a hora, e não vinha mais ninguém para o mesmo compartimento, trataram de conversar sobre coisas de sua vida.

– Que faz agora? – perguntou o moço ao velho.

– Sou um ex-médico. Vivo do que ajuntei.

– Eu sou um ex-poeta. Vivo do que aprendi.

– Fortuna por fortuna. Mas há uns bons seis meses que o não vejo. Ora, quem diria que aquele rapaz magro e quase morto se converteria neste rapagão corado, nédio, robusto... Bem lhe dizia eu.

– Devo-lhe tudo.

– A mim, não.

– Devo-lhe, sim.

– É então ex-poeta?

– Sou. Sou hoje o homem-prosa, vivo terra a terra, livre das quimeras que me atordoaram e nas quais não encontrei senão dissabores. Quis forçar a ordem das coisas e opor aos sentimentos comuns a idealidade do meus sentimentos. Sofri as consequências desta temeridade. Hoje, se não reneguei o culto da poesia, não faço praça dele, de modo que aquele dia em que me viu tão desanimado foi, por assim dizer, o último dia de um poeta.

O doutor olhou para o moço com ar incrédulo.

– Isso é verdade? – perguntou.

– Mais que verdade.

– Não pensei que a mudança fosse radical. E dona Carlota?

– Essa vive, coitada, não sei se como eu. Nunca mais a vi. Bem sabe que uma barreira nos separava. Mas eu conservo-a comigo. Perdão, doutor... é a minha ilusão de namorado, de poeta e de rapaz... mas como vê, é inofensiva.

E o moço tirou um medalhão em que estavam as margaridas que durante a febre beijava e adorava.

– E sua mãe?

– Oh! Essa é feliz! Vive comigo no Rodeio, onde nada nos perturba a felicidade santa de que gozamos. Pela felicidade que ela sente vendo-me vivo e são é que avalio a dor suprema que sentiria se eu morresse. Fiz bem em não morrer.

– Pois, meu amigo, continue a contar com a minha amizade, que agora é ainda maior. Ame e respeite sua mãe; procure esquecer os sucessos que motivaram a catástrofe de sua vida, e, sem repudiar a missão normal que Deus lhe deu, não confie a um mundo frio e egoísta as santas aspirações da sua jovem inteligência.

– Obrigado, doutor.

Neste momento entrou no carro um casal; o marido, homem de trinta e oito anos, a mulher... não se podia ver através de um véu preto que lhe cobria o rosto.

Pouco depois o carro partiu.

A moça, que até então não voltara o rosto, teve necessidade de fazê-lo para responder a uma pergunta do marido. O marido achava-se entre ela e o ex-poeta. A moça deu um pequeno grito. Interrogada por seu marido, respondeu que fora uma dor aguda no coração.

– Há de ser de cansaço – acrescentou ela.

Era Carlota, como já se adivinha.

Durante o resto da viagem nenhum incidente mais ocorreu. A mulher e o marido conversavam sossegadamente; o ex-poeta e o ex-médico conversavam do mesmo modo.

Chegando à última estação separaram-se todos. O doutor prometeu ir jantar à casa do rapaz.

Viram-se ainda muitas vezes, mas o encontro do vagão foi o último que houve entre o rapaz e Carlota.

O CASO DA VIÚVA

Publicado originalmente em 1881

1

Este conto deve ser lido especialmente pelas viúvas de vinte e quatro a vinte e seis anos. Não teria mais nem menos a viúva Camargo, dona Maria Luísa, quando se deu o caso que me proponho contar nestas páginas, um caso "triste e digno de memória", posto que menos sangrento que o de dona Inês. Vinte e seis anos; não teria mais, nem tanto; era ainda formosa como aos dezessete, com o acréscimo das roupas pretas que lhe davam grande realce. Era alva como leite, um pouco descolorida, olhos castanhos e preguiçosos, testa larga, e talhe direito. Confesso que essas indicações são mui gerais e vagas; mas conservo-as por isso mesmo, não querendo acentuar nada neste caso, tão verdadeiro como a vida e a morte. Direi somente que Maria Luísa nasceu com um sinalzinho cor-de-rosa, junto à boca, do lado esquerdo (única particularidade notada), e que foi esse sinal a causa de seus primeiros amores, aos dezoito anos.

– Que é que tem aquela moça ao pé da boca? – perguntava o estudante Rochinha a uma de suas primas, em certa noite de baile.

– Um sinal.

– Postiço?

– Não, de nascença.

– Feia coisa! – murmurou o Rochinha.

– Mas a dona não é feia – ponderou a prima –, é até bem bonita...

– Pode ser, mas o sinal é hediondo.

A prima, casada de fresco, olhou para o Rochinha com algum desdém, e disse-lhe que não desprezasse o sinal, porque talvez fosse ele a isca com que ela o pescasse, mais tarde ou mais cedo. O Rochinha levantou os ombros e falou de outro assunto; mas a prima era inexorável; ergueu-se, pediu-lhe o braço, levou-o até o lugar em que estava Maria Luísa, a quem o apresentou. Conversaram os três; tocou-se uma quadrilha, o Rochinha e Maria Luísa dançaram, depois conversaram alegremente.

– Que tal o sinal? – perguntou-lhe a prima, à porta da rua no fim do baile, enquanto o marido acendia um charuto e esperava a carruagem.

– Não é feio – respondeu o Rochinha. – Dá-lhe até certa graça; mas daí à isca vai uma grande distância.

– A distância de uma semana – tornou a prima rindo. E sem aceitar-lhe a mão entrou na carruagem.

Ficou o Rochinha à porta, um pouco pensativo, não se sabe se pelo sinal de Maria Luísa, se pela ponta do pé da prima, que ele chegou a ver, quando ela entrou na carruagem. Também não se sabe se ele viu a ponta do pé sem querer, ou se buscou vê-la. Ambas as hipóteses são admissíveis aos 19 anos de um rapaz acadêmico. O Rochinha estudava direito em São Paulo, e devia formar-se no ano seguinte; estava portanto nos últimos meses da liberdade escolástica; e fio que a leitora lhe perdoará qualquer intenção, se intenção houve naquela vista fugitiva. Mas, qualquer que fosse o motivo secreto, a verdade é que ele não ficou pensativo mais de dois minutos, acendeu um charuto e guiou para casa.

Esquecia-me dizer que a cena contada nos períodos anteriores passou-se na noite de 19 de janeiro de 1871, em uma casa do bairro do Andaraí. No dia seguinte, dia de São Sebastião, foi o Rochinha jantar com a prima; eram anos do marido desta. Achou lá Maria Luísa e o pai. Jantou-se, cantou-se, conversou-se até meia noite, hora em que o Rochinha, esquecendo-se do sinalzinho da moça, achou que ela estava muito mais bonita do que lhe parecia no fim da noite passada.

– Um sinal que passa tão depressa de fealdade a beleza – observou o marido da prima – pode-se dizer que é o sinal do teu cativeiro.

O Rochinha aplaudiu este ruim trocadilho, sem entusiasmo, antes com certa hesitação. A prima, que estava presente, não lhe disse nada, mas sorriu para si mesma. Era pouco mais velha que Maria Luísa, tinha sido sua companheira de colégio, quisera vê-la bem casada, e o Rochinha reunia algumas qualidades de um marido possível. Mas não foram só essas qualidades que a levaram a prendê-lo a Maria Luísa, e sim também a circunstância de que ele herdaria do pai algumas propriedades. Parecia-lhe que um bom marido é um excelente achado, mas que um bom marido não pobre era um achado excelentíssimo. Assim só se falava ao primo no sinal de Maria Luísa, como falava a Maria Luísa na elegância do primo.

– Não duvido – dizia esta daí a dias. – É elegante, mas parece-me assim...

– Assim como?

– Um pouco...

– Acaba.

– Um pouco estroina.

– Que tolice! É alegre, risonho, gosta de palestrar, mas é um bom rapaz e, quando precisa, sabe ser sério. Tem só um defeito.

– Qual? – perguntou Maria Luísa, com curiosidade.

– Gosta de sinais cor-de-rosa ao canto da boca.

Maria Luísa deu uma resposta graciosamente brasileira, um muxoxo; mas a outra, que sabia muito bem a múltipla significação desse gesto, que tanto exprime o desdém, como a indiferença, como a dissimulação etc., não se deu por abalada e menos por vencida. Percebera que o muxoxo não era da primeira nem da segunda significação; notou-lhe uma mistura de desejo, de curiosidade, de simpatia, e jurou aos seus deuses transformá-lo em um beijo de esposa, com uma significação somente.

Não contava com a academia. O Rochinha partiu daí a algumas semanas para São Paulo, e, se deixou algumas saudades, não as contou Maria Luísa a ninguém; guardou-as consigo, mas guardou-as tão mal, que a outra as descobriu e leu.

– Está feito – pensou esta. – Um ano passa-se depressa.

Reflexão errada, porque nunca houve ano mais vagaroso para Maria Luísa do que esse, ano trôpego, arrastado, feito para entristecer as mais robustas esperanças. Mas também que impaciência alegre quando se aproximou a vinda do Rochinha. Não o encobria da amiga, que teve o cuidado de o escrever ao primo, o qual respondeu com esta frase: "Se há por lá saudades também as há por aqui e muitas: mas não diga nada a ninguém". A prima, com uma perfídia sem nome, foi contá-lo a Maria Luísa, e com uma cegueira de igual quilate declarou isso mesmo ao primo, que, pela mais singular das complacências, encheu-se de satisfação. Quem quiser que o entenda.

2

Veio o Rochinha de São Paulo, e daí em diante ninguém o tratou senão por doutor Rochinha, ou, quando menos, doutor Rocha; mas já agora, para não alterar a linguagem do primeiro capítulo, continuarei a dizer simplesmente o Rochinha, familiaridade tanto mais desculpável, quanto mais a autoriza a própria prima dele.

– Doutor! – disse ela. – Creio que sim, mas lá para as outras; para mim há de ser sempre o Rochinha.

Veio pois o Rochinha de São Paulo, diploma na algibeira, saudades no coração.

Oito dias depois encontrava-se com Maria Luísa, casualmente na Rua do Ouvidor, à porta de uma confeitaria; ia com o pai, que o recebeu muito amavelmente, não menos que ela, posto que de outra maneira. O pai chegou a dizer-lhe que todas as semanas, às quintas-feiras, estava em casa.

O pai era negociante, mas não abastado nem próspero. A casa dava-lhe para viver, e não viver mal. Chamava-se Toledo, e contava pouco mais de cinquenta anos; era viúvo; morava com uma irmã viúva, que lhe servia de mãe à filha. Maria Luísa era o seu encanto, o seu amor, a sua esperança. Havia da parte dele uma espécie de adoração, que entre as pessoas da amizade passara a provérbio e exemplo. Ele tinha para si que o dia em que a filha lhe não desse o beijo da saída era um dia fatal; e não atribuía a outra coisa o menor contratempo que lhe sobreviesse. Qualquer desejo de Maria Luísa era para ele um decreto do céu, que urgia cumprir, custasse o que custasse. Daí vinha que a própria Maria Luísa evitava muita vez falar-lhe de alguma coisa que desejava, desde que a satisfação exigisse da parte do pai um sacrifício qualquer. Porque também ela adorava o pai, e nesse ponto nenhum devia nada ao outro. Ela o acompanhava até a porta da chácara todos os dias, para lhe dar o ósculo da partida; ela o ia esperar para dar o ósculo da chegada.

– Papaizinho, como passou? – dizia ela batendo-lhe na face. E, de braço dado, atravessavam toda a chácara, unidos, palreiros, alegres, como dois namorados felizes.

Um dia Maria Luísa, em conversa, à sobremesa, com pessoas de fora, manifestou grande curiosidade de ver a Europa. Era pura conversa, sem outro alcance; contudo, não passaram despercebidas ao pai as suas palavras. Três dias depois, Toledo consultou seriamente a filha se queria ir daí a quinze dias para a Europa.

– Para a Europa? – perguntou ela um tanto espantada.

– Sim. Vamos?

Não respondeu Maria Luísa imediatamente, tão vacilante se viu entre o desejo secreto e o inesperado da proposta. Como refletisse um pouco, perguntou a si mesma se o pai podia sem sacrifício realizar a viagem, mas sobretudo não atinou com a razão esta.

– Para a Europa? – repetiu.

– Sim, para a Europa – disse o pai rindo. – Mete-se a gente no paquete, e desembarca lá. É a coisa mais simples do mundo.

Maria Luísa ia dizer-lhe talvez que sim; mas recordou-se subitamente das palavras que proferira dias antes, e suspeitou que o pai faria apenas um sacrifício pecuniário e pessoal, para o fim de lhe cumprir o desejo. Então abanou a cabeça com um risinho triunfante.
– Não, senhor, deixemo-nos da Europa.
– Não?
– Nem por sombras.
– Mas tu morres por lá ir...
– Não morro, não senhor, tenho vontade de ver a Europa e hei de vê-la algum dia, mas muito mais tarde... muito mais tarde.
– Bem, então vou só – redarguiu o pai com um sorriso.
– Pois vá – disse Maria Luísa erguendo os ombros.

E assim acabou o projeto europeu. Não só a filha percebeu o motivo da proposta do pai, como este compreendeu que esse motivo fora descoberto; nenhum deles, todavia, aludiu ao sentimento secreto do outro.

Toledo recebeu o Rochinha com muita afabilidade, quando este lá foi numa quinta-feira, duas semanas depois do encontro na Rua do Ouvidor. A prima de Rochinha também foi, e a noite passou-se alegremente para todos. A reunião era limitada; os homens jogavam o voltarete, as senhoras conversavam de rendas e vestidos. O Rochinha e mais dois ou três rapazes, não obstante essa regra, preferiam o círculo das damas, no qual, além dos vestidos e rendas, também se falava de outras damas e de outros rapazes. A noite não podia ser mais cheia.

Não gastemos o tempo em episódios miúdos; imitemos o Rochinha, que ao cabo de quatro semanas, proferiu uma declaração franca à multidão de olhares e boas palavras. Com efeito, ele chegara ao estado agudo do amor, a ferida era profunda, e sangrava; urgiu estancá-la e curá-la. Urgia tanto mais fazer-lhe a declaração, quanto que da última vez que esteve com ela, encontrara-a um pouco acanhada e calada, e, à despedida, não teve o mesmo aperto de mão do costume, um certo aperto misterioso, singular, que se não aprende e se repete com muita exatidão e pontualidade, em certos casos de paixão concentrada ou não concentrada. Pois nem esse aperto de mão; a de Maria Luísa parecia-lhe fria e fugidia.

– Que lhe fiz eu? – dizia ele consigo, ao retirar-se para casa.

E buscava recordar todas as palavras do último encontro, os gestos, e nada lhe parecia autorizar qualquer suspeita ou ressentimento que explicasse a súbita frieza de Maria Luísa. Como já então houvesse entrado na confidência dos seus sentimentos à prima, disse-lhe o que se passara, e a prima, que reunia ao desejo de ver casada a amiga, certo pendor às intrigas amorosas, meteu-se a caminho para a casa desta. Não lhe custou muito descobrir a Maria Luísa a secreta razão de sua visita, mas, pela primeira vez, achou a outra reservada.

– Você é bem cruel – dizia-lhe rindo. – Sabe que o pobre rapaz não suspira senão por um ar de sua graça, e trata-o como se fosse o seu maior inimigo.

– Pode ser. Onde é que você comprou esta renda?

– No Godinho. Mas vamos; você acha o Rochinha feio?

– Ao contrário, é um bonito rapaz.

– Bonito, bem-educado, inteligente...

– Não sei como é que você ainda gosta desse chapéu tão fora da moda...

– Qual fora da moda!

– O brinco é que ficou muito bonito.

– É uma pérola...

– Pérola este brinco de brilhante?

– Não; falo do Rochinha. É uma verdadeira pérola; você não sabe quem está ali. Vamos lá; creio que não lhe tem ódio...

– Ódio por quê?

– Mas...

Quis a má fortuna do Rochinha que a tia de Maria Luísa viesse ter com ela, de maneira que a prima dele não pôde acabar a pergunta que ia fazer e que era simplesmente esta: "Mas amor?" – pergunta decisiva, a que Maria Luísa devia responder, ainda que fosse com o silêncio. Não produzindo esta entrevista o desejado efeito, antes parecendo confirmar os receios do Rochinha, entendeu este que era melhor e mais pronto ir diretamente ao fim, e declarar-lhe ele mesmo o que sentia, solicitando uma resposta franca e definitiva. Foi o que fez na seguinte semana.

3

Há duas maneiras de pedir uma decisão, em casos amorosos; falando ou escrevendo, Jacó não usou uma coisa nem outra; foi diretamente ao pai de Raquel, e obteve-a a troco de sete anos de trabalho, ao cabo dos quais, em vez de obter a Raquel, a amada, deram-lhe Lia, a remelosa. No fim de sete anos! Não estava o nosso Rochinha disposto a esperar tanto tempo.

Nada, disse ele consigo uma semana depois, isto há de acabar agora, imediatamente. Se não quer não queira...

Não lhe deem crédito; ele falava assim para enganar-se a si próprio, para fazer crer que deixava o namoro como se deixa um espetáculo aborrecido. Não lhe deem crédito. Estava então em casa, à Rua dos Inválidos, olhando para a ponta da chinela turca ou marroquina, que trazia nos pés, tendo na mão um retrato de Maria Luísa. Era uma fotografia que lhe dera a prima, um mês antes. A prima pedira-a a Maria Luísa, dizendo-lhe que era para dar a uma amiga; e Maria Luísa deu-lha; apenas a apanhou consigo, disse-lhe que ia dá-la não à amiga, mas ao primo que morria por ela. Então Maria Luísa estendeu a mão para tirar-lhe o retrato, protestou, arrufou-se, tudo isso tão mal fingido, que a amiga não teve remorsos do que fez e entregou o retrato ao primo. Era o retrato que ele tinha nas mãos, à Rua dos Inválidos, sentado numa extensa cadeira americana; dividia os olhos entre o retrato e as chinelas, sem poder acabar de resolver-se a alguma coisa.

– Vá – disse ele enfim. – É preciso acabar com isto.

Levantou-se, foi à secretária, tirou uma folha de papel, passou-lhe as costas da mão por cima, e molhou a pena.

– Vá – repetiu; mas repetiu somente, a pena não ia. Acendeu um cigarro, e nada; foi à janela, e nada. E, contudo, amava-a e muito; mas ou por isso, ou por outro motivo, não achava que dizer no papel. Chegou a pôr diante de si o retrato de Maria Luísa; foi pior. A imagem da moça peava-lhe todos os movimentos do espírito. Não podia ele compreender este fenômeno; atirou a pena irritado, e mudou de ideia: falar-lhe-ia diretamente.

Dois dias depois foi à casa de Toledo. Achou Maria Luísa na chácara, com a tia e outra senhora; e não deixou passar a primeira ocasião que se lhe ofereceu de dizer alguma coisa. Com efeito, é certo que abriu a boca, e pode afirmar-se que a palavra – Eu – rompeu-lhe dos lábios, mas tão a medo, e tão surda, que ela não a ouviu. Ou se a ouviu, disse-lhe coisa diferente; perguntou-lhe se tinha ido ao teatro.

– Não, senhora – disse ele.
– Pois nós fomos outro dia.
– Ah!

Maria Luísa começou a contar-lhe a peça, com tanta miudeza e cuidado, que o Rochinha ficou profundamente triste. Não viu, não reparou que a voz de Maria Luísa parecia às vezes alterada, que ela não ousava fitá-lo muito tempo, e que, apesar do cuidado com que reconstituía a peça, atrapalhou-se uma ou duas vezes. Não viu nada; estava entregue à ideia fixa, ou antes ao fixo sentimento que nutria por ela, e não viu nada. A noite caiu logo e não foi melhor para ele; Maria Luísa evitava-o, ou só lhe falava de coisas fúteis.

Não se detém o Rochinha um dia mais. Naquela mesma noite minutou a carta decisiva. Era longa, difusa, cheia de repetições, mas ardente, e verdadeiramente sentida. No dia seguinte copiou-a, mandou-a... Custa-me dizê-lo, mas força é dizê-lo; mandou-a pela prima. Esta foi, nessa mesma noite, à casa de Maria Luísa; disse-lhe em particular que trazia um segredo, um mimo, uma coisa.

– Que é? – perguntou a amiga.
– Esta bocetinha.

Deu-lhe uma bocetinha de tartaruga fechada, acrescentando que só a abrisse no quarto, ao deitar, e não falasse dela a ninguém.

– Um mistério – concluiu Maria Luísa. Cumpriu o que prometera à outra; abriu a bocetinha, no quarto, e viu dentro um papel. Era uma carta, sem sobrescrito; suspeitou logo o que fosse, fechou o papel na boceta, pô-la de lado, e foi despir-se. Estava nervosa, inquieta. Tinha uns esquecimentos longos; destoucou-se, por exemplo, em três tempos, intervalando-os de um comprido olhar apático cravado no espelho. Numa dessas vezes sentou-se numa cadeira, e ficou à toa com os braços caídos no regaço; repentinamente ergueu-se e murmurou:

– Impossível! Acabemos com isto.

Foi acabar de despir-se, mas dessa vez de um modo febril, impaciente, como quem busca fugir de si própria. Ainda aí, ao calçar a chinelinha de marroquim, esqueceu-se e ficou um instante com os olhos no pé nu, alvo de leite, traçado de linhas azuis. Enfim preparou-se para dormir. Sobre o toucador continuava a boceta, fechada, com um certo ar de mistério e desafio. Maria Luísa não olhava para ela; ia de um para outro lado, evitando-a, naturalmente receosa de fraquear e ler.

Rezou. Tinha a um canto do quarto um pequeno oratório com uma imagem da Conceição, à qual rezou com fervor, e pode ser que lhe pedisse força para resistir à tentação de ler a carta. Acabou de rezar, e abriu uma janela. A noite estava serena, o ar límpido, as estrelas de uma nitidez encantadora. Maria Luísa achou na vista do céu e da noite uma força dissolvente da coragem que até então soubera ter. A vista da natureza grande e bela chamou-a à própria natureza, e o coração pulou-lhe no peito com violência singular. Então pareceu-lhe ver a figura do Rochinha, bonito, elegante, cortês, apaixonado; recordou as diferentes fases das relações, desde o baile em que dançaram juntos. Iam já longos meses desde essa noite, ela recordava-se de todas as circunstâncias da apresentação. Pensou finalmente na conversa da véspera, do ar preocupado que vira nele, da indecisão, do acanhamento, como se quisesse dizer-lhe alguma coisa, e receasse fazê-lo.

– Amar-me-á muito? – perguntou Maria Luísa a si mesma.

E esta pergunta trouxe-lhe a consideração de que, se ele a amasse muito, podia padecer igualmente muito, com a simples e formal recusa da carta. Que tinha que a lesse? Era até conveniente fazê-lo, para saber na realidade o que é que ele sentia, e que resposta daria ela à amiga. Foi dali ao toucador, onde estava a boceta, abriu-a, tirou a carta e leu-a.

Leu-a é pouco; Maria Luísa releu a carta, não uma, senão três vezes. Era a primeira carta de amor que recebia, circunstância sem valor, ou de valor escasso, se fosse uma simples folha de papel escrita, sem nenhuma correspondência no coração dela. Mas como explicar que, alguns minutos depois de reler a carta, Maria Luísa se deixou cair na cama, com a cabeça no travesseiro, a chorar silenciosamente? Era claro que entre o coração dela e a carta existia algum vínculo misterioso.

No dia seguinte, Maria Luísa levantou-se cedo, com os olhos murchos e tristes; disse ao pai e à tia que não pudera dormir uma parte da noite por causa dos mosquitos. Era uma explicação; o pai e a tia aceitaram-na. Mas o pai cuidou de dar-lhe um cordial, segredando ao ouvido da filha uma palavra – esta palavra:

– Creio que é hoje.

– Hoje? – repetiu ela.

– O pedido.

– Ah!

Toledo franziu a testa, ao ver que a filha empalidecera, e ficou triste. Maria Luísa compreendeu, sorriu e lançou-lhe os braços ao pescoço.

– Acho que ele escolheu mau dia – disse ela. – A insônia pôs-me doente... Que é isso? Que cara é essa?

– Tu estás mentindo, minha filha... Se não é de teu gosto, fala; estamos em tempo.

– Já lhe disse que é muito e muito do meu gosto.

– Juras?

– Que ideia! Juro.

Riu-se ainda uma vez abanando a cabeça, com um ar de repreensão, mas parece que fazia violência a si mesma, porque desde logo deixou o pai. Se a leitora imagina que Maria Luísa foi outra vez chorar, mostra que ainda a não conhece; Maria Luísa foi descansar o espírito, longe de um objeto que a mortificava; ao mesmo tempo foi cogitar na resposta que daria ao Rochinha, cuja carta não leu mais em todo aquele dia – não se sabe se para não aumentar a aflição, unicamente para não a decorar de todo. Uma e outra coisa eram possíveis.

4

Naquele dia efetivamente foi à casa de Toledo um dos homens que a frequentavam desde algum tempo. Era um cearense, abastado e sério. Chamava-se Vieira, contava 38 para 40 anos. A fisionomia era comum, mas exprimia certa bondade; as maneiras acanhadas, mas discretas. Tinha as qualidades sólidas, não as brilhantes; e, se podia fazer a felicidade de uma consorte, não era precisamente o sonho de uma moça.

Vieira fora apresentado em casa de Toledo, por um amigo de ambos, e a seu pedido. Vira uma vez Maria Luísa, à saída do teatro, e deixou-se impressionar fortemente. Chegara do norte havia dois meses, e estava prestes a voltar, mas o encontro no teatro dispô-lo a demorar-se algum tempo. Sabemos ou adivinhamos o resto. Vieira principiou a frequentar a casa de Toledo, com assiduidade, mas sem adiantar nada, já porque o natural acanhamento lho impedia, já porque Maria Luísa não dava entradas a declarações. Era a amável dona da casa, que se dividia por todos com agrado e solicitude.

Se lhes disser que Maria Luísa não percebeu nada nos olhos de Vieira, no fim de poucos dias, digo uma coisa que nenhuma das leitoras acredita, porque todas elas sabem o contrário. Percebeu-o, efetivamente; mas não ficou abalada. Talvez o animou, olhando frequentes vezes para ele, não por mal, mas para saber se ele estava olhando também, o que, em certos casos, dizia uma dama, é o caminho de um namoro cerrado. Naquele foi somente a ilusão de Vieira, que concluiu dos olhos da moça, dos sorrisos e da afabilidade uma disposição matrimonial que não existia. Convém saber notar que a paixão de Vieira foi a maior contribuição do erro; a paixão cegava-o. Um dia, pois, estando em casa de Toledo, pediu licença para ir lá no dia seguinte tratar de negócios importantes. Toledo disse que sim; mas Vieira não foi; adoecera.

– Que diacho pode ele querer tratar comigo? – pensou o pai de Maria Luísa.

E encontrando o amigo comum que introduzira Vieira em sua casa, perguntou-lhe se sabia alguma coisa. O amigo sorriu.

– Que é? – insistiu Toledo.

– Não sei se posso dizer, ele lhe dirá de viva voz.

– Se é indiscrição, não teimo.

O amigo esteve algum tempo calado, sorriu outra vez, hesitou, até que lhe disse o motivo da visita, pedindo-lhe a maior reserva.

– Sou confidente do Vieira; está loucamente apaixonado.

Toledo sentiu-se alvoroçado com a revelação. Vieira merecera-lhe simpatia desde os primeiros dias do conhecimento; achava-lhe qualidades sérias e dignas. Não era criança, mas os 40 anos ou 38 que podia ter não se manifestavam por nenhum cabelo grisalho ou cansaço de fisionomia; esta, ao contrário, era fresca, os cabelos eram do mais puro castanho. E todas essas circunstâncias eram realçadas pelos bens da fortuna, vantagem que Toledo, como pai, considerava de primeira ordem. Tais foram os motivos que o levaram a falar do Vieira à filha, antes mesmo que ele lha fosse pedir. Maria Luísa não se mostrou espantada da revelação.

– Gosta de mim o Vieira? – respondeu ela ao pai. – Creio que já o sabia.

– Mas sabias que ele gosta muito?

– Muito, não.

– Pois é verdade. O pior é a figura que estou fazendo...

– Como?

– Falando de coisas sabidas, e... pode ser que ajustadas.

Maria Luísa baixou os olhos, sem dizer nada; pareceu-lhe que o pai não rejeitava a pretensão do Vieira, e temeu desenganá-lo logo dizendo-lhe que não correspondia às afeições do namorado. Esse gesto, além do inconveniente de calar a verdade, teve o de fazer supor o que não era. Toledo imaginou que era vergonha da filha, e uma espécie de confissão. E foi por isso que tomou a falar-lhe, daí a dois dias, com prazer, louvando muito as qualidades do Vieira, o bom conceito em que era tido, as vantagens do casamento. Não seria capaz de impor à filha, nem esse nem outro; mas visto que ela gostava... Maria Luísa sentiu-se fulminada. Adorava e conhecia o pai; sabia que ele não falaria de coisa que lhe não supusesse aceita, e sentiu qual era a sua persuasão. Era fácil retificá-lo; uma só palavra bastava a restituir a verdade. Mas aí entrou Maria Luísa noutra dificuldade; o pai, logo que supôs aceita à filha a candidatura do Vieira, manifestou todo o prazer que lhe daria o consórcio; e esta circunstância é que deteve a moça, e foi a origem dos sucessos posteriores.

A doença de Vieira durou perto de três semanas; Toledo visitou-o duas vezes. No fim daquele tempo, após curta convalescença, Vieira mandou pedir ao pai de Maria Luísa que lhe marcasse dia para a entrevista que não pudera realizar por motivo da enfermidade. Toledo designou outro dia, e foi a isso que aludiu no fim do capítulo passado.

O pedido do casamento foi feito nos termos usuais, e recebido com muita benevolência pelo pai, que declarou, entretanto, nada decidido sem que fosse do agrado da filha. Maria Luísa declarou que era muito de seu agrado; e o pai respondeu isso mesmo ao pretendente.

5

Não se faz uma declaração daquelas, em tais circunstâncias, sem grande esforço. Maria Luísa lutou primeiramente consigo, mas resolveu enfim, e, uma vez resoluta, não quis recuar um passo. O pai não percebeu o constrangimento da filha; e se não a viu jubilosa, atribuiu-o à natural gravidade do momento. Ele acreditara profundamente que ia fazer a felicidade da moça.

Naturalmente a notícia, apenas murmurada, causou assombro à prima do Rochinha, e desespero a este. O Rochinha não podia crer, ouvira dizer a duas pessoas, mas parecia-lhe falso.

– Não, impossível, impossível!

Mas logo depois lembrou-se de mil circunstâncias recentes, a frieza da moça, a falta de resposta, o desengano lento que lhe dera, e chegava a crer que efetivamente Maria Luísa ia casar com o outro. A prima dizia-lhe que não.

– Como não? – interrompeu ele. – Acho a coisa mais natural do mundo. Repare bem que ele tem muito mais do que eu, cinco ou seis vezes mais. Dizem que passa de seiscentos contos.

– Oh! – protestou a prima.

– Quê?

– Não diga isso; não calunie Maria Luísa.

O Rochinha estava desesperado e não atendeu à súplica; disse ainda algumas coisas duras, e saiu. A prima resolveu ir ter com a amiga para saber se era verdade; começava a crer que o fosse, e em tal caso já não podia fazer nada. O que não entendia era o repentino do casamento; não soube sequer do namoro.

Maria Luísa recebeu-a tranquila, a princípio, mas às interrupções e recriminações da amiga não pôde resistir por muito tempo. A dor comprimida fez explosão; e ela confessou tudo. Confessou que não gostava do Vieira, sem aliás lhe ter aversão ou antipatia; mas aceitara o casamento porque era um desejo do pai.

– Vou ter com ele – interrompeu a amiga –, vou dizer-lhe que...

– Não quero – interrompeu vivamente a filha de Toledo. – Não quero que lhe diga nada.

– Mas então hás de sacrificar-te?...

– Que tem? Não é difícil o sacrifício; o meu noivo é um bom homem; creio até que pode fazer a felicidade de uma moça.

A prima do Rochinha estava impaciente, nervosa, desorientada; batia com o leque no joelho, levantava-se, sacudia a cabeça, fechava a mão; e tornava a dizer que ia ter com Toledo para contar-lhe a verdade. Mas a outra protestava sempre; e da última vez declarou-lhe peremptoriamente que seria inútil qualquer tentativa; estava disposta a casar com o Vieira, e nenhum outro.

A última palavra era clara e expressiva; mas por outro lado traiu-a, porque Maria não o pôde dizer sem visível comoção. A amiga compreendeu que o Rochinha era amado; ergueu-se e pegou-lhe nas mãos.

– Olhe, Maria Luísa, não direi nada, não farei nada. Sei que você gosta de outro, e sei quem é o outro. Por que há de fazer dois infelizes? Pense bem; não se precipite.

Maria Luísa estendeu-lhe a mão.

– Promete que refletirá? – disse-lhe a outra.

– Prometo.

– Reflita, e tudo se poderá arranjar, creio.

Saiu de lá contente, e disse tudo ao primo; contou-lhe que Maria Luísa não amava o noivo; casava, porque lhe parecia que era agradável ao pai. Não esqueceu dizer que alcançara a promessa de Maria Luísa de que refletiria ainda sobre o caso.

– E basta que ela reflita – concluiu –, para que tudo se desfaça.
– Crê?
– Creio. Ela gosta de você; pode estar certo de que gosta e muito.
Um mês depois casavam-se Maria Luísa e Vieira.

6

Segundo o Rochinha confessou à prima, a dor que ele padeceu com a notícia do casamento não podia ser descrita por nenhuma língua humana. E, salvo a exageração, a dor foi isso mesmo. O pobre rapaz rolou de uma montanha ao abismo, expressão velha, mas única que pode dar bem o abalo moral do Rochinha. A última conversa da prima com Maria Luísa tinha-o principalmente enchido de esperanças, que a filha de Toledo cruelmente desvaneceu. Um mês depois do casamento o Rochinha embarcava para a Europa.

A prima deste não rompeu as relações com Maria Luísa, mas as relações esfriaram um pouco; e nesse estado duraram as coisas até seis meses. Um dia encontraram-se casualmente, falaram de objetos frívolos, mas a tristeza de Maria Luísa era tamanha, que feriu a atenção da amiga.

– Estás doente? – disse esta.
– Não.
– Mas tens alguma coisa?
– Não, nada.

A amiga supôs que houvesse algum desacordo conjugal, e, porque era muito curiosa, não deixou de ir alguns dias depois à casa de Maria Luísa. Não viu desacordo nenhum, mas muita harmonia entre ambos, e extrema benevolência da parte do marido. A tristeza de Maria Luísa tinha momentos, dias, semanas, em que se manifestava de um modo intenso; depois apagava-se ou diminuía, e tudo voltava ao estado habitual.

Um dia, estando em casa da amiga, Maria Luísa ouviu ler uma carta do Rochinha, vinda nesse dia da Europa. A carta tratava de coisas graves; não era alegre nem triste. Maria Luísa empalideceu muito, e mal pôde dominar a comoção. Para distrair-se abriu um álbum de retratos; o quarto ou quinto retrato era do Rochinha; fechou apressadamente e despediu-se.

– Maria Luísa ainda gosta dele – pensou a amiga.

Pensou isto, e não era pessoa que se limitasse a pensá-lo: escreveu-o logo ao primo, acrescentando esta reflexão: "Se o Vieira fosse um homem polido, espichava a canela e você...".

O Rochinha leu a carta com grande saudade e maior satisfação; mas fraqueou logo, e achou que a notícia era naturalmente falsa ou exagerada. A prima enganava-se, decerto; tinha o intenso desejo de os ver casados, e buscava alimentar a chama para o fim de uma hipótese possível. Não era outra coisa. E foi essa a linguagem da resposta que lhe deu.

Ao cabo de um ano de ausência, voltou o Rochinha da Europa. Vinha alegre, juvenil, curado; mas, por mais que viesse curado, não pôde ver sem comoção Maria Luísa, daí a cinco dias, na rua. E a comoção foi ainda maior, quando ele reparou que a moça empalidecera muito.

– Ama-me ainda – pensou ele.

E esta ideia luziu no cérebro dele e o acendeu de muita luz e vida. A ideia de ser amado, apesar do marido, e apesar do tempo (um ano!), deu ao Rochinha uma alta ideia de si mesmo. Pareceu-lhe que, rigorosamente, o marido era ele. E (coisa singular!) falou do encontro à prima sem lhe dar notícia da comoção dele e de Maria Luísa, nem da suspeita que lhe ficara de que a paixão de Maria Luísa não morrera. A verdade é que os dois encontraram-se segunda vez e terceira, na casa da prima do Rochinha, e a quarta vez na casa do próprio Vieira. Toledo era morto. Da quarta vez à quinta vez, a distância é tão curta, que não vale a pena falar nisso, senão para o fim de dizer que vieram logo atrás a sexta, a sétima e outras.

Para dizer a verdade toda, as visitas do Rochinha não foram animadas nem até desejadas por Maria Luísa, mas por ele mesmo e pelo Vieira, que desde o primeiro dia achou-o extremamente simpático. O Rochinha desfazia-se, na verdade, com o marido de Maria Luísa; tinha para ele as mais finas atenções, e desde o primeiro dia desacanhou-o, por meio de uma bonhomia, que foi a porta aberta da intimidade.

Maria Luísa, ao contrário, recebeu as primeiras visitas do Rochinha com muita reserva e frieza. Achou-as até de mau gosto. Mas é difícil conservar uma opinião, quando há contra ela um sentimento forte e profundo. A assiduidade amaciou as asperezas, e acabou por avigorar a chama primitiva. Maria Luísa não tardou em sentir que a presença do Rochinha lhe era necessária, e até pela sua parte dava todas as mostras de uma paixão verdadeira, com a restrição única de que era extremamente cautelosa, e, quando preciso, dissimulada.

Maria Luísa aterrou-se logo que conheceu o estado do seu coração. Ela não amava o marido, mas estimava-o muito, e respeitava-o. O renascimento do amor antigo pareceu-lhe uma perfídia; e, desorientada, chegou a ter ideia de contar tudo a Vieira; mas retraiu-se. Tentou então outro caminho, e começou a fugir das ocasiões de ver o antigo namorado; plano que não durou muito tempo. A assiduidade do Rochinha teve interrupções, mas não cessou nunca de todo, e ao fim de mais algumas semanas, estavam as coisas como no primeiro dia.

Os olhos são uns porteiros bem indiscretos do coração; os de Maria Luísa, por mais que esta fizesse, contaram ao Rochinha tudo, ou quase tudo o que se passava no interior da casa, a paixão e a luta com o dever. E o Rochinha alegrou-se com a denúncia, e pagou aos delatores com a moeda que mais os podia seduzir, por modo que eles daí em diante não tiveram outra coisa mais conveniente do que prosseguir na revelação começada.

Um dia, animado por um desses colóquios, o Rochinha lembrou-se de dizer a Maria Luísa que ele ia outra vez para a Europa. Era falso; não pensara sequer em semelhante coisa; mas se ela, aterrada com a ideia da separação, lhe pedisse que não partisse, o Rochinha teria grande satisfação, e não precisava de outra prova de amor. Maria Luísa, com efeito, empalideceu.

– Vou naturalmente no primeiro paquete do mês que vem – continuou ele.

Maria Luísa baixara os olhos; estava ofegante, e lutava consigo mesma. O pedido para que ele ficasse esteve quase a saltar-lhe do coração, mas não chegou nunca aos lábios. Não lhe pediu nada, deixou-se estar pálida, inquieta, a olhar para o chão, sem ousar encará-lo. Era positivo o efeito da notícia; e o Rochinha não esperou mais nada para pegar-lhe na mão. Maria Luísa estremeceu toda, e ergueu-se. Não lhe disse nada, mas afastou-se logo. Momentos depois, saía ele reflexionando deste modo:

– Faça o que quiser, ama-me. E até parece que muito. Pois...

7

Oito dias depois, soube-se que Maria Luísa e o marido iam para Teresópolis ou Nova Friburgo. Dizia-se que era moléstia de Maria Luísa, e conselho dos médicos. Não se dizia, contudo, os nomes dos médicos; e é possível que esta circunstância não fosse necessária. A verdade é que eles partiram rapidamente, com grande mágoa e espanto do Rochinha, espanto que, aliás, não durou muito tempo. Ele pensou que a viagem era um meio de lhe fugir a ele, e concluiu que não podia haver melhor prova da intensidade da paixão de Maria Luísa.

Não é impossível que isto fosse verdade; essa foi também a opinião da amiga; essa será a opinião da leitora. O certo é que eles seguiram e por lá ficaram, enquanto o Rochinha meditava na escolha da enfermidade que o levaria também a Nova Friburgo ou Teresópolis. Andava nessa indagação, quando se recebeu na corte a notícia de que o Vieira sucumbira a uma congestão cerebral.

– Feliz Rochinha! – pensou cruelmente a prima, ao saber da morte do Vieira.

Maria Luísa desceu logo depois de enterrar o marido. Vinha sinceramente triste; mas excepcionalmente bela, graças às roupas pretas.

Parece que, chegada a narrativa a este ponto, dispensar-se-ia o auxílio do narrador, e as coisas iam por si mesmas. Mas onde ficaria o caso da viúva, que deu que falar a um bairro inteiro? A amiga perguntou-lhe um dia se queria enfim casar com o Rochinha, agora, que nada mais se opunha ao consórcio de ambos.

– Ele é que o pergunta? – disse ela.

– Quem o pergunta sou eu – disse a outra. – Mas há quem ignore a paixão dele?

– Crês que me ame?

– Velhaca! Tu sabes bem que sim. Vamos lá; queres casar?

Maria Luísa deu um beijo na amiga; foi a sua resposta. A amiga, contente, enfim, de realizar a sua primitiva ideia, correu à casa do primo. Rochinha hesitou, olhou para o chão, torceu a corrente do relógio entre os dedos, abriu um livro de desenhos, arranjou um cigarro, e acabou dizendo que...

– Quê? – perguntou ansiosa a prima.

– Que não, que não tinha ideia de casar.

A estupefação da prima daria outra novela. Tal foi o caso da viúva.

O ASTRÓLOGO

Publicado originalmente no *Jornal das Famílias*, em 1876

Nunca houve talvez nesta boa cidade quem melhor empunhasse a vara de almotacé que o ativo e sagaz Custódio Marques, morador defronte da sacristia da Sé durante o curto vice-reinado do conde de Azambuja. Era homem de seus quarenta e cinco anos, cheio de corpo e de alma – a julgar pela atenção e fervor com que desempenhava o cargo, imposto pela vereança da terra e pelas leis do Estado. Os mercadores não tinham mais figadal inimigo do que esse olho da autoridade pública. As ruas não conheciam maior vigilante. Assim como uns nascem pastores e outros príncipes, Custódio Marques nascera almotacé; era a sua vocação e apostolado.

Infelizmente, como todo o excesso é vicioso, Custódio Marques, ou por natureza, ou por hábito, transpôs a fronteira de suas atribuições, e passou do exame das medidas ao das vidas alheias, e tanto curava de pesos como de costumes. Dentro de poucos meses, tornou-se o maior indagador e sabedor do que se passava nas casas particulares com tanta exação e individuação, que, uma sua comadre, assídua devota do Rosário, apesar da fama longamente adquirida, teve de lhe ceder a primazia.

— Mas, senhor compadre — dizia ela trespassando no alvo seio volumoso o seu lenço de algodão do tear de José Luís, à Rua da Vala —, não, senhor compadre, justiça, justiça. Eu tinha presunção de me não escapar nada ou pouca coisa; mas confesso que você é muito mais fino do que eu.

— E ainda não sei tudo o que queria, comadre Engrácia — replicou ele com modéstia. — Há, por exemplo, uma coisa que me quebra a cabeça há quinze dias. Pois olhe que não tenho perdido tempo!

— O que é, compadre? — disse ela piscando-lhe os olhos de curiosidade e impaciência. — Não é certamente o namoro do sargento-mor Fagundes com a irmã daquele mercador da Rua da Quitanda…

— Isso é coisa velha e revelha — respondeu Custódio levantando os ombros com desdém. — Se até o irmão da sujeita já deu pela coisa, e mandou dizer ao Fagundes que fosse cuidar dos filhos, se não queria apanhar uma sova de pau. Afinal, são lérias do mercador. Quem não sabe que a irmã vivia, ainda há pouco tempo… Cala-te, boca!

— Diga, compadre!

— Nada, não digo. É quase meio-dia, e o feijão lá está à minha espera.

A razão dada pelo almotacé tinha só de verdadeira a coincidência cronológica. Era exato estar próxima a hora do jantar. Mas o verdadeiro motivo de interromper a conversa, que se passava à porta da casa da senhora Engrácia, foi ter visto o nosso almotacé, ao longe, a esbelta figura do juiz de fora. Custódio Marques despediu-se da comadre e seguiu no encalço do juiz. Logo que se achou a umas oito braças dele, afrouxou o passo e assumiu o ar distraído que até então ninguém pudera imitar. Olhava para o chão, para o interior das lojas, para trás, para todos os lados, menos para a pessoa que era objeto da espionagem e, contudo, não a perdia de vista, não lhe escapava um único movimento.

O juiz, entretanto, dirigia-se pela Rua da Mãe dos Homens abaixo até à Rua Direita, que era onde morava. Custódio Marques viu-o entrar em casa e retrocedeu para a rua.

– Diabo! – dizia ele consigo. – Naturalmente, vinha de lá... se é que lá vai de dia... Mas onde?... Ficará para outra vez.

O almotacé seguiu a passo rápido para casa, não sem parar alguns minutos nas esquinas, a varrer a rua transversal com o seu par de olhos de lince. Ali chegando, achou efetivamente o jantar na mesa, um jantar corretamente nacional, puro dos deliciosos galicismos que nos trouxe a civilização.

Vieram para a mesa dona Esperança, filha do almotacé, e dona Joana da Purificação, sua irmã, a quem, por morte da mulher de Custódio Marques, coube a honra de reger a casa. Esperança possuía os mais belos olhos negros da cidade. Haveria cabelos mais lindos, boca mais graciosa, tez mais pura. Olhos, não; nesse particular, podia Esperança medir-se com os mais afamados da colônia. Eram pretos, grandes, rasgados; sobretudo tinham um certo jeito de despedir as setas, capaz de deitar abaixo o mais destro guerreiro. A tia, que a amava em extremo, trazia-a muito abençoada e coberta de mimos; servia-lhe de mãe, camareira e mestra; levava-a às igrejas e procissões, a todas as festas, quando porventura o irmão, por motivo do cargo oficial ou do cargo oficioso, não as podia acompanhar.

Esperança beijou a mão do pai, que a contemplou com olhos cheios de ternura e projetos. Eram estes casá-la, e casá-la nada menos que com um sobrinho do juiz de fora, homem da nobreza da terra, e noivo muito ambicionado de solteiras e viúvas. O almotacé não alcançara até então enredar o moço nas graças da filha; mas forcejava por isso. Uma coisa o tranquilizava: é que de suas pesquisas não colhera notícia de nenhuma pretensão amorosa da parte do rapaz. Era já muito não ter adversários que combater.

Esperança, entretanto, fazia cálculos muito diferentes, e tratava igualmente de os pôr em execução. Seu coração, ao passo que se não rendia à nobreza do sobrinho do juiz, sentia notável inclinação para o filho do boticário José Mendes – o jovem Gervásio Mendes, com quem se carteava e palestrava à noite, à janela, quando o pai andava em suas indagações por fora e a tia jogava a bisca com o sacristão da Sé. Esse namoro de uns quatro meses não tinha ares de ceder aos planos de Custódio Marques.

Abençoada a filha, e comido o jantar, foi Custódio Marques cochilar a sesta durante meia hora. A tarde gastou-a ao gamão, na botica vizinha, cujo dono, mais insigne naquele jogo que no preparo das drogas, estatelava igualmente os parceiros e os fregueses. A diferença entre os dois é que para o boticário o gamão era um fim, e para o almotacé um meio. Os dedos corriam e o almotacé ia misturando os remoques próprios do jogo com mil perguntas, ora claras, ora disfarçadas, acerca das coisas que lhe convinha saber; o boticário não hesitava em lhe dar conta das novidades.

Naquela tarde não havia nenhuma. Em compensação, havia um pedido.

– Você, senhor Custódio, é que me podia fazer um grande favor – disse o boticário.

– Qual?

– Aquele negócio dos chãos da Lagoa. Sabe que o senado da Câmara embirra em os tomar para si, quando é positivo que pertencem a meu filho José. Se o juiz de fora quisesse, podia fazer muito neste negócio; e você, que é tão íntimo dele...

– Homem, amigo sou – disse Custódio Marques lisonjeado com as palavras do boticário. – Mas seu filho, deixe-me que lhe diga... sei tudo.

– Tudo o quê?

– Ora! Sei que, quando o conde da Cunha tinha de organizar os terços de infantaria auxiliar, seu filho José, não alcançando a nomeação de oficial que desejava, e vendo-se ameaçado de ser alistado na tropa, foi lançar-se aos pés daquela mulher espanhola, que morou na Rua dos Ourives... Pois deveras não sabe?

– Diga, diga senhor Custódio.

– Lançou-se-lhe aos pés para lhe pedir proteção. A sujeita namorou-se dele; e, não lhe digo nada, foi ela quem lhe emprestou o dinheiro com que ele comprou um privilégio da redenção dos cativos, mediante o qual seu filho livrou-se da farda.

– Que peralta! A mim disse-me ele que o cônego Vargas...

– Isto, senhor José Mendes, foi muito malvisto pelos poucos que o souberam. Um deles é o juiz de fora, que é homem severo, apesar...

Custódio Marques engoliu o resto da frase, concluiu-a por outro modo, e saiu prometendo que, em todo caso, iria falar ao juiz. Efetivamente ao anoitecer lá estava em casa deste. O juiz de fora tratava o almotacé com particular distinção. Era ele o melhor remédio das suas melancolias, o mais serviçal sujeito para tudo quanto fosse de seu agrado. Logo que ele entrou, disse-lhe o dono da casa:

– Ora, venha cá, senhor espião, por que me andou você hoje a acompanhar um longo pedaço de tempo?

Custódio Marques empalideceu; mas foi rápida a impressão.

– O que havia de ser? – disse ele sorrindo. – Aquilo... aquilo que eu lhe disse uma vez, há dias...

– Há dias?

– Sim, senhor. Ando a ver se descubro uma coisa. Vossa Senhoria, que sempre gostou tanto de moças, é impossível que não tenha por aí alguma aventura...

– Deveras? – perguntou rindo o juiz de fora.

– Há de haver alguma coisa; e eu hei de descobri-la. Vossa Senhoria sabe se eu tenho faro para tais empresas. Só se me jurar que...

– Não juro, que não é caso disso; mas posso tirar-te o trabalho da pesquisa. Vivo com recato, como todos sabem; tenho deveres de família...

– Qual! Tudo isso é nada quando um rosto bonito... que ele há de ser bonito por força; nem Vossa Senhoria é pessoa que se deixe aí levar por qualquer figura... Eu verei o que há. Olhe, o que eu posso afiançar é que o que descobrir cá vai comigo para a sepultura. Nunca fui homem de dar com a língua nos dentes.

O juiz de fora riu muito, e Custódio Marques passou daquele assunto para o do filho do boticário, mais por descargo de consciência que por verdadeiro interesse. Contudo, é força confessar que a vaidade de mostrar ao vizinho José Mendes que ele podia influir alguma coisa sempre lhe afiou a língua um pouco mais do que queria. A conversa foi interrompida por um oficial que trazia ao juiz de fora um recado do conde de Azambuja. O magistrado leu a cartinha do vice-rei e empalideceu um pouco. Não escapou esta circunstância ao almotacé, cuja atenção encarapitou-se toda nos seus olhinhos vivos e perspicazes, enquanto o juiz dizia ao oficial que não tardaria em obedecer às ordens de Sua Excelência.

– Alguma importunação, naturalmente – disse Custódio Marques com ar de quem queria ser discreto. – São as obrigações do cargo; ninguém foge a elas. Vossa Senhoria precisa de mim?

– Não, senhor Custódio.

– Se precisa, não tenha cerimônia. Bem sabe que eu nunca estou melhor do que ao seu serviço. Se quiser um recado qualquer...

– Um recado? – repetiu o magistrado como quem efetivamente precisava de mandar algum.

– O que quiser; fale Vossa Senhoria, que há de ser logo obedecido.

O juiz de fora refletiu um instante, e recusou. O almotacé não teve outro remédio senão deixar a companhia de seu amigo e protetor. Eram nove horas dadas. O juiz de fora preparou-se para acudir ao chamado do vice-rei; dois escravos, com lanternas, o precederam na rua, enquanto Custódio Marques volvia para casa, sem lanterna, apesar das instâncias do magistrado para que aceitasse uma.

A lanterna era um obstáculo para o funcionário municipal. Se a iluminação pública, que só começou no vice-reinado do conde de Resende, fosse naquele tempo sujeita ao voto do povo, pode-se afirmar que o almotacé lhe seria contrário. A escuridão era uma das vantagens de Custódio Marques. Ele a aproveitava em escutar às portas ou surpreender as entrevistas dos namorados às janelas. Naquela noite, porém, mais que tudo o preocupava o chamado do vice-rei e a impressão que ele fez ao juiz de fora. Que seria? Custódio Marques ia cogitando nisso e pouco no resto da cidade. Ainda assim, pôde ouvir alguma coisa da conspiração de vários devotos do Rosário, em casa do barbeiro Matos, para derribar a atual mesa da Irmandade, e viu sair cinco ou seis indivíduos da casa de dona Emerenciana, à Rua da Quitanda, onde ele já havia descoberto que se jogava todas as noites. Um deles, pela fala, pareceu-lhe que era o filho de José Mendes.

– Nisso é que se ocupa aquele peralta! – dizia ele consigo.

Mas enganava-se o almotacé. Justamente à hora em que da casa de dona Emerenciana saíam os tais sujeitos, despedia-se Gervásio Mendes da formosa Esperança, com que conversava à janela, desde às sete horas e meia. Gervásio queria prolongar a conversa, mas a filha do almotacé pediu-lhe instantemente que fosse, visto ser hora de voltar o pai. Além disso, a tia de Esperança, irritada com cinco ou seis capotes que lhe dera o sacristão, jurava pelas bentas setas do mártir padroeiro nunca mais pegar em cartas. Verdade é que o sacristão, filósofo e prático, baralhava as cartas com exemplar modéstia, e vencia o despeito de dona Joana, à força de lhe dizer que a fortuna anda e desanda, e que a partida seguinte bem lhe podia ser adversa. Dona Joana entre as cartas e as setas escolheu o que lhe parecia ser menos mortífero.

Gervásio cedeu também às rogativas de Esperança.

– Sobretudo – dizia Esperança –, não fiques zangado com papai por ele haver dito...

– Oh! Se tu souberes o que foi! – interrompeu o filho do boticário. – Foi uma calúnia, mas tão torpe que não te posso repetir. Estou certo de que o senhor Custódio Marques não a inventou; repetiu-a somente e fez mal. E foi por culpa dele que meu pai me ameaçou hoje com uma sova de pau. Pau, a mim! E por causa do senhor Custódio Marques!

– Mas ele não te quer mal...

– Eu sei lá!

– Não quer, não – insistiu a moça com meiguice.

– Pode ser que não; mas com os projetos que tem a teu respeito, se vier a saber que tu gostas de mim... E daí pode ser que tu mesma cedas e cases com o...

– Eu! Nunca! Antes meter-me freira.

– Juras?

– Gervásio!

Estalou um beijo que fez levantar a cabeça à tia Joana, e o sacristão explicou dizendo que lhe parecia o chiar de um grilo. O grilo arrancou-se, enfim, à companhia da gentil Esperança, e tinha já tempo de estar acomodado na sua alcova, quando Custódio Marques chegou à casa. Achou tudo em paz. Dona Joana levantava a banca do jogo, o sacristão despedia-se, Esperança recolhera-se ao seu quarto. O almotacé encomendou-se aos santos de sua devoção, e dormiu na paz do Senhor.

A palidez do juiz de fora não saiu, talvez, da cabeça do leitor; e, tanto como o almotacé, está ele curioso de saber a causa do fenômeno. A carta do vice-rei dizia respeito a negócio do Estado. Era lacônica; mas terminava com uma frase mortal para o magistrado: "Se o juiz de fora fosse obrigado ao serviço extraordinário de que lhe falava o conde de Azambuja, interrompia-se um romance, começado cerca de dois meses antes, em que era protagonista uma interessante viuvinha de vinte e seis estios". Essa viuvinha era da província de Minas Gerais; descera da terra natal para entregar em mão do vice-rei uns papéis que queria submeter a Sua Majestade, e ficou presa nas maneiras obsequiosas do juiz de fora.

Alugou casa perto do convento da Ajuda, e ali estava morando, a título de ver a capital. O romance assumiu proporções grandes, complicou-se o enredo, avultaram as descrições e as peripécias, e a obra ameaçava estender-se a muitos volumes. Nestas circunstâncias, exigir do magistrado que se alongasse da capital algumas semanas era exigir o mais difícil e aspérrimo. Imagine-se com que alma saiu dali o magistrado.

Qual fosse o negócio de Estado que obrigou aquele chamado noturno não sei eu, nem importa sabê-lo. O essencial é que durante três dias ninguém arrancou um sorriso aos lábios do magistrado, e que no terceiro dia volveu-lhe a alegria mais espontânea e viva que até ali tivera. Adivinha-se que a necessidade da jornada desapareceu e que o romance não ficava truncado.

O almotacé foi dos primeiros que viram esta mudança. Preocupado com a tristeza do juiz de fora, não menos o ficou ao vê-lo novamente satisfeito.

– Não sei qual foi o motivo da tristeza de Vossa Senhoria – disse ele –, mas espero mostrar-lhe quanto me alegro com vê-lo tornado às suas usuais venturas.

Efetivamente, o almotacé tinha dito à filha que era necessário dar um mimo qualquer, de suas mãos, ao juiz de fora, com quem, se a fortuna a ajudasse, viria a ser aparentada. Custódio Marques não viu o golpe que a filha recebeu com esta palavra; exigia o cargo municipal que ele fosse dali a serviço, e foi, deixando a alma da menina doente de maior aflição.

Entretanto, a alegria do juiz de fora era tal, e tão agudo se ia tornando o romance, que já o feliz magistrado observava menos as costumadas cautelas. Um dia, cerca das seis horas da tarde, passando o almotacé pela Rua da Ajuda, viu sair de uma casa, de nobre aparência, a venturosa figura do magistrado. Sua atenção encrespou as orelhas; e os olhos perspicazes faiscaram de contentamento. Haveria ali um fio? Logo que viu longe o juiz de fora, aproximou-se da casa, como farejando; dali foi à loja mais próxima, onde soube que na dita casa morava a interessante viúva mineira. A eleição de vereador ou um presente de 400 africanos não o contentaria mais.

– Tenho o fio! – dizia ele consigo. – Resta-me ir ao fundo do labirinto.

Daí em diante, não houve assunto que distraísse o espírito investigador do almotacé. De dia e de noite, vigiava a casa da Rua da Ajuda, com pertinácia e dissimulação raras; e tão feliz foi que, no fim de cinco dias, tinha certeza de tudo. Auxiliou-o nisso a indiscrição de alguns escravos. Uma vez sabedor da aventura, deu-se pressa em correr à casa do juiz de fora.

– Ainda agora aparece! – exclamou este logo que o viu entrar.

– Vossa Senhoria fez-me a honra de mandar chamar?

– Há meia hora que andam dois emissários a sua procura.

– Eu estava em serviço de Vossa Senhoria.

– Como?

– Não lhe dizia eu que havia de descobrir alguma coisa? – perguntou o almotacé piscando os olhos.

– Alguma coisa!

– Sim, aquilo… Vossa Senhoria sabe a que me refiro… Meteu-se-me em cabeça que Vossa Senhoria não podia escapar-me.

– Não compreendo.

– Não compreende Vossa Senhoria outra coisa – disse Custódio Marques deliciando-se com o repassar do ferro na curiosidade do protetor.

– Mas, senhor Custódio, trata-se…

– Trate-se do que se tratar; declaro a Vossa Senhoria que sou de segredo, e por isso nada direi a ninguém. Que havia de haver algum bico d'obra, era verdade; andei à espreita, e afinal descobri a moça… a moça da Rua da Ajuda.

– Sim?

– É verdade. Fiz a descoberta há dois dias; mas não vim logo porque queria certificar-me bem. Agora, posso dizer-lhe que... sim, senhor... aprovo. É muito bonita.

– Andou então na investigação dos meus passos?

– Vossa Senhoria compreende que não há outra intenção...

– Pois, senhor Custodio Marques, mandei-o chamar por toda a parte, visto que há cerca de três quartos de hora tive notícia de que sua filha fugiu de casa...

O almotacé deu um pulo; seus dois olhinhos cresceram desmesuradamente; a boca, aberta, não ousava proferir uma só palavra.

– Fugiu de casa – continuou o magistrado –, segundo notícia que tenho, e creio que...

– Mas com quem? Com quem? Para onde? – articulou, enfim, o almotacé.

– Fugiu com o Gervásio Mendes. Vão na direção da Lagoa da Sentinela...

– Senhor doutor, peço-lhe perdão, mas, bem sabe... bem sabe...

– Vá, vá...

Custódio Marques não atinava com o chapéu. Deu-lho o juiz de fora.

– Corra...

– Olhe a bengala!

O almotacé recebeu a bengala.

– Obrigado! Quem tal diria! Ah! Nunca pensei... que minha filha, e aquele peralta... Deixe-os comigo...

– Não perca tempo.

– Vou... vou.

– Mas, olhe cá, antes de ir. Um astrólogo contemplava os astros com tamanha atenção, que caiu num poço. Uma velha da Trácia, vendo-o cair, soltou esta exclamação: "Se ele não via o que lhe estava aos pés, para que havia de investigar o que lá fica tão em cima!".

O almotacé compreenderia o apólogo, se pudesse ouvi-lo. Mas não ouviu nada. Desceu as escadas a quatro e quatro bufando como um touro.

Il court encore.

MUITOS ANOS DEPOIS

Publicado originalmente no *Jornal das Famílias*, em 1874

1

Tinha vinte e sete anos o padre Flávio, quando começou a carreira de pregador para a qual se sentia arrastado por uma vocação irresistível. Teve a felicidade de ver começada a sua reputação desde as primeiras prédicas, que eram ouvidas com entusiasmo por homens e mulheres. Alguns inimigos, que a fortuna lhe dera por confirmação do seu mérito, diziam que a eloquência do padre era insossa e fria. É pena dizer que esses adversários do padre vinham da sacristia, e não da rua.

Bem pode ser que entre os admiradores do padre Flávio alguns fossem mais entusiastas das suas graças que dos seus talentos – para ser justo, gostavam de ouvir a palavra divina proferida por uma graciosa boca. Efetivamente o padre Flávio era uma soberba figura; a sua cabeça tinha uma forma escultural. Se a imagem não ofende os ouvidos católicos, direi que parecia Apolo convertido ao Evangelho. Tinha magníficos cabelos pretos, olhos da mesma cor, nariz reto, lábios finos, a testa lisa e polida. O olhar, ainda que sereno, tinha uma expressão de severidade, mas sem afetação. Aliavam-se naquele rosto a graça profana e a austeridade religiosa, como duas coisas irmãs, dignas igualmente da contemplação divina.

O que o padre Flávio era no aspecto, era-o também no caráter. Pode-se dizer que era cristão e pagão ao mesmo tempo. A sua biblioteca constava de três grandes estantes. Numa estavam os livros religiosos, os tratados de teologia, as obras de moral cristã, os anais da Igreja, os escritos dos Jerônimos, dos Bossuets e dos Apóstolos. A outra continha os produtos do pensamento pagão, os poetas e os filósofos das eras mitológicas, as obras de Platão, de Homero, de Epíteto e Virgílio. Na terceira estante estavam as obras profanas que não se ligavam essencialmente àquelas duas classes, e com que ele se deleitava nas horas vagas que lhe deixavam as outras duas. Na classificação dos seus livros, o padre Flávio viu-se algumas vezes perplexo; mas resolvera a dificuldade de um modo engenhoso. O poeta Chénier, em vez de ocupar a terceira estante, foi colocado na classe do paganismo, entre Homero e Tíbulo. Quanto ao Telêmaco de Fénelon, resolveu o padre deixá-lo sobre a mesa de trabalho; era um arcebispo católico que falava do filho de Ulisses; exprimia de algum modo a feição intelectual do padre Flávio.

Seria puerilidade supor que o padre Flávio, consorciando assim os escritos de duas inspirações opostas, fizesse dos dois cultos um só, e abraçasse do mesmo modo os deuses do templo antigo e as imagens da Igreja cristã. A religião católica era a da sua fé, ardente, profunda, inabalável; o paganismo representava a sua religião literária. Se encontrava no discurso da montanha consolações para a consciência, tinha nas páginas de Homero deliciosos prazeres ao seu espírito. Não confundia as odes de Anacreonte com o Cântico dos cânticos, mas sabia ler cada livro, a seu tempo, e tinha para si (coisa que mesma lhe perdoara o padre Vilela) que entre as duas obras havia alguns pontos de contato.

2

O padre Vilela, que entrou por incidente no período acima, tinha uma grande parte na vida do padre Flávio. Se este abraçara a vida religiosa foi por conselho e direção do padre Vilela, e em boa hora o fez porque, dos seus contemporâneos, nenhum honrou melhor o hábito sagrado.

Educado pelo padre Vilela, Flávio achou-se aos 18 anos com todos os conhecimentos que podiam prepará-lo para as funções religiosas. Contudo estava resolvido a seguir outra carreira, e tinha já em vista o curso jurídico. O padre Vilela esperava que o moço escolhesse livremente a profissão, não querendo comprar mediante uma condescendência de rapaz o futuro arrependimento. Uma circunstância que interessa à história fez que Flávio abraçasse a profissão sacerdotal a que já o dispunham, não somente a instrução do espírito, mas também a severidade dos costumes.

Quando num dia de manhã, à mesa do almoço, Flávio declarou ao padre que queria servir à Igreja, este, que era sincero servidor dela, sentiu imenso júbilo e abraçou o moço com efusão.

– Eu não podia pedir – disse Vilela – melhor profissão para o meu filho.

O nome de filho era o que lhe dava o padre e com razão lhe dava, porque se Flávio não lhe devia o ser, devia-lhe a criação e a educação.

Vilela fora muitos anos antes vigário em uma cidade de Minas Gerais; e aí conhecera um lindo menino que uma pobre mulher educava como podia.

– É seu filho? – perguntou-lhe o padre.

– Não, reverendíssimo, não é meu filho.

– Nem afilhado?

– Nem afilhado.

– Nem parente?

– Nem parente.

O padre não perguntou mais nada, suspeitando que a mulher ocultava coisa que não podia dizer. Ou fosse por essa circunstância, ou porque o menino lhe inspirava simpatia, o fato é que o padre não perdeu de vista aquela pobre família composta de duas pessoas. Naturalmente caridoso, não poucas vezes o padre ajudava a mulher nas necessidades de sua vida. A maledicência não deixou de abocanhar a reputação do padre com respeito à proteção que dava à mulher. Mas ele tinha uma filosofia singular: olhava por cima do ombro os caprichos da opinião.

Como o menino já tivesse oito anos, e não soubesse ler, quis o padre Vilela começar a educação dele e a mulher agradecida aceitou os obséquios do padre.

A primeira coisa que o mestre admirou no discípulo foi a docilidade com que ele ouvia as lições e o afinco e zelo com que as estudava. É natural da criança preferir os brincos aos labores do estudo. O menino Flávio fazia do aprender uma regra e do brincar uma exceção, isto é, primeiro decorava as lições que o mestre lhe dava, e só depois de as ter sabidas é que se ia divertir com os outros rapazes seus companheiros.

Com este merecimento, tinha o menino outro ainda maior, era o de uma inteligência clara, e imediata compreensão, de maneira que ia entrando nos estudos com pasmosa rapidez e inteira satisfação do mestre.

Um dia, adoeceu a mulher, e foi caso de verdadeira aflição para as duas criaturas a quem ela mais estimava, o padre e o pequeno. Agravou-se a moléstia a ponto de ser necessário aplicarem-se os sacramentos. Flávio, já então com doze anos, chorava que fazia dó. A mulher expirou beijando o menino:

– Adeus, Flávio – disse ela –, não te esqueças de mim.

– Minha mãe! – exclamou o pequeno abraçando a mulher.

Mas ela já o não podia ouvir.

Vilela pôs-lhe a mão sobre o coração, e voltando-se para Flávio disse:

– Está com Deus.

Não tendo ninguém mais neste mundo, o menino ficara à mercê do acaso, se não fosse Vilela que imediatamente o levou consigo. Como já havia intimidade entre os dois, não foi difícil ao pequeno a mudança; contudo nunca se lhe varria da memória a ideia da mulher que ele não só chamava mãe, como até a tinha por isso, visto que não conhecera outra.

A mulher, na véspera de morrer, mandou pedir ao padre que lhe viesse falar. Quando ele chegou, mandou sair o pequeno e disse-lhe:

– Vou morrer, e não sei o que há de ser de Flávio. Não ouso pedir-lhe, reverendíssimo, que o tome para si; mas quisera que fizesse alguma coisa por ele, que o recomende a algum colégio da caridade.

– Descanse – respondeu Vilela. – Eu me incumbo do rapaz.

A mulher olhou agradecida para ele.

Depois fazendo um esforço tirou debaixo do travesseiro uma carta lacrada e entregou-a ao padre.

– Esta carta – disse ela – foi-me entregue com este menino; é escrita por sua mãe; tive ordem de lhe entregar quando ele completasse vinte e cinco anos. Não quis Deus que eu tivesse o gosto de cumprir a recomendação. Quer Vossa Reverendíssima incumbir-se dela?

O padre pegou na carta, leu o sobrescrito, que dizia assim: A meu filho. Prometeu entregar a carta no prazo indicado.

3

Flávio não desmentiu as esperanças do padre. Os seus progressos eram espantosos. Teologia, história, filosofia, línguas, literatura, tudo isso estudou o rapaz com pasmosa atividade e zelo. Não tardou que excedesse ao mestre, porquanto este era apenas uma inteligência medíocre e Flávio possuía um talento superior.

Como boa alma que era, o velho mestre tinha orgulho da superioridade do discípulo. Conhecia perfeitamente que, de certo tempo em diante, os papéis estavam trocados: era ele quem teria de aprender com o outro. Mas a própria inferioridade fazia a sua glória.

– Os olhos que descobrem um brilhante – dizia o padre consigo – não fulgem mais que ele, mas alegram-se com tê-lo achado e dado ao mundo.

Não vem ao caso referir os sucessos que deslocaram o padre da sua freguesia em Minas para a corte. Veio o padre residir aqui quando Flávio contava já dezessete anos. Tinha alguma coisa de seu e podia viver independente, em companhia de seu filho espiritual, única família sua, mas quanto bastava aos afetos do seu coração e aos hábitos intelectuais.

Flávio já não era então o pobre menino de Minas. Era um elegante rapaz, belo de feições, delicado e severo de maneiras. A educação que tivera em companhia do padre dera-lhe uma gravidade que realçava a pureza de suas feições e a graça do seu gesto. Mas por cima de tudo isso havia um véu de melancolia que tinha duas causas: o próprio caráter dele e a lembrança incessante da mulher que o criara.

Vivendo na casa do padre, com a subsistência que permitiam as posses deste, instruído, admirado, cheio de esperanças e de futuro, Flávio recordava sempre a vida de pobreza que tivera em Minas, os sacrifícios que a boa mulher fizera por ele, as lágrimas que algumas vezes derramaram juntos quando chegava a faltar-lhes o pão. Não esquecera nunca o amor que aquela mulher lhe consagrara até a morte, e o zelo extremo com que o tratara. Em vão procurara na memória alguma palavra mais ríspida da parte de sua mãe: só conservava a lembrança de afagos e amores.

Apontando aqui estas duas causas permanentes da sua melancolia, não quero exagerar o caráter do rapaz. Pelo contrário, Flávio era um conversador ameno e variado. Sorria frequentemente, com ingenuidade, com satisfação. Gostava da discussão; a sua palavra era quase sempre animada; tinha entusiasmo na conversação. Havia nele uma feliz combinação de dois sentimentos, por modo que nem a melancolia o tornava enfadonho, nem a alegria insuportável.

Profundamente observador, o discípulo do padre Vilela aprendeu cedo a ler estes livros que se chamam corações antes de os estimar e aplaudir. A sagacidade natural não estava ainda apurada pela experiência e pelo tempo. Aos dezoito anos julga-se mais pelo coração que pela reflexão. Nessa idade acontece sempre pintarmos um caráter com as cores dos nossos próprios afetos. Flávio não podia escapar absolutamente a esta lei comum, que uns dizem ser má e outros querem que seja excelente. Mas o moço ia-se pouco a pouco acostumando ao trato dos homens; a vida retirada que vivera desenvolveu-lhe o gosto da solidão. Quando começou a travar relações não contava uma só que lhe fosse imposta por nenhuma intimidade passada.

O padre Vilela, que tinha por si a experiência da vida, gostava de ver no rapaz esse caráter temperado de entusiasmo e reserva, de confiança e receio. Parecia ao padre, em cujo espírito já rolava a ideia de ver o discípulo servo da Igreja, que o resultado daquilo seria distanciar-se o rapaz do século e aproximar-se do sacerdócio.

Mas o padre Vilela não contava com esta crise necessária da juventude chamada amor, que o rapaz não conhecia também a não ser pelos livros do seu gabinete. Quem sabe?

Talvez esses livros lhe fizessem mal. Acostumado a ver o amor com a lente da fantasia, deleitando-se com as sensações poéticas, com as criações ideais, com a vida da imaginação, Flávio não tinha a menor ideia da coisa prática, tanto se absorvia na contemplação da coisa ideal.

Semelhante ao homem que só houvesse vivido no meio de figuras esculpidas em mármore, e que supusesse nos homens o original completo das cópias artísticas, Flávio povoava a sua imaginação de Ofélias e Marílias, ansiava por encontrá-las, amava-as antecipadamente, em solitárias chamas. Como era natural, o moço exigia mais do que poderia dar a natureza humana.

Foi então que se produziu a circunstância que lhe abriu mais depressa as portas da Igreja.

4

Não é preciso dizer de que natureza foi a circunstância; os leitores já o terão adivinhado.

Flávio fazia poucas visitas e não conhecia gente. Ia de quando em quando a duas ou três casas de família onde o padre o apresentara e aí passava algumas horas que no dizer das pessoas da casa eram minutos. A hipérbole era sincera; Flávio possuía o dom de conversar bem, sem demasia nem parcimônia, equilibrando-se entre o que era fútil e o que era pesado.

Uma das casas a que ia era a de uma dona Margarida, viúva de um advogado que enriquecera no foro e deixara à família boa e larga riqueza. A viúva tinha duas filhas, uma de dezoito anos, e outra de doze. A de doze era uma criança querendo ser moça, um lindo prefácio de mulher. Qual seria o livro? Flávio não fez nem respondeu a esta pergunta.

    A que desde logo lhe chamou a atenção foi a mais velha, criatura que lhe aparecia com todos os encantos imaginados por ele. Chamava-se Laura; estava no pleno desenvolvimento da mocidade. Era diabolicamente bela; o termo será impróprio, mas exprime perfeitamente a verdade. Era alta, bem formada, mais imponente que delicada, mais soberana que graciosa. Adivinhava-se-lhe um caráter imperioso; era dessas mulheres que, emendando a natureza, que as não fez nascer no trono, fazem-se rainhas por si mesmas. Outras possuem a força da fraqueza; Laura não. Seus lábios não eram feitos para a súplica, nem seus olhos para a meiguice. Fosse-lhe preciso adquirir uma coroa – quem sabe? –, Laura seria lady Macbeth.

    Semelhante caráter, sem a beleza, seria quase inofensivo. Laura era formosa, e sabia que o era. Sua beleza era dessas que arrastam logo à primeira vista. Possuía os mais belos olhos do mundo, grandes e negros, olhos que despendiam luz e nadavam em fogo. Os cabelos, igualmente negros e abundantes, trazia-os penteados com arte especial, por modo que lhe dessem à cabeça uma espécie de diadema. Coroavam assim uma testa branca, larga, inteligente. A boca, se o desdém não existisse, inventava-o certamente. Toda a figura tinha uma expressão de desdenhosa gravidade.

    Lembrara-se Flávio de ficar namorado daquela Semíramis burguesa. Como o seu coração era ainda virgem, caiu logo no primeiro golpe, e não tardou que a serenidade da sua vida se transformasse em tempestade desfeita. Tempestade é o verdadeiro nome, porque, à medida que os dias iam passando, o amor crescia, e crescia o receio de se ver repelido ou talvez menoscabado.

    Flávio não tinha ânimo de se declarar à moça, e esta parecia estar longe de lhe adivinhar os sentimentos. Não estava longe; adivinhara-o logo. Mas o mais que o seu orgulho concedeu ao mísero amador foi perdoar-lhe a paixão. No rosto nunca se lhe traiu o que sentia. Quando Flávio olhava para ela, embebido e esquecido do resto do universo, Laura sabia tão bem disfarçar que nunca traía a sua sagacidade.

Vilela reparou na tristeza do rapaz; mas, como ele não lhe dizia nada, teve a prudência de lhe não perguntar por isso. Imaginou que seriam amores; e como desejava vê-lo no sacerdócio, a descoberta não deixou de o aborrecer.

Havia, porém, uma coisa pior do que não ser sacerdote, era ser infeliz, ou ter empregado mal o fogo do seu coração. Vilela pensou nisto e mais aborrecido ainda ficou. Flávio andava cada vez mais melancólico e até lhe pareceu que emagrecia, donde o bom padre concluiu logicamente que devia ser paixão incurável, atentas as relações íntimas em que estão a magreza e o amor, na teoria romântica.

Vendo aquilo, e prevendo que o resultado podia ser funesto ao seu amigo, Vilela estabeleceu de si para si um prazo de 15 dias, findo os quais, se Flávio não lhe fizesse confissão voluntária do que sentia, ele lha arrancaria à força.

5

Daí a oito dias teve ele a ventura inefável de ouvir da própria boca de Flávio que queria seguir a carreira sacerdotal. O rapaz dizia aquilo com tristeza, mas resoluto. Vilela recebeu a notícia como eu tive já ocasião de dizer aos leitores, e tudo se preparou para que o neófito fizesse as primeiras provas.

Flávio resolvera adotar a vida eclesiástica depois que da própria Laura teve o desengano. Repare o leitor que eu não digo ouviu, mas teve. Flávio não ouviu nada. Laura não lhe falou quando ele timidamente confessou que a adorava. Seria uma concessão. Laura não fazia concessões. Olhou para ele, ergueu a ponta do lábio e começou a contar as varetas do leque. Flávio insistiu; ela retirou-se com um ar tão frio e desdenhoso, mas sem um gesto, sem nada mais que indicasse a menor impressão, ainda que fora de ofensa. Era mais que despedi-lo, era esmagá-lo. Flávio curvou a cabeça e saiu.

Agora saltemos a pés juntos alguns pares de anos e vamos encontrar o padre Flávio no princípio da sua carreira, tendo justamente pregado o seu primeiro sermão. Vilela não cabia em si de contente; os cumprimentos que

Flávio recebia era como se ele os recebesse; revia-se na sua obra; aplaudia-
-se no talento do rapaz.

– Minha opinião, reverendo – dizia-lhe ele um dia ao almoço –, é que irás longe...

– À China? – perguntou sorrindo o outro.

– Longe é para cima – replicou Vilela. – Quero dizer que hás de subir, e que ainda terei o gosto de te ver bispo. Não tens ambições?

– Uma.

– Qual?

– A de viver sossegado.

Esta disposição não agradava muito ao reverendo padre Vilela, que, sendo pessoalmente despido de ambições, desejava para o seu filho espiritual um elevado lugar na hierarquia da Igreja. Não quis, porém, combater o desprendimento do rapaz e limitou-se a dizer que não conhecia ninguém mais apto para ocupar uma sede episcopal.

No meio dos seus encômios foi interrompido por uma visita; era um rapaz quase da mesma idade do padre Flávio e seu antigo companheiro de estudos. Atualmente tinha um emprego público, era alferes porta-bandeira de um batalhão da Guarda Nacional. A estas duas qualidades juntava a de ser filho de um negociante de grosso trato, o senhor João Ayres de Lima, de cujos sentimentos políticos dissentia radicalmente, visto que estivera no ano anterior com os revolucionários de 7 de abril, enquanto o pai era muito inclinado aos restauradores.

Henrique Ayres não fizera grande figura nos estudos; não fez sequer figura medíocre. Era doutor apenas, mas bom coração e rapaz de bons costumes. O pai quisera casá-lo com a filha de um negociante seu amigo; mas Henrique, tendo dado imprudentemente o coração à filha de um escrivão de agravos, opôs-se com todas as forças ao casamento. O pai, que era bom homem, não quis obrigar o coração do rapaz, e desistiu da empresa. Aconteceu então que a filha do negociante casou com outro e a filha do escrivão começou a dar corda a um segundo pretendente com quem veio a casar pouco tempo depois.

Estas particularidades são necessárias para explicar o grau de intimidade entre Henrique e Flávio. Foram eles naturalmente confidentes um do outro, e falaram (outrora) muito e muito dos seus amores e esperanças com a circunstância usual entre namorados que cada um deles era o ouvinte de si mesmo.

Os amores foram-se; a intimidade ficou. Apesar dela, desde que Flávio tomara ordens, e já antes nunca mais Henrique lhe falara de Laura, conquanto suspeitasse que a lembrança da moça não se lhe apagara no coração. Adivinhara até que a repulsa da moça o atirara ao sacerdócio.

Henrique Ayres foi recebido como um íntimo da casa. O padre Vilela gostava dele, principalmente porque era amigo de Flávio. Além disso, Henrique Ayres era um rapaz alegre, e o padre Vilela gostava de rir.

Desta vez, entretanto, não vinha alegre o alferes. Trazia os olhos desvairados e a cara sombria. Era um rapaz bonito, elegantemente vestido à maneira do tempo. Contava um ano menos que o padre Flávio. Tinha o corpo muito direito, em parte porque a natureza o fizera assim, em parte porque andava, ainda à paisana, como se levasse a bandeira na mão.

Vilela e Flávio perceberam logo que o recém-chegado tinha alguma coisa que o preocupava; nenhum deles, entretanto, o interrogou. Trocaram-se algumas palavras friamente, até que Vilela, percebendo que Henrique Ayres desejaria conversar com o amigo, deixou a mesa e saiu.

6

Henrique, apenas ficou só com Flávio, atirou-se-lhe aos braços e pediu que o salvasse.

– Salvar-te! – exclamou Flávio. – De quê?

Henrique sentou-se outra vez sem responder e pôs a cabeça nas mãos. O padre insistiu com ele para que dissesse o que havia, fosse o que fosse.

– Cometeste algum...

– Crime? Sim, cometi um crime – respondeu Henrique –, mas, descansa, não foi nenhum roubo nem morte; foi um crime que felizmente se pode reparar...

– Que foi então?
– Foi...
Henrique hesitou. Flávio instou para que confessasse tudo.
– Eu gostava muito de uma moça e ela de mim – disse enfim o alferes. – Meu pai, que sabia do namoro, creio que o não desaprovava. O pai dela, entretanto, opunha-se ao nosso casamento... Noutro tempo tu já saberias destas coisas; mas agora, não me atrevi nunca a falar-te nisso.
– Continua.
– O pai opunha-se; e apesar da posição que meu pai ocupa, dizia à boca cheia que nunca me admitiria em sua casa. Efetivamente nunca lá entrei; falávamos poucas vezes, mas escrevíamos a miúdo. As coisas iriam assim até que o ânimo do pai se voltasse a nosso favor. Uma circunstância, porém, ocorreu e foi o que me precipitou a um ato de loucura. O pai queria casá-la com um deputado que chegou há pouco do Norte. Ameaçados disso...
– Ela fugiu contigo – concluiu Flávio.
– É verdade – disse Henrique sem ousar encarar o amigo.

Flávio esteve algum tempo calado. Quando abriu a boca foi para censurar o ato de Henrique, lembrando-lhe o desgosto que iria causar a seus pais, não menos que à família da moça. Henrique ouviu silenciosamente as censuras do padre. Afirmou-lhe que estava disposto a tudo, mas que o seu maior desejo era evitar o escândalo.

Flávio pediu todas as informações precisas e dispôs-se a reparar o mal pelo melhor modo que pudesse. Soube que o pai da moça era um juiz da casa da suplicação. Saiu logo a dar os passos necessários. O intendente da polícia tinha já as informações do caso e corriam agentes seus em todas as direções. Flávio obteve o auxílio do padre Vilela, e tudo andou tão a tempo e com tão boa feição, que antes das ave-marias as maiores dificuldades ficaram aplanadas. Foi o padre Flávio quem teve o gosto de casar os dois jovens pássaros, depois do que dormiu em plena paz com a consciência.

Nunca o padre Flávio tivera ocasião de frequentar a casa do senhor João Ayres de Lima, ou simplesmente do senhor João Lima, que era o nome corrente. Andara, entretanto, em todo aquele negócio com tanto zelo e amor, mostrara tamanha gravidade e circunspeção, que o senhor João Lima ficou morrendo por ele. Se perdoou ao filho foi unicamente por causa do padre.

– Henrique é um maroto – disse João Lima – que devia assentar praça, ou ir ali viver alguns meses no Aljube. Mas não podia escolher melhor advogado, e é por isso que eu lhe perdoei a tratantice.

– Verduras da mocidade – obtemperou o padre Flávio.

– Verduras, não, reverendo; loucuras é o verdadeiro nome. Se o pai da rapariga não queria dar-lhe, a dignidade, não menos que a moralidade, o obrigava a um procedimento diverso do que teve. Enfim, Deus lhe dê juízo!

– Há de dar, há de dar...

Conversavam assim os dois no dia seguinte ao do casamento de Henrique e Luísa, que era o nome da pequena. A cena passava-se na sala de visitas da casa de João Lima à Rua do Valongo, defronte de uma janela aberta, ambos sentados em cadeiras de braços de jacarandá, tendo de permeio uma mesa pequena com duas xícaras de café em cima.

João Lima era um homem sem cerimônias e muito fácil de criar amizade com alguém. Flávio pela sua parte era extremamente simpático. A amizade criou raízes dentro em pouco tempo.

Vilela e Flávio frequentavam a casa de João Lima, com quem moravam o filho e a nora na mais doce intimidade.

Doce intimidade é uma maneira de falar.

A intimidade durou apenas alguns meses e não foi de toda a família. Uma pessoa havia em quem o casamento de Henrique produziu desagradável impressão; foi a mãe dele.

7

Dona Mariana Lima era uma senhora agradável na conversa, mas única e simplesmente na conversa. O coração era esquisito; é o menos que se pode dizer. O espírito era caprichoso, voluntarioso e ambicioso. Ambicionava um casamento mais elevado para o filho. Os amores de Henrique e o seu imediato casamento foram um desastre para os planos de futuro.

Quer isto dizer que dona Mariana desde o primeiro dia começou a odiar a nora. Escondeu-o o mais que pôde, e só pôde esconder durante os primeiros meses. Afinal o ódio fez explosão. Foi impossível no fim de certo tempo viverem juntas. Henrique foi morar em casa sua.

Não bastava à dona Mariana odiar a nora e aborrecer o filho.

Era-lhe preciso mais.

Soube e viu a parte que teve o padre Flávio no casamento do filho, e não só o padre Flávio como de algum modo o padre Vilela.

Naturalmente criou-lhes ódio.

Não o manifestou, entretanto, logo. Ela era profundamente dissimulada; tratou de disfarçar o mais que pôde. Seu fim era expeli-los de casa.

Eu disse que dona Mariana era agradável na conversa. Era-o também na fisionomia. Ninguém diria que aquele rosto amável escondia um coração de ferro. Via-se que tinha sido formosa; ela mesma falava da sua beleza passada com um resto de orgulho. A primeira vez que o padre Flávio a ouviu falar assim, teve má impressão. Notou-lhe dona Mariana e não se conteve que lhe não dissesse:

– Reprova-me?

O padre Flávio conciliou seu amor à verdade com a consideração que devia à esposa do amigo.

– Minha senhora – murmurou ele –, eu não tenho direito para tanto...

– Tanto vale dizer que me reprova.

Flávio calou-se.

– Cuido, entretanto – continuou a esposa de João Lima –, que não me gabo de nenhum crime; ter sido bonita não é coisa que ofenda a Deus.

– Não é – disse gravemente o padre Flávio. – Mas a austeridade cristã pede que não façamos caso nem tenhamos orgulho das nossas graças físicas. As próprias virtudes não nos devem ensoberbecer...

Flávio estacou. Reparou que estava presente João Lima e não quis continuar a conversa por extremo desagradável. Mas o marido de dona Mariana nadava em contentamento. Interveio na conversa.

– Continue, padre – disse ele. – Isso não ofende e é justo. A minha santa Eva gosta de recordar o tempo da sua beleza; já lhe tenho dito que é melhor deixar o louvor aos outros; e ainda assim fechar os ouvidos.

Dona Mariana não quis ouvir o resto; retirou-se da sala.

João Lima deitou a rir.

— Assim, padre! Nunca as mãos lhe doam.

Flávio estava profundamente incomodado com o que se passara. Não queria de nenhum modo contribuir para um desaguisado de família. Demais, já percebera que a mãe de Henrique não gostava dele, mas não podia atinar com a causa. Fosse qual fosse, julgou prudente afastar-se da casa, e assim o disse ao padre Vilela.

— Não creio que tenhas razão — disse este.

— E eu creio que tenho — retorquiu o padre Flávio. — Em todo caso nada perdemos em afastarmo-nos por algum tempo.

— Não, não me parece razoável — disse Vilela. — Que culpa tem João Lima nisto? Como explicar a nossa ausência?

— Mas...

— Demos tempo ao tempo, e se as coisas continuarem do mesmo modo.

Flávio aceitou o alvitre do seu velho amigo.

Costumavam eles passar quase todas as tardes em casa de João Lima, onde tomavam café e onde conversavam das coisas públicas ou praticavam de assuntos pessoais. Às vezes dava-lhe João Lima para ouvir filosofia, e nessas ocasiões era o padre Flávio quem falava exclusivamente.

Dona Mariana, desde a conversa que acima deixo referida, mostrara-se cada vez mais fria com os dois padres. Sobretudo com Flávio, as suas demonstrações eram mais positivas e solenes.

João Lima não reparava em nada. Era um bom homem que não podia supor que houvesse alguém a quem desagradassem os seus dois amigos.

Um dia, porém, ao saírem de lá, disse Flávio a Vilela:

— Não lhe parece que o João Lima está um pouco mudado hoje?

— Não.

— Creio que sim.

Vilela abanou a cabeça, e disse rindo:

— Andas visionário, Flávio!

— Não sou visionário; percebo as coisas.

— As coisas que ninguém percebe.
— Verá.
— Quando?
— Amanhã.
— Pois verei!

No dia seguinte houve um inconveniente que os impediu de ir à casa de João Lima. Foram em outro dia.

João Lima mostrou-se efetivamente frio com o padre Flávio; com o padre Vilela não alterou o seu modo. Vilela notou a diferença e deu razão ao amigo.

— Na verdade — disse ele ao saírem os dois do Valongo, onde morava João Lima —, pareceu-me que o homem hoje não te tratou como de costume.

— Do mesmo modo que anteontem.

— Que haverá?

Flávio calou-se.

— Dize — insistiu Vilela.

— Que nos importa isso? — disse o padre Flávio depois de alguns instantes de silêncio. — Gostou de mim algum tempo; hoje não gosta; não o censuro por isso, nem me queixo. É conveniente que nos acostumemos às variações do espírito e do coração. Pela minha parte não mudei a seu respeito; mas...

Calou-se.

— Mas? — perguntou Vilela.

— Mas não devo voltar lá.

— Ah!

— Sem dúvida. Acha bonito que frequente uma casa onde não sou bem aceito? Seria afrontar o dono da casa.

— Bem; não iremos mais lá.

— Não iremos?

— Sim, não iremos.

— Mas por que razão há de Vossa Reverendíssima...

— Porque sim — disse resolutamente o padre Vilela. — Onde tu não fores recebido com prazer, eu não posso decentemente meter os pés.

Flávio agradeceu mais esta prova de afeição que lhe dava o seu velho amigo; e procurou demovê-lo do propósito em que se achava; mas foi em vão; Vilela persistia na resolução anunciada.

— Bem — disse Flávio —, irei lá como dantes.

— Mas essa agora...

— Não quero privá-los da sua pessoa, padre-mestre.

Vilela procurou convencer o amigo de que não devia ir se tinha escrúpulo nisso. Flávio resistiu a todas as razões. O velho padre coçou a cabeça e depois de meditar algum tempo, disse:

— Pois bem, eu irei só.

— É o melhor acordo.

Vilela mentia; sua resolução era não ir mais lá, desde que o amigo não ia; mas ocultava esse plano, pois que era impossível fazê-lo aceitar por ele.

8

Decorreram três meses depois do que acabo de narrar. Nem Vilela nem Flávio voltaram à casa de João Lima; este foi uma vez à casa dos dois padres com a intenção de perguntar a Vilela por que razão deixara de o visitar. Achou-o só em casa; disse-lhe o motivo da sua visita. Vilela desculpou-se com o amigo.

— Flávio anda melancólico — disse —, e eu, que sou tão amigo dele, não o quero deixar só. João Lima franziu o sobrolho.

— Anda melancólico? — perguntou ele no fim de algum tempo.

— É verdade — continuou Vilela. — Não sei que tem; pode ser moléstia; em todo o caso não o quero deixar só.

João Lima não insistiu e retirou-se.

Vilela ficou pensativo. Que quereria dizer o ar com que o negociante lhe falara a respeito da melancolia do amigo? Interrogou as suas reminiscências; conjecturou à larga; nada concluiu nem encontrou.

— Tolices! — disse ele.

A ideia, porém, não lhe saiu mais do espírito. Tratava-se do homem a quem mais amava; era razão para que o preocupasse. Dias e dias gastou em espreitar o misterioso motivo; mas nada alcançou. Zangado consigo mesmo, e preferindo a tudo a franqueza, Vilela resolveu ir diretamente a João Lima.

Era de manhã. Flávio estava a estudar no seu gabinete, quando Vilela lhe disse que ia sair.

– Deixa-me só com a minha carta?
– Que carta?
– A que me deu, a misteriosa carta de minha mãe.
– Vais abri-la?
– Hoje mesmo.

Vilela saiu.

Ao chegar à casa de João Lima ia este sair.

– Preciso falar-lhe – disse-lhe o padre. – Vai sair?
– Vou.
– Tanto melhor.
– Que ar sério é este? – perguntou Lima rindo.
– O negócio é sério.

Saíram.

Sabe o meu amigo que eu não tenho sossegado desde que desconfiei de uma coisa...

– De uma coisa!
– Sim, desde que desconfiei que o meu amigo tem alguma coisa contra o meu Flávio.
– Eu?
– O senhor.

Vilela olhou fixamente para João Lima; este baixou os olhos. Foram andando assim silenciosamente durante algum tempo. Era evidente que João Lima queria ocultar alguma coisa do padre-mestre. O padre é que não estava disposto a que se lhe escondesse a verdade. Ao fim de um quarto de hora Vilela rompeu o silêncio.

– Vamos lá – disse ele. – Diga-me tudo.

— Tudo o quê?

Vilela fez um gesto de impaciência.

— Para que procura negar que há alguma coisa entre o senhor e o Flávio. É isso que eu desejo saber. Sou amigo dele e seu pai espiritual; se ele errou desejo castigá-lo; se o erro é seu, peço licença ao senhor para castigá-lo.

— Falemos de outra coisa...

— Não; falemos disto.

— Pois bem — disse João Lima com resolução. — Dir-lhe-ei tudo, com uma condição.

— Qual?

— É que há de ocultar tudo dele.

— Para quê, se merecer corrigi-lo?

— Porque é necessário. Não desejo que transpire nada desta conversa; é tão vergonhoso isto!...

— Vergonhoso!

— Desgraçadamente, é vergonhosíssimo.

— É impossível! — exclamou Vilela não sem alguma indignação.

— Verá.

Seguiu-se um novo silêncio.

— Eu era amigo de Flávio e admirador das suas virtudes como dos seus talentos. Era capaz de jurar que nunca um pensamento infame lhe entraria no espírito...

— E então? — perguntou Vilela trêmulo.

— E então — repetiu João Lima com placidez — esse pensamento infame entrou-lhe no espírito. Infame seria em qualquer outro; mas em quem traz vestes sacerdotais... Não respeitar nem o seu caráter, nem o estado alheio; cerrar os olhos aos laços sagrados do matrimônio...

Vilela interrompeu a João Lima exclamando:

— Está doido!

Mas João Lima não se molestou; referiu placidamente ao padre-mestre que o seu amigo ousara desrespeitar-lhe a esposa.

— É uma calúnia! — exclamou Vilela.

– Perdão – disse João Lima –, disse-me quem podia asseverar.

Vilela não era naturalmente manso; conteve-se a custo ao ouvir estas palavras do amigo. Não lhe foi difícil perceber a origem da calúnia: era a antipatia de dona Mariana. Admirou-se que descesse a tanto; no seu íntimo resolveu dizer tudo ao jovem sacerdote. Não deixou, porém, de observar a João Lima:

– Isso que me diz é impossível; houve certamente equívoco, ou... má vontade; acho que seria principalmente má vontade. Não hesito em responder por ele.

– Má vontade por quê? – perguntou João Lima.

– Não sei; mas alguma havia em que eu já reparei ainda antes do que se deu ultimamente. Quer que seja inteiramente franco?

– Peço-lhe.

– Pois bem, todos temos defeitos; sua senhora, entre boas qualidades que possui, tem alguns e graves. Não se zangue se lhe falo assim; mas é preciso dizer tudo quando se trata de defender como eu a inocência de um amigo.

João Lima não dizia palavra. Ia cabisbaixo ouvindo as palavras do padre Vilela. Ele sentia que o padre não estava longe da verdade; conhecia a mulher, sabia por onde pecava o seu espírito.

– Eu creio – disse o padre Vilela – que o casamento de seu filho influiu na desafeição de sua esposa.

– Por quê?

– Talvez não fosse muito do agrado dela, e ao Flávio se deve o bom desfecho que teve aquele negócio. Que lhe parece?

Não respondeu o interlocutor. As palavras de Vilela trouxeram-lhe à memória algumas que ouvira da mulher em desabono do padre Flávio. Era bom e fraco; arrependia-se facilmente. O tom decisivo com que falou Vilela profundamente o abalou. Não tardou que ele mesmo dissesse:

– Não desconheço que é possível um equívoco; o espírito suscetível de Mariana podia errar, era mais natural que ela se esquecesse de que tem um resto das suas graças para só se lembrar de que é uma matrona... Perdão, falo-lhe como amigo; releve-me estas expansões em tal assunto.

Vilela dirigiu a João Lima no caminho em que entrava. No fim de uma hora estavam quase de acordo. João Lima encaminhou-se para casa acompanhado de Vilela; iam já então calados e pensativos.

9

Ao chegarem à porta quis Vilela retirar-se. Souberam, porém, que Flávio estava em cima. Os dois olharam um para o outro, Vilela atônito, João Lima fulo de cólera.

Subiram.

Na sala estavam dona Mariana e o padre Flávio; ambos de pé, em frente um do outro, Mariana com as mãos de Flávio entre as suas.

Os dois estacaram à porta.

Seguiu-se um longo e profundo silêncio.

— Meu filho! Meu amigo! — exclamou Vilela dando um passo para o grupo.

Dona Mariana tinha soltado as mãos do jovem sacerdote e deixara-se cair numa cadeira; Flávio tinha os olhos baixos.

João Lima adiantou-se calado. Parou em frente de Flávio e encarou-o friamente. O padre ergueu os olhos; havia neles uma grande dignidade.

— Senhor — disse Lima.

Dona Mariana levantou-se da cadeira e atirou-se aos pés do esposo.

— Perdão! — exclamou ela.

João Lima empurrou-a com um braço.

— Perdão; é meu filho!

Eu deixo ao leitor imaginar a impressão deste lance de quinto ato de melodrama. João Lima esteve cerca de dez minutos sem poder articular palavra. Vilela olhava espantado para todos. Enfim rompeu a palavra o negociante. Era natural pedir uma explicação; pediu-a; foi-lhe dada. João Lima exprimiu toda a sua cólera contra Mariana.

Flávio lastimara do fundo d'alma a fatalidade que o levou a produzir aquela situação. No delírio de conhecer sua mãe, não se lembrara de mais nada; apenas leu a carta que lhe fora entregue pelo padre Vilela, correra à casa de dona Mariana. Ali tudo se explicara; Flávio preparava-se para sair e não voltar mais ali se fosse preciso, e em todo caso não divulgar o segredo nem ao padre Vilela, quando este e João Lima os surpreenderam.

Tudo estava perdido.

Dona Mariana recolheu-se ao Convento da Ajuda, onde faleceu no tempo da guerra de Rosas. O padre Flávio obteve uma vigaria no interior de Minas, onde veio a falecer de tristeza e saudade. Vilela quis acompanhá-lo, mas o jovem amigo não o consentiu.

– De tudo o que me poderias pedir – disse Vilela –, é isso o que mais me dói.

– Paciência! – respondeu Flávio. – Eu preciso da solidão.

– Tê-la-á?

– Sim; preciso da solidão para meditar nas consequências que o erro de um pode trazer a muitas existências.

Tal é a moralidade desta triste história.

QUEM CONTA UM CONTO...

Publicado originalmente no *Jornal das Famílias*, em 1873

1

Eu compreendo que um homem goste de ver brigar galos ou de tomar rapé. O rapé dizem os tomistas que alivia o cérebro. A briga de galos é o Jockey Club dos pobres. O que eu não compreendo é o gosto de dar notícias.

E, todavia, quantas pessoas não conhecerá o leitor com essa singular vocação? O noveleiro não é tipo muito vulgar, mas também não é muito raro. Há família numerosa deles. Alguns são mais peritos e originais que outros. Não é noveleiro quem quer. É ofício que exige certas qualidades de bom cunho, quero dizer as mesmas que se exigem do homem de Estado. O noveleiro deve saber quando lhe convém dar uma notícia abruptamente, ou quando o efeito lhe pede certos preparativos: deve esperar a ocasião e adaptar-lhe os meios.

Não compreendo, como disse, o ofício de noveleiro. É coisa muito natural que um homem diga o que sabe a respeito de algum objeto; mas que tire satisfação disso, lá me custa a entender. Mais de uma vez tenho querido fazer indagações a este respeito; mas a certeza de que nenhum noveleiro confessa que o é tem impedido a realização deste meu desejo. Não é só desejo, é também necessidade; ganha-se sempre em conhecer os caprichos do espírito humano.

O caso de que vou falar aos leitores tem por origem um noveleiro. Lê-se depressa, porque não é grande.

2

Há coisa de sete anos vivia nesta boa cidade um homem de seus trinta anos, bem apessoado e bem falante, amigo de conversar, extremamente polido, mas extremamente amigo de espalhar novas.

Era um modelo do gênero.

Sabia como ninguém escolher o auditório, a ocasião e a maneira de dar a notícia. Não sacava a notícia da algibeira como quem tira uma moeda de vintém para dar a um mendigo.

Não, senhor.

Atendia mais que tudo às circunstâncias. Por exemplo: ouvira dizer, ou sabia positivamente que o ministério pedira a demissão ou ia pedi-la. Qualquer noveleiro diria simplesmente a coisa sem rodeios. Luís da Costa ou dizia a coisa simplesmente, ou adicionava-lhe certo molho para torná-la mais picante.

Às vezes entrava, cumprimentava as pessoas presentes, e se entre elas alguma havia metida em política, aproveitava o silêncio causado pela sua entrada para fazer-lhe uma pergunta deste gênero:

– Então, parece que os homens...

Os circunstantes perguntavam logo:

– Que é? Que há?

Luís da Costa, sem perder o seu ar sério, dizia singelamente:

– É o ministério que pediu demissão.

– Ah! Sim? Quando?

– Hoje.
– Sabe quem foi chamado?
– Foi chamado o Zózimo.
– Mas por que caiu o ministério?
– Ora, estava podre.
Etc. etc.
Ou então:
– Morreram como viveram.
– Quem? Quem? Quem?
Luís da Costa puxava os punhos e dizia negligentemente:
– Os ministros.
Suponhamos agora que se tratava de uma pessoa qualificada que devia vir no paquete: Adolphe Thiers ou o príncipe de Bismarck.
Luís da Costa entrava, cumprimentava silenciosamente a todos, e em vez de dizer com simplicidade:
– Veio no paquete de hoje o príncipe de Bismarck.
Ou então:
– O Thiers chegou no paquete.
Voltava-se para um dos circunstantes:
– Chegaria o paquete?
– Chegou – dizia o circunstante.
– O Thiers veio?
Aqui entrava a admiração dos ouvintes, com que se deliciava Luís da Costa, razão principalmente do seu ofício.

3

Não se pode negar que este prazer era inocente e quando muito singular.
Infelizmente não há bonito sem senão, nem prazer sem amargura. "Que mel não deixa um travo de veneno?", perguntava o poeta da Jovem Cativa, e eu creio que nenhum, nem sequer o de alvissareiro.
Luís da Costa experimentou um dia as asperezas do seu ofício.

Eram duas horas da tarde. Havia pouca gente na loja do Paulo Brito, cinco pessoas apenas. Luís da Costa entrou com o rosto fechado como homem que vem pejado de alguma notícia.

Apertou a mão a quatro das pessoas presentes; a quinta apenas recebeu um cumprimento, porque não se conheciam. Houve um rápido instante de silêncio, que Luís da Costa aproveitou para tirar o lenço da algibeira e enxugar o rosto. Depois olhou para todos, e soltou secamente estas palavras:

– Então fugiu a sobrinha do Gouveia? – disse ele rindo.

– Que Gouveia? – disse um dos presentes.

– O major Gouveia – explicou Luís da Costa.

Os circunstantes ficaram muito calados e olharam de esguelha para o quinto personagem, que por sua parte olhava para Luís da Costa.

– O major Gouveia da Cidade Nova? – perguntou o desconhecido ao noveleiro.

– Sim, senhor.

Novo e mais profundo silêncio.

Luís da Costa, imaginando que o silêncio era efeito da bomba que acabava de queimar, entrou a referir os pormenores da fuga da moça em questão. Falou de um namoro com um alferes, da oposição do major ao casamento, do desespero dos pobres namorados, cujo coração, mais eloquente que a honra, adotara o alvitre de saltar por cima dos moinhos.

O silêncio era sepulcral.

O desconhecido ouvia atentamente a narração de Luís da Costa, meneando com muita placidez uma grossa bengala que tinha na mão.

Quando o alvissareiro acabou, perguntou-lhe o desconhecido:

– E quando foi esse rapto?

– Hoje de manhã.

– Oh!

– Das oito para as nove horas.

– Conhece o major Gouveia?

– De nome.

– Que ideia forma dele?

– Não formo ideia nenhuma. Menciono o fato por duas circunstâncias. A primeira é que a rapariga é muito bonita...

— Conhece-a?

— Ainda ontem a vi.

— Ah! A segunda circunstância...

— A segunda circunstância é a crueldade de certos homens em tolher os movimentos do coração da mocidade. O alferes de que se trata dizem-me que é um moço honesto, e o casamento seria, creio eu, excelente. Por que razão queria o major impedi-lo?

— O major tinha razões fortes – observou o desconhecido.

— Ah! Conhece-o?

— Sou eu.

Luís da Costa ficou petrificado. A cara não se distinguia da de um defunto, tão imóvel e pálida ficou. As outras pessoas olhavam para os dois sem saber o que iria sair dali. Deste modo correram cinco minutos.

4

No fim dos cinco minutos, o major Gouveia continuou:

— Ouvi toda a sua narração e diverti-me com ela. Minha sobrinha não podia fugir hoje de minha casa, visto que há quinze dias se acha em Juiz de Fora.

Luís da Costa ficou amarelo.

— Por essa razão ouvi tranquilamente a história que o senhor acaba de contar com todas as suas peripécias. O fato, se fosse verdadeiro, devia causar naturalmente espanto, porque, além do mais, Lúcia é muito bonita, e o senhor o sabe porque a viu ontem...

Luís da Costa tornou-se verde.

— A notícia, entretanto, pode ter-se espalhado – continuou o major Gouveia –, e eu desejo liquidar o negócio pedindo-lhe que me diga de quem a ouviu...

Luís da Costa ostentou todas as cores do íris.

— Então? – disse o major passados alguns instantes de silêncio.

— Senhor major – disse com voz trêmula Luís da Costa –, eu não podia inventar semelhante notícia. Nenhum interesse tenho nela. Evidentemente alguém ma contou.

– É justamente o que eu desejo saber.
– Não me lembro...
– Veja se se lembra – disse o major com doçura.

Luís da Costa consultou sua memória; mas tantas coisas ouvia e tantas repetia, que já não podia atinar com a pessoa que lhe contara a história do rapto.

As outras pessoas presentes, vendo o caminho desagradável que as coisas podiam ter, trataram de meter o caso à bulha; mas o major, que não era homem de graças, insistiu com o alvissareiro para que o esclarecesse a respeito do inventor da balela.

– Ah! Agora me lembra – disse de repente Luís da Costa. – Foi o Pires.
– Que Pires?
– Um Pires que eu conheço muito superficialmente.
– Bem, vamos ter com o Pires.
– Mas, senhor major...

O major já estava de pé, apoiado na grossa bengala, e com ar de quem estava pouco disposto a discussões. Esperou que Luís da Costa se levantasse também. O alvissareiro não teve remédio senão imitar o gesto do major, não sem tentar ainda um:

– Mas, senhor major...
– Não há mas, nem meio mas. Venha comigo; porque é necessário deslindar o negócio hoje mesmo. Sabe onde mora esse tal Pires?
– Mora na Praia Grande, mas tem escritório na Rua dos Pescadores.
– Vamos ao escritório.

Luís da Costa cortejou os outros e saiu ao lado do major Gouveia, a quem deu respeitosamente a calçada e ofereceu um charuto. O major recusou o charuto, dobrou o passo e os dois seguiram na direção da Rua dos Pescadores.

5

– O senhor Pires?
– Foi à Secretaria da Justiça.
– Demora-se?

– Não sei.

Luís da Costa olhou para o major ao ouvir essas palavras do criado do senhor Pires. O major disse fleugmaticamente:

– Vamos à Secretaria da Justiça.

E ambos foram a trote largo na direção da Rua do Passeio. Iam-se aproximando as três horas, e Luís da Costa, que jantava cedo, começava a ouvir do estômago uma lastimosa petição. Era-lhe, porém, impossível fugir às garras do major. Se o Pires tivesse embarcado para Santos, é provável que o major o levasse até lá antes de jantar.

Tudo estava perdido.

Chegaram enfim à Secretaria, bufando como dois touros.

Os empregados vinham saindo, e um deles deu notícia certa do esquivo Pires; disse-lhes que saíra dali, dez minutos antes, num tílburi.

– Voltemos à Rua dos Pescadores – disse pacificamente o major.

– Mas, senhor...

A única resposta do major foi dar-lhe o braço e arrastá-lo na direção da Rua dos Pescadores.

Luís da Costa ia furioso. Começava a compreender a plausibilidade e até a legitimidade de um crime. O desejo de estrangular o major pareceu-lhe um sentimento natural. Lembrou-se de ter condenado, oito dias antes, como jurado, um criminoso de morte, e teve horror de si mesmo.

O major, porém, continuava a andar com aquele passo rápido dos majores que andam depressa. Luís da Costa ia rebocado. Era-lhe literalmente impossível apostar carreira com ele. Eram três e cinco minutos quando chegaram defronte do escritório do senhor Pires. Tiveram o gosto de dar com o nariz na porta. O major Gouveia mostrou-se aborrecido com o fato; como era homem resoluto, depressa se consolou do incidente.

– Não há dúvida – disse ele. – Iremos à Praia Grande.

– Isso é impossível! – clamou Luís da Costa.

– Não é tal – respondeu tranquilamente o major. – Temos barca e custa-nos um cruzado a cada um: eu pago a sua passagem.

– Mas, senhor, a esta hora...

– Que tem?

– São horas de jantar – suspirou o estômago de Luís da Costa.

– Pois jantaremos antes.

Foram dali a um hotel e jantaram. A companhia do major era extremamente aborrecida para o desastrado alvissareiro. Era impossível livrar-se dela; Luís da Costa portou-se o melhor que pôde. Demais, a sopa e o primeiro prato foi o começo da reconciliação. Quando veio o café e um bom charuto, Luís da Costa estava resolvido a satisfazer o seu anfitrião em tudo o que lhe aprouvesse.

O major pagou a conta e saíram ambos do hotel. Foram direito à estação das barcas de Niterói; meteram-se na primeira que saiu e transportaram-se à imperial cidade.

No trajeto, o major Gouveia conservou-se tão taciturno como até então. Luís da Costa, que já estava mais alegre, cinco ou seis vezes tentou atar conversa com o major; mas foram esforços inúteis. Ardia, entretanto, por levá-lo até a casa do senhor Pires, que explicaria as coisas como as soubesse.

6

O senhor Pires morava na Rua da Praia. Foram direitinho à casa dele. Mas se os viajantes haviam jantado, também o senhor Pires fizera o mesmo; e como tinha por costume ir jogar o voltarete em casa do doutor Oliveira, em São Domingos, para lá seguira 20 minutos antes.

O major ouviu esta notícia com a resignação filosófica de que estava dando provas desde as duas horas da tarde. Inclinou o chapéu mais à banda e olhando de esguelha para Luís da Costa, disse:

– Vamos a São Domingos.

– Vamos a São Domingos – suspirou Luís da Costa.

A viagem foi de carro, o que de algum modo consolou o noveleiro.

Na casa do doutor Oliveira passaram pelo dissabor de bater cinco vezes, antes que viessem abrir.

Enfim vieram.

– Está cá o senhor Pires?

– Está, sim, senhor – disse o moleque.

Os dois respiraram.

O moleque abriu-lhes a porta da sala, onde não tardou que aparecesse o famoso Pires, *l'introuvable*.

Era um sujeitinho baixinho e alegrinho. Entrou na ponta dos pés, apertou a mão de Luís da Costa e cumprimentou cerimoniosamente o major Gouveia.

– Queiram sentar-se.

– Perdão – disse o major –, não é preciso que nos sentemos; desejamos pouca coisa.

O senhor Pires curvou a cabeça e esperou.

O major voltou-se então para Luís da Costa e disse:

– Fale.

Luís da Costa fez das tripas coração e exprimiu-se nestes termos:

– Estando eu hoje na loja do Paulo Brito contei a história do rapto de uma sobrinha do senhor major Gouveia, que o senhor me referiu pouco antes do meio-dia. O major Gouveia é este cavalheiro que me acompanha, e declarou que o fato era uma calúnia, visto sua sobrinha estar em Juiz de Fora, há 15 dias. Intenta, contudo, chegar à fonte da notícia e perguntou-me quem me havia contado a história; não hesitei em dizer que fora o senhor. Resolveu, então, procurá-lo, e não temos feito outra coisa desde as duas horas e meia. Enfim, encontramo-lo.

Durante este discurso, o rosto do senhor Pires apresentou todas as modificações do espanto e do medo. Um ator, um pintor, ou um estatuário teria ali um livro inteiro para folhear e estudar. Acabado o discurso, era necessário responder-lhe, e o senhor Pires o faria de boa vontade, se se lembrasse do uso da língua. Mas não; ou não se lembrava, ou não sabia que uso faria dela. Assim correram uns três ou quatro minutos.

– Espero as suas ordens – disse o major, vendo que o homem não falava.

– Mas, que quer o senhor? – balbuciou o senhor Pires.

– Quero que me diga de quem ouviu a notícia transmitida a este senhor. Foi o senhor quem lhe disse que minha sobrinha era bonita?

– Não lhe disse tal – acudiu o senhor Pires. – O que eu disse foi que me constava ser bonita.

– Vê? – disse o major, voltando-se para Luís da Costa.

Luís da Costa começou a contar as tábuas do teto.

O major dirigiu-se, depois, ao senhor Pires:

– Mas vamos lá – disse. – De quem ouviu a notícia?

– Foi de um empregado do Tesouro.

– Onde mora?

– Em Catumbi.

O major voltou-se para Luís da Costa, cujos olhos, tendo contado as tábuas do teto, que eram vinte e duas, começavam a examinar detidamente os botões do punho da camisa.

– Pode retirar-se – disse o major. – Não é mais preciso aqui.

Luís da Costa não esperou mais: apertou a mão do senhor Pires, balbuciou um pedido de desculpa, e saiu. Já estava a 30 passos, e ainda lhe parecia estar colado ao terrível major. Ia justamente a sair uma barca; Luís da Costa deitou a correr, e ainda a alcançou, perdendo apenas o chapéu, cujo herdeiro foi um cocheiro necessitado.

Estava livre.

7

Ficaram sós o major e o senhor Pires.

– Agora – disse o primeiro –, há de ter a bondade de me acompanhar à casa desse empregado do Tesouro... como se chama?

– O bacharel Plácido.

– Estou às suas ordens; tem passagem e carro pagos.

O senhor Pires fez um gesto de aborrecimento, e murmurou:

– Mas eu não sei... se...

– Se?

– Não sei se me é possível nesta ocasião...

– Há de ser. Penso que é um homem honrado. Não tem idade para ter filhas moças, mas pode vir a tê-las, e saberá se é agradável que tais invenções andem na rua.

— Confesso que as circunstâncias são melindrosas; mas não poderíamos...

— O quê?

— Adiar?

— Impossível.

O senhor Pires mordeu o lábio inferior; meditou alguns instantes, e afinal declarou que estava disposto a acompanhá-lo.

— Acredite, senhor major — disse ele concluindo —, que só as circunstâncias especiais deste caso me obrigariam a ir à cidade.

O major inclinou-se.

O senhor Pires foi despedir-se do dono da casa, e voltou para acompanhar o implacável major, em cujo rosto se lia a mais franca resolução.

A viagem foi tão silenciosa como a primeira. O major parecia uma estátua; não falava e raras vezes olhava para o seu companheiro.

A razão foi compreendida pelo senhor Pires, que matou as saudades do voltarete, fumando sete cigarros por hora.

Enfim, chegaram a Catumbi.

Desta vez, foi o major Gouveia mais feliz que da outra: achou o bacharel Plácido em casa.

O bacharel Plácido era seu próprio nome feito homem. Nunca a pachorra tivera mais fervoroso culto. Era gordo, corado, lento e frio. Recebeu os dois visitantes com a benevolência de um Plácido verdadeiramente plácido.

O senhor Pires explicou o objeto da visita.

— É verdade que eu lhe falei de um rapto — disse o bacharel —, mas não foi nos termos em que o senhor repetiu. O que eu disse foi que o namoro da sobrinha do major Gouveia com um alferes era tal que até já se sabia do projeto de rapto.

— E quem lhe disse isso, senhor bacharel? — perguntou o major.

— Foi o capitão de artilharia Soares.

— Onde mora?

— Ali em Mata-Porcos.

— Bem — disse o major.

E voltando-se para o senhor Pires:

– Agradeço-lhe o incômodo – disse. – Não lhe agradeço, porém, o acréscimo. Pode ir embora; o carro tem ordem de o acompanhar até a estação das barcas.

O senhor Pires não esperou novo discurso; despediu-se e saiu. Apenas entrou no carro, deu dois ou três socos em si mesmo e fez solilóquio extremamente desfavorável à sua pessoa:

– É bem feito – dizia o senhor Pires. – Quem me manda ser abelhudo? Se só me ocupasse com o que me diz respeito, estaria a esta hora muito descansado e não passaria por semelhante dissabor. É bem feito!

8

O bacharel Plácido encarou o major, sem compreender a razão por que ficara ali, quando o outro fora embora. Não tardou que o major o esclarecesse. Logo que o senhor Pires saiu da sala, disse ele:

– Queira agora acompanhar-me à casa do capitão Soares.

– Acompanhá-lo! – exclamou o bacharel mais surpreendido do que se lhe caísse o nariz no lenço de tabaco.

– Sim, senhor.

– Que pretende fazer?

– Oh! Nada que o deva assustar. Compreende que se trata de uma sobrinha, e que um tio tem necessidade de chegar à origem de semelhante boato. Não crimino os que o repetiram, mas quero haver-me com quem o inventou.

O bacharel recalcitrou: a sua pachorra dava mil razões para demonstrar que sair de casa às ave-marias para ir a Mata-Porcos era um absurdo. A nada atendia o major Gouveia, e com o tom intimador que lhe era peculiar, antes intimava do que persuadia o gordo bacharel.

– Mas há de confessar que é longe – observou este.

– Não seja essa a dúvida – acudiu o outro. – Mande chamar um carro que eu pago.

O bacharel Plácido coçou a orelha, deu três passos na sala, suspendeu a barriga e sentou-se.

– Então? – disse o major ao cabo de algum tempo de silêncio.

– Refleti – disse o bacharel. – É melhor irmos a pé; eu jantei há pouco e preciso digerir. Vamos a pé

– Bem, estou às suas ordens.

O bacharel arrastou a sua pessoa até a alcova, enquanto o major, com as mãos nas costas, passeava na sala meditando e fazendo, a espaços, um gesto de impaciência.

Gastou o bacharel cerca de vinte e cinco minutos em preparar a sua pessoa, e saiu enfim à sala, quando o major ia já tocar a campainha para chamar alguém.

– Pronto?

– Pronto.

– Vamos!

– Deus vá conosco.

Saíram os dois na direção de Mata-Porcos.

Se uma pipa andasse seria o bacharel Plácido; já porque a gordura não lho consentia, já porque desejara pregar uma peça ao importuno, o bacharel não ia sequer com passo de gente. Não andava: arrastava-se. De quando em quando parava, respirava e bufava; depois seguia vagarosamente o caminho.

Com este era impossível o major empregar o sistema de reboque que tão bom efeito teve com Luís da Costa. Ainda que o quisesse obrigar a andar era impossível, porque ninguém arrasta oito arrobas com a simples força do braço.

Tudo isto punha o major em apuros. Se visse passar um carro, tudo estava acabado, porque o bacharel não resistiria ao seu convite intimativo; mas os carros tinham-se apostado para não passar ali, ao menos vazios, e só de longe em longe um tílburi vago convidava, a passo lento, os fregueses.

O resultado de tudo isto foi que, só às oito horas, chegaram os dois à casa do capitão Soares. O bacharel respirou à larga, enquanto o major batia palmas na escada.

– Quem é? – perguntou uma voz açucarada.

– O senhor capitão? – disse o major Gouveia.

– Eu não sei se já saiu – respondeu a voz. – Vou ver.

Foi ver, enquanto o major limpava a testa e se preparava para tudo o que pudesse sair de semelhante embrulhada. A voz não voltou senão dali a oito minutos, para perguntar com toda a gentileza:

— O senhor quem é?

— Diga que é o bacharel Plácido — acudiu o indivíduo deste nome, que ansiava por arrumar a católica pessoa em cima de algum sofá.

A voz foi dar a resposta e daí a dois minutos voltou a dizer que o bacharel Plácido podia subir.

Subiram os dois.

O capitão estava na sala e veio receber à porta o bacharel e o major. A este conhecia também, mas eram apenas cumprimentos de chapéu.

— Queiram sentar-se.

Sentaram-se.

9

— Que mandam nesta sua casa? — perguntou o capitão Soares.

O bacharel usou da palavra:

— Capitão, eu tive a infelicidade de repetir aquilo que você me contou a respeito da sobrinha do senhor major Gouveia.

— Não me lembra; que foi? — disse o capitão com uma cara tão alegre como a de homem a quem estivessem torcendo um pé.

— Disse-me você — continuou o bacharel Plácido — que o namoro da sobrinha do senhor major Gouveia era tão sabido que até já se falava de um projeto de rapto...

— Perdão! — interrompeu o capitão. — Agora me lembro que alguma coisa lhe disse, mas não foi tanto como você acaba de repetir.

— Não foi?

— Não.

— Então que foi?

— O que eu disse foi que havia notícia vaga de um namoro da sobrinha de Vossa Senhoria com um alferes. Nada mais disse. Houve equívoco da parte do meu amigo Plácido.

— Sim, há alguma diferença — concordou o bacharel.
— Há — disse o major deitando-lhe os olhos por cima do ombro.
Seguiu-se um silêncio.
Foi o major Gouveia o primeiro que falou.
— Enfim, senhores — disse ele —, ando desde as duas horas da tarde na indagação da fonte da notícia que me deram a respeito de minha sobrinha. A notícia tem diminuído muito, mas ainda há aí um namoro de alferes que incomoda. Quer o senhor capitão dizer-me a quem ouviu isso?
— Pois não — disse o capitão. — Ouvi-o ao desembargador Lucas.
— É meu amigo!
— Tanto melhor.
— Acho impossível que ele dissesse isso — disse o major levantando-se.
— Senhor! — exclamou o capitão.
— Perdoe-me, capitão — disse o major caindo em si. — Há de concordar que ouvir a gente o seu nome assim maltratado por culpa de um amigo...
— Nem ele disse por mal — observou o capitão Soares. — Parecia até lamentar o fato, visto que sua sobrinha está para casar com outra pessoa...
— É verdade — concordou o major. — O desembargador não era capaz de injuriar-me; naturalmente ouviu isso a alguém.
— É provável.
— Tenho interesse em saber a fonte de semelhante boato. Acompanhe-me à casa dele.
— Agora!
— É indispensável.
— Mas sabe que ele mora no Rio Comprido?
— Sei; iremos de carro.
O bacharel Plácido aprovou esta resolução e despediu-se dos dois militares.
— Não podíamos adiar isso para depois? — perguntou o capitão logo que o bacharel saiu.
— Não, senhor.
O capitão estava em sua casa; mas o major tinha tal império na voz ou no gesto quando exprimia a sua vontade, que era impossível resistir-lhe. O capitão não teve remédio senão ceder.

Preparou-se, meteram-se num carro e foram na direção do Rio Comprido, onde morava o desembargador.

O desembargador era um homem alto e magro, dotado de excelente coração, mas implacável contra quem quer que lhe interrompesse uma partida de gamão.

Ora, justamente na ocasião em que os dois lhe bateram à porta, jogava ele o gamão com o coadjutor da freguesia, cujo dado era tão feliz que em menos de uma hora lhe dera já cinco gangas. O desembargador fumava... figuradamente falando, e o coadjutor sorria, quando o moleque foi dar parte de que duas pessoas estavam na sala e queriam falar com o desembargador.

O digno sacerdote da justiça teve ímpetos de atirar o copo à cara do moleque; conteve-se, ou antes traduziu o seu furor num discurso furibundo contra os importunos e maçantes.

– Há de ver que é algum procurador à procura de autos, ou à cata de autos, ou à cata de informações. Que os leve o diabo a todos eles.

– Vamos, tenha paciência – dizia-lhe o coadjutor. – Vá, vá ver o que é, que eu o espero. Talvez que esta interrupção corrija a sorte dos dados.

– Tem razão, é possível – concordou o desembargador, levantando-se e dirigindo-se para a sala.

10

Na sala teve a surpresa de achar dois conhecidos.

O capitão levantou-se sorrindo e pediu-lhe desculpa do incômodo que lhe vinha dar. O major levantou-se também, mas não sorria.

Feitos os cumprimentos foi exposta a questão. O capitão Soares apelou para a memória do desembargador a quem dizia ter ouvido a notícia do namoro da sobrinha do major Gouveia.

– Recordo-me ter-lhe dito – respondeu o desembargador – que a sobrinha de meu amigo Gouveia piscara o olho a um alferes, o que lamentei do fundo d'alma, visto estar para casar. Não lhe disse, porém, que havia namoro...

O major não pôde disfarçar um sorriso, vendo que o boato ia a diminuir à proporção que se aproximava da fonte. Estava disposto a não dormir sem dar com ela.

— Muito bem — disse ele —, a mim não basta esse dito; desejo saber a quem ouviu, a fim de chegar ao primeiro culpado de semelhante boato.

— A quem o ouvi?

— Sim.

— Foi ao senhor.

— A mim!

— Sim, senhor; sábado passado.

— Não é possível!

— Não se lembra de que me disse na Rua do Ouvidor, quando falávamos das proezas da...

— Ah! Mas não foi isso! — exclamou o major. — O que eu lhe disse foi outra coisa. Disse-lhe que era capaz de castigar a minha sobrinha se ela, estando agora para casar, deitasse os olhos a algum alferes que passasse.

— Nada mais? — perguntou o capitão.

— Mais nada.

— Realmente é curioso.

O major despediu-se do desembargador, levou o capitão até Mata-Porcos e foi direito para casa praguejando contra si e todo o mundo.

Ao entrar em casa estava já mais aplacado. O que o consolou foi a ideia de que o boato podia ser mais prejudicial do que fora. Na cama ainda pensou no acontecimento, mas já se ria da maçada que dera aos noveleiros. Suas últimas palavras antes de dormir foram:

— Quem conta um conto...

RUY DE LEÃO

Publicado originalmente no *Jornal das Famílias*, em 1872

1

Consta de crônicas inéditas e secretas que, ali pelos anos de 1630, vivia no interior do Brasil um fidalgo chamado Ruy de Leão, varão de boas prendas, extremado na língua do país e aparentado com uma família tamoia, por ter casado com uma das mais belas filhas dela.

Ruy de Leão contava nesse tempo cerca de quarenta anos. Era robusto, corado, ativo, tão enérgico na alma como no corpo. Tinha no rosto uns longes de melancolia que se dissipavam muita vez sem que de todo se extinguissem. Parece que a causa dessa desconhecida tristeza prendia com infortúnios que sofrera em Portugal, e que o trouxeram ao Brasil em um dos régios galeões. O certo é que o nosso fidalgo, esquecendo totalmente a grandeza da sua raça, não duvidou em unir-se pelos laços do matrimônio à filha de um velho pajé.

Matrimônio, digo eu, unicamente para usar de um termo corrente; mas a verdade é que não se deve ligar a esta palavra a ideia cristã que lhe damos.

O matrimônio do fidalgo consistiu nas cerimônias indígenas. Debalde o padre Pires tentou converter a esposa do fidalgo e santificar a união. Ruy de Leão respondia que, de ora em diante, era tamoio, pois que sua mulher o era, e mandou embora o padre.

Tamoio ficou o nosso fidalgo, menos no traje, que o conservou civilizado e português. Mas até isso veio a perder daí a poucos anos, por conselho do pajé que um dia lhe disse:

– Carão branco, tu és a nossa lua, tu és o nosso irmão, mas só uma coisa te falta. O caju é igual ao caju; o coco é igual ao coco; só tu carão branco, em vez de seres igual a todos nós, usas de umas roupas semelhantes às dos nossos inimigos. Por que recusas vestir como nós as plumas da arara e as cores do jenipapo?

– Pajé – respondeu Ruy de Leão –, a pele do carão branco não está afeita ao clima do teu país.

O pajé sorriu, contemplou o céu, inseriu o dedo mínimo no canto do olho esquerdo e ejaculou resposta filosófica:

– A água bate na pedra e fura a pedra: o costume reforma a natureza.

Ruy de Leão estremeceu ouvindo essas palavras na boca do pajé; não lhe parecia que ele as tirasse do seu cérebro. O sogro entristeceu, insistiu no pedido, e Ruy de Leão depois de meia hora de conferência cedeu, e despiu-se dos calções, do gibão e dos sapatos.

Grande foi a festa que seguiu à encarnação do fidalgo no vestuário do deserto.

Nanavi, sua esposa, fez um esplêndido cocar de plumas com que ele se adornou garridamente.

Entre Ruy de Leão e Júlio César nenhum ponto de contato havia; mas uma circunstância ligava estes dois grandes homens: eram ambos calvos como a ocasião.

Imaginem o prazer com que o fidalgo recebeu o cocar; foi por assim dizer a sua coroa de louros cesariana. Na tarde desse famoso dia houve reunião na cabana do pajé.

Peitos de papagaio, costeletas de tatu e outras viandas saborosas serviram de pasto aos convivas. Quando o sol começou a ficar triste, todos os convivas entraram a bailar, e bailaram até que o cansaço e o vinho os prostraram no mais profundo sono.

Extrema era a confiança da tribo no fidalgo, que logo se habituou aos mais duros exercícios.

Não havia guerra em que não colhesse imarcescíveis louros, nem matança de vítima a que não levasse um par de famintos queixos.

A primeira vez que figurou numa destas festas era a vítima um galhardo mancebo indígena, que, segundo o uso, fora engordado previamente por uma velha de seus oitenta janeiros bem puxados.

Convocou-se toda a gente da vizinhança, e Ruy de Leão teve a glória de ser escolhido para dar o golpe mortal no rapaz.

Não se pode descrever a alegria do fidalgo quando lhe foi conferida essa honra suprema.

Quando ele apareceu à porta da cabana com a maça mortífera em punho, e o colar de dentes humanos ao pescoço (ordem honorífica daqueles povos bárbaros), houve um geral murmúrio de admiração.

A única coisa com que os filhos do deserto embirraram foi com o nariz de Ruy de Leão, nariz cristianíssimo, verdadeiro contraste com os narizes da gentilidade.

Rezam as crônicas que esta diferença nasal esteve a ponto de provocar um levantamento no povo; mas a influência do pajé e a presença da graciosa Nanavi mataram em flor todo o projeto de insurreição.

Bizarro entrou na praça o nosso Ruy de Leão, e logo se encaminhou para a espécie de palanques onde a vítima devia ser imolada.

Imediatamente apareceu o condenado tirado por dois robustos rapazes, e rodeado por uma meia dúzia de velhos tocando nos seus alguidares, ao passo que uma orquestra executava em tíbias humanas ásperas variações dos Rossinis do tempo.

Ruy de Leão levantou a maça e começou a atordoar a vítima levemente, no meio dos aplausos da multidão, até que, com um golpe em cheio, lhe reduziu o crânio a migalhas.

Houve então a repartição da carne da vítima.

Ruy de Leão obteve larga parte e é fama que lhe achou melhor gosto do que outrora nos guisados da civilização.

Tais foram as grandes estreias antropófagas de Ruy de Leão, que nos outros exercícios desbancava ao mais pintado.

Apanhar um papagaio no ar com a flecha ou um peixe no rio; atirar ao arco com pés e mãos, tudo isso nada era para o nosso fidalgo.

Como os tamoios eram amigos de vagabundear, depressa o nosso Ruy de Leão perdeu o gosto de fazer ninho, tão pronunciado nos povos civilizados, e era de ver a presteza com que ele construía e desfazia sua cabana.

A tudo se afez o esposo de Nanavi. Entretanto, é difícil que um homem civilizado perca de todo a sua tendência propagandista.

Ruy de Leão, posto que achasse bons os costumes do deserto, teve ideia de introduzir neles alguns usos da Europa.

Inúteis foram os seus esforços.

Os índios recusaram toda inovação política ou social nos seus hábitos.

Ruy de Leão ficou com a sua vontade.

Aqui temos, pois, o nosso herói, na época em que começa esta história, provada em documentos de incontestável autenticidade.

Justamente no ano de 1630, dois séculos antes da revolução do Campo da Aclamação, estava Ruy de Leão conversando com o pajé, a respeito das últimas águas, quando Nanavi apareceu à porta da cabana e comunicou ao esposo a agradável notícia de que dentro de pouco tempo seria pai.

Ruy de Leão ardia por ver algum fruto da sua união com a tamoia.

Levantou-se e exclamou:

– Ainda bem, Nanavi: a mangueira não ficou estéril.

– Não – respondeu a índia.

– Bem-vinda seja essa criança, que há de receber a herança de seu pai e a bênção de seu avô.

– Ai, não! – exclamou o pajé. – Quando teu filho aparecer no mundo, já eu estarei morto.

O pajé disse estas palavras com tom profético.

Ruy de Leão estremeceu e involuntariamente procurou as algibeiras dos calções, que já não usava, para meter-lhe as mãos dentro. Nanavi entrou a chorar.

O pajé consolou a família com uma dissertação filosófica a respeito da sorte; comparou a vida à luz fugaz do pirilampo: comparação de que os poetas começaram a usar mais tarde; e concluiu pedindo alguma coisa que comer.

Adivinhara o pajé. Dois meses antes de vir à luz o rebentão da ilustre raça dos Ruys de Leão, o pajé adoeceu gravemente.

Chamaram-se os físicos da localidade. Era um deles o ilustre Urumbeba, profundo conhecedor do corpo humano e seus achaques; e o outro o não menos ilustre Mandijbiyuruçu, versado no conhecimento das plantas e raízes.

Entraram estas duas glórias da Academia do sertão com a gravidade própria do caso.

Examinaram o enfermo, e declararam que era necessária uma conferência entre si, pelo que se retiraram as mais pessoas.

Quando os dois físicos ficaram sós, rompeu o silêncio de Urumbeba:

– O rio está crescendo muito – disse ele.

– Já reparei nisso; parece que alagará tudo como na lua passada.

– Além disso eu tive um sonho.

– Ah!

– Sonhei que uma cobra imensa desenvolvendo-se pela terra enrolara a tribo toda.

– Uma cobra?

Urumbeba percebeu que o colega não atinava com o sentido do sonho.

– Sim, uma cobra – disse Urumbeba –, e essa cobra é a imagem do rio que nos cercará a todos nós.

Mandijbiyuruçu ficou muito assustado com o sonho de Urumbeba, e concordou na necessidade de levantar as tendas.

Conversaram largamente nesse assunto até que, passada uma hora, um gemido do pajé veio lembrar-lhes o objeto principal da conferência.

Na opinião de Urumbeba o doente devia tomar um cozimento de aipim, dado em quatro porções de uma cuia cada uma; ao passo que Mandijbiyuruçu optou por uma aplicação de inimboia cozida e dada em duas partes com fomentações de caataia.

Divididas as opiniões, foi necessário que as discutissem.

Mas o doente piorara, e Ruy de Leão veio dizer aos médicos que o pajé estava mal.

Foram os médicos ter com o enfermo e conheceram que era chegada a última hora; mas como o pajé padecia muito, resolveram que o melhor remédio era dar-lhe uma cacetada na cabeça – extrema-unção daqueles povos incultos.

O pajé compreendeu a situação e pediu para falar particularmente ao genro.

Quando se acharam sós, disse o pajé:

– Quero dar-te um presente, o melhor presente que um mortal pode dar a outro, porque o recebi eu mesmo das mãos de Tupã.

Ruy de Leão arregalou os olhos.

– Eu tenho ainda vida até o sol que vem. Quando vier a noite sairemos ao terreiro; quero ir contigo a um lugar secreto.

Prometeu Ruy de Leão acudir ao convite do pajé. Efetivamente, quando veio a noite, saiu o pajé encostado ao genro, e a seis ou sete passos da cabana, mandou o pajé que Ruy de Leão cavasse certo montículo de terra. Cavou o fidalgo, e não tardou que aparecesse um vaso hermeticamente tapado.

– Isto – disse o pajé – é um segredo que me acompanha sempre. Quando me mudo de um lugar para outro, levo o vaso comigo e enterro-o atrás da cabana.

Ruy de Leão contemplava o vaso, sem poder adivinhar o que continha.

Veio em auxílio dele o pajé.

– Era uma noite em que eu, não podendo dormir, fui sentar-me à beira do mar contemplando as estrelas. Estava ali já havia muito tempo, quando me apareceu um vulto cheio de luz e me disse: "Pajé, queres que eu te dê a imortalidade?" "Quero", respondi eu, beijando a terra. "Toma este vaso; aqui tens um licor que te dará a imortalidade; bebe-o quando quiseres, serás imortal".

Ruy de Leão teve um movimento generoso.

– Ah! – disse ele. – Bebe depressa.

O pajé empurrou levemente o genro.

– Não! Se eu quisesse ser imortal, não o teria já bebido? Aceitei o licor com alegria e guardei-o para beber mais tarde. Profundos desgostos me amarguraram a vida; não quero ser imortal. Tu sim; és feliz; podes ser imortal. Dou-to; é para ti. Mas agora enterra o vaso; ninguém deve saber disto.

Ruy de Leão enterrou o vaso.

A noite estava escura; uma coruja piou em cima de uma árvore; o pio da coruja e o murmurar do rio eram os únicos sons que se ouviam. Quando Ruy de Leão se levantou, viu que o pajé tremia, segurou-o para não cair. Era tarde; o pajé expirou.

Grande foi a dor de Nanavi quando soube da morte do pai. A cerimônia fúnebre impressionou a todos, porque a palavra do pajé era respeitada e adorada, e todos sabiam que se perdia nele uma glória da raça tamoia.

2

Ruy de Leão voltou ao lugar onde se achava enterrado o vaso do elixir. Desenterrou-o, tirou-lhe a tampa e examinou atentamente o conteúdo. Era um líquido amarelo, com seus reflexos azuis quando recebia os raios do sol.

A porção não era muita, nem para o fim proposto era preciso mais.

O cheiro do líquido era uma mistura de almíscar e canela.

O esposo de Nanavi enterrou o vaso e sentou-se sobre uma pedra que lhe ficava ao pé.

Não se pode saber que tempo gastou Ruy de Leão nas profundas reflexões em que se mergulhou o seu espírito. Apenas sabemos que, quando Ruy de Leão levantou a cabeça, tinha um sorriso nos lábios.

– Ilusão! – exclamou ele. – Isto é impossível. Por que motivo não vi logo que o pajé era vítima de um sonho, ou desejava impor a sua privança com Tupã? Imortalidade! Só Deus poderia dá-la, mas esse não a dá com certeza: a verdade é esta. Eia, Ruy de Leão, evoca o teu bom senso; não sejas tamoio em tudo. O pajé podia iludir aos outros, mas a mim!...

Levantou-se, deu dois passos e parou contemplando o lugar onde estava enterrado o precioso vaso.

— E, contudo – disse ele –, era tão bom possuir a imortalidade! Ver correr os séculos uns após e outros; ver passar as gerações; o nascimento e a queda dos impérios, e ficar sobranceiro a tudo; zombar do tempo e dos homens!... Oh! Seria uma grande ventura, e se realmente o elixir do pajé...

Ouviu uns passos. Era Nanavi.

— Pensas no teu país? – perguntou a indígena.

— O meu país é o teu, Nanavi, a minha pátria é o teu amor. Que teria eu lá mais do que tenho aqui? O sol é o mesmo; pisa-se a mesma terra; respira-se o mesmo ar. Vive-se a mesma vida; morre-se da mesma morte.

Nanavi lançou os braços à roda do pescoço de Ruy de Leão; este beijou-a ternamente na testa.

— Andas pensativo... que tens?

— Nada; saudades do pajé.

— Pobre pai!

Ruy de Leão sentou-se sobre uma pedra.

— Era um grande homem teu pai – disse ele.

— Era um sábio.

— Sim, era.

— Ninguém melhor do que ele – continuou Nanavi – sabia ler no céu, nem combinar as raízes da terra.

Ruy estremeceu.

— Que tens?

— Nada. Teu pai conhecia as virtudes das raízes?

— Quem as não conhece entre os filhos de Tupã?

— Tens razão.

— Meu pai era mais sábio que todos os outros; mas não o dizia a ninguém.

Ruy de Leão ficou pensativo.

— Quem sabe – dizia ele consigo –, quem sabe se o pajé não combinou este elixir por meios secretos, e modestamente o atribuiu a origem divina?

Não sem admirar a modéstia do pajé, Ruy de Leão demorou-se nesta ideia e concluiu que, em todo o caso, não sendo provável que o sogro lhe quisesse mal, a bebida se não lhe desse a imortalidade, também não daria a morte.

Dois meses depois veio à luz um amável pimpolho, fruto da união do fidalgo com a indígena.

Segundo o uso, Ruy de Leão meteu-se na cama, tomou os caldos, recebeu as visitas, ao passo que a mulher foi cuidar dos arranjos da casa. Urumbeba foi visitar assiduamente a Ruy, não porque ele carecesse dos seus serviços médicos, mas porque era conversador e alegre nas horas de bom humor.

Numa das ocasiões, disse-lhe que havia chegado àquela região um padre da nação de Ruy, homem apessoado e de falas de mel.

– Onde está? – perguntou Ruy.

– Anda perto; foi visto na foz do rio.

Daí a dias apareceu efetivamente o padre Norberto, que andava em missão. Disseram-lhe que havia ali um homem seu compatriota; foi vê-lo. Eram conhecidos.

O frade Norberto falou de Portugal e da família de Ruy. Disse-lhe que os seus parentes se achavam mortos com exceção de um primo que fora meter uma lança em África.

– Pouco me importa saber, frade Norberto, do que vai lá pela minha família, nem se são vivos ou mortos. Hoje a minha família é Nanavi e meu filho.

Justamente nessa ocasião acordou o pequerrucho; o frade Norberto viu o fruto do amor da indígena com o europeu; e disse ao fidalgo:

– Vamos batizá-lo?

– Não.

– Pois quê! Não quer?

– Não.

– Meu Deus! – continuou o frade Norberto. – Será isso possível! Dir-se-á que estes gentios, nascidos e criados sem a luz da fé, são mais fáceis de converter que Vossa Mercê, nascido e criado no seio da Igreja.

O argumento não tinha resposta; por isso mesmo o fidalgo tentou sofismá-lo. O digno frade ouviu-o silencioso.

Quando o fidalgo acabou disse o frade:

– Peço a Deus que não faça cair sobre Vossa Mercê a justa pena deste ato... – E saiu.

Logo nessa noite, teve Ruy de Leão uma intensa febre; no dia seguinte piorou. Nenhuma raiz, nenhuma folha pôde abrandar o mal do pobre Ruy. Esgotou-se a farmacopeia do deserto; a doença tinha todos os sinais de ser mortal. Três dias durou esta luta entre a natureza e a ciência. Ao cabo desse tempo resolveu-se que, se o último remédio não produzisse efeito, devia recorrer-se ao medicamento eleitoral do cacete.

Ruy não sabia que já estava condenado, mas suspeitava-o bem, porque o remédio que lhe deram como definitivo nenhum efeito produzira. Viu a morte diante de si; lembrou-se das palavras do frade Norberto; contemplou o filho, apenas nascido, a mulher ainda no viço dos anos. Todas estas coisas juntas fizeram que Ruy reunisse todas as suas forças (que bem poucas eram), e tentasse de noite ir ao elixir da imortalidade.

Fê-lo a muito custo; logo à porta da cabana teve um desmaio. Conseguiu levantar-se sem despertar ninguém. Caminhou lentamente para o montículo onde estava enterrado o vaso; cavou a terra com as unhas; arrancou o vaso e bebeu parte do conteúdo.

No dia seguinte amanheceu melhor. Os parentes de Nanavi, que já preparavam os ventres para o condigno enterro do estrangeiro ilustre, ficaram agradavelmente surpresos quando viram a rápida melhora que naturalmente atribuíram ao remédio que tomara.

Restabeleceu-se Ruy de Leão da moléstia, e grande alegria houve por isso, pois o fidalgo era realmente a luz daquela gente e o melhor conselho dos casos difíceis.

Certeza de que estava imortal não a tinha ainda Ruy de Leão; mas certeza de que o elixir curasse febres teimosas, essa adquiriu logo. Esperemos o resto, dizia ele consigo.

E esperou.

Não tardou que se admirasse toda a gente daquelas paragens da robustez crescente de Ruy de Leão; era o segundo efeito do elixir. Multiplicaram-se-lhe as forças e a atividade, coisa que sumamente agradava a Nanavi, pois naquele tempo e entre aqueles povos, a glória não estava em agitar um junco parisiense, mas em brandir uma pesada maça de guerra.

Com os anos cresceram as esperanças de Ruy. O tempo nenhuma ação tinha nele; não só os poucos cabelos que tinha continuaram a ficar pretos, senão que lhe nasceram outros, e dentro em pouco tempo tinha o homem uma verdadeira floresta na cabeça, a qual floresta, atenta à falta de pentes no sertão, era uma verdadeira floresta virgem.

Nenhuma ruga lhe afeou o rosto: nenhum abalo lhe fraqueou o pulso.

Tinha Ruy 60 anos e era o mesmo homem dos quarenta. Não eram isto indícios da imortalidade? Ruy adquiriu a plena certeza de que tinha vencido a morte.

Não aconteceu o mesmo à pobre Nanavi, que, andando um dia a colher frutas no mato, recebeu em cima da cabeça um tronco que a levou desta para melhor. Ficou a criança, rapazote de largas esperanças, único fruto dos amores de Ruy e Nanavi.

Como o frade Norberto continuasse em missão, encontrou-o um dia o nosso neotamoio e travou conversa com ele.

Sem descobrir o segredo do pajé, disse-lhe que tinha meios de fazer uma conversão em larga escala durante longos decorreres de anos; que para isso ajudaria com dedicação os frades da companhia não somente com as luzes que tinha da língua do Brasil como também pela autoridade moral que adquirira entre os índios; finalmente que, por prova de que servia sinceramente a igreja, dava a batizar o filho de Nanavi.

– De boa razão é vosso procedimento, senhor Ruy de Leão, e eu estou que a fé colherá grande proveito com o auxílio de vossa pessoa. Suspeitar de vossa sinceridade fora, além de injustiça, erro grosseiro, porquanto entrais no corpo da Igreja passando a porta preciosa e precedendo ao inocente filho que nos dais para batizar e iniciar na fé. Onde está a mãe?

– A mãe morreu.

– Culpa vossa, senhor Ruy de Leão; perdeu-se uma alma pela obstinação com que Vossa Mercê se houve...

– Estou arrependido, padre Norberto – disse Ruy ajoelhando aos pés do frade.

Foi batizado o pequeno e iniciado nos preceitos da fé cristã, ao passo que o pai, incumbido de arrebanhar a gentilidade, saiu pelo sertão acompanhado pelo frade Norberto e outro.

Longo tempo andou nessa missão. Colheu a Igreja preciosos frutos dela e quando voltaram todos três para o asilo dos frades houve grande e preciosa festa em honra de todos e principalmente de Ruy. Os frades asseveraram à porfia que a piedade do fidalgo fora exemplar e os seus esforços, incessantes.

Notaram todos, porém, que se os frades voltaram alquebrados pelas fadigas e perigos, Ruy estava tão sadio e robusto como fora. Maior admiração houve quando o fidalgo confessou ter mais de 60 anos.

– Não admira – respondeu o fidalgo rindo –, eu adquiri o privilégio desta gente que vive geralmente até os cem anos.

Ficou o nosso Ruy no convento acompanhando os frades. Uma noite veio do sertão uma horda de índios, e atacou o asilo monástico com desusado vigor. A defesa foi quase toda nula contra os ferozes índios. Após uma luta porfiada, Ruy conseguiu fazer ouvir a sua voz e acalmar os ânimos. Os índios foram embora deixando dois cadáveres dos seus.

Dos frades tinham morrido dois às envenenadas flechas do inimigo. A todos admirou, porém, que Ruy recebesse uma flecha nas costas, que a arrancasse, e não morresse, como acontecera aos outros.

– Que mistério é esse, irmão? – perguntou-lhe um frade.

– Nenhum – respondeu Ruy –, provavelmente a flecha não vinha ervada.

Correram os anos; os frades estavam substituídos à proporção que iam morrendo; e assim se chegou aos anos de 1730, sem que Ruy perdesse sequer um dos traços de sua vigorosa pessoa.

Toda a gente ficava pasmada diante de semelhante prodígio. Prodígio havia de certo porque de cem anos por cima é impossível não ter já todos os sinais da velhice; porém não... nunca Ruy deixou de ter a mesma cara.

Foi em 1730 que um oficial régio, tendo sabido da maravilhosa mocidade de Ruy, ofereceu-se para levá-lo à corte de Lisboa a fim de apresentá-lo ao rei, que era então Dom João V. Partiram.

3

É incrível que nenhuma história publicada daquele tempo mencione a chegada deste prodigioso sujeito à corte de Lisboa e dos casos que aí houve.

Ruy não foi apresentado ao rei, não se sabe bem por que razão; mas andou por toda a parte; figurou nos solares da fidalguia como nas casas dos mesteirais; espantou damas, condes e burgueses; falou de coisas acontecidas um século antes; causou, em suma, o mesmo assombro que o célebre conde de São Germano em Paris, ainda que este misterioso personagem não possuísse o dom da imortalidade achado pelo pajé.

Sabido é que às mulheres agrada o misterioso e o raro. Uma dona Beatriz, formosíssima fidalga daquele tempo, veio a enamorar-se do nosso Ruy, que também se enamorou dela.

Como a moça estivesse para casar com dom Álvaro, marquês de P... saiu este paladino a campo e desafiou Ruy por um combate singular.

Não era homem de recusar duelo o nosso Ruy; aceitou o repto do fidalgo, que o não era mais que ele, e bateram-se à espada nas imediações de Lisboa.

Infelizmente o uso da flecha desabituara o viúvo de Nanavi ao uso da espada. O marquês era esperto jogador desta arma. O combate era desigual. Todavia, não aceitou Ruy o conselho dos que lhe diziam que fizesse um estudo prévio.

Durou o duelo uns 20 minutos de angústia para os padrinhos de Ruy; ao cabo desse tempo, dom Álvaro varou o nosso homem de meio a meio. Correram todos ao ferido, que imediatamente caiu no chão lavado em sangue.

– Está morto! – exclamaram todos.

– Ainda não – disse Ruy –; não estou morto.

E com a própria mão estancou o sangue, enquanto um físico, adrede convidado, administrou-lhe os primeiros socorros.

– Morre daqui a duas horas – disse tristemente o cirurgião aos padrinhos de Ruy.

Duas horas depois, Ruy aparecia nas ruas de Lisboa, com grande espanto do povo, que ouvira falar no duelo e nos resultados dele.

– Sabem que mais? – dizia o cirurgião. – Aquele homem é o diabo.

Naqueles tempos de fé uma descoberta desta ordem equivalia ao exílio perpétuo do homem. Ruy viu fecharem-se-lhe as portas dos palácios, as hospedarias, as casas todas, enfim; e compreendeu que estava abandonado.

Ajuntou algum dinheiro que tinha, guardou na algibeira um frasco contendo o resto do elixir de imortalidade, e partiu para Espanha.

Ali deixou de dizer quem era, nem a idade que tinha; viveu desconhecido. Mas não deixou de lhe ser proveitoso e incógnito. Jogou a sorte nas casas em que isso se fazia e ganhou somas fabulosas.

– Que farei agora? – perguntava Ruy a si mesmo.

Partiu para a Alemanha e dispôs-se a estudar. Com o dinheiro que tinha ganho nas tavolagens de Castela, pôde o nosso célebre Ruy de Leão ocorrer às despesas do estudo.

Ao cabo de longos anos, era ele doutor em teologia, filosofia, matemática, direito, medicina, profundo antiquário, extremado nas ciências físicas e químicas; em suma, o doutor dos doutores, a expressão mais alta da ciência humana. Aprendeu o latim, o grego, o árabe, o armênio, o turco, o hebraico. Traduziu para várias línguas as obras de Santo Agostinho e São Tomás; fundou uma academia arqueológica e um liceu de filosofia; comentou os atos dos apóstolos, escreveu uma história dos mártires, fez descobertas arqueológicas em Roma, anunciou dois cometas e espantou toda a Europa científica não menos pela profundidade e variedade dos seus conhecimentos, como pelo prodigioso número de acontecimentos antigos a que presenciara.

Graças à riqueza que facilmente adquiriu, casou o nosso homem com uma fidalga da Espanha cinco vezes marquesa e rica de mais a mais. Durou pouco o casamento; a mulher faleceu dois anos depois, e foi essa a maior dor de sua vida, posto que a morta lhe deixara uma grande riqueza nas mãos.

De novo se entregou aos estudos da ciência, com redobrado ardor. Mas apesar da admiração que o mundo científico lhe votara, apesar da espécie de infalibilidade que adquirira perante as sociedades e academias, o nosso Ruy entrou a sofrer de um incurável aborrecimento. Tinha quase dois séculos e a vida já lhe pesava; o mundo não lhe oferecia espetáculo novo; a ciência perdera o prestígio do princípio: o imortal começou a desejar a morte.

Mas era tarde.

Como acharia ele a morte?

Ruy recorreu ao suicídio; sabia que era um crime perante Deus e os homens; mas não tinha outro recurso. Achava-se então em Lisboa, mas como já muitos dos que o conheceram antes tinham morrido, ninguém viu nele o mesmo Ruy de Leão e ele teve o cuidado de trazer nome suposto.

Ali resolveu acabar os seus dias. Foi ao Tejo e atirou-se à água, em ocasião em que não podia ser socorrido. Sabia nadar, mas não quis usar do que sabia. Debalde! O corpo voltou à tona e desceu até esbarrar num galeão, de onde foi visto e pescado.

De outra vez recorreu à faca, mas o mais que conseguiu foi abrir no pescoço uma ferida que se curou rapidamente.

Era impossível morrer.

Imagine quem puder o suplício deste homem, condenado a ser imortal, a ver os mesmos dias, as mesmas comédias – este Tântalo da morte, ambicionando aquilo que os outros receiam –, pedindo ao céu como a suprema felicidade uma cova para dormir.

A situação é de si tão patética que eu não preciso lacrimejar o estilo; basta dizer a coisa para que ela seja compreendida.

Depois de estudar tudo e tudo ver; depois de passear pelas várias partes do mundo, sem encontrar novidade que lhe divertisse o ânimo; depois de ser assíduo espectador de tudo quanto pudesse despertar a curiosidade de um homem enfadado como, por exemplo, o homem de botas de cortiça, o boneco jogador de xadrez e outros, determinou Ruy de Leão voltar ao Brasil nos princípios deste século, ali pelos anos de mil oitocentos e tantos, estando ainda cá o rei.

Efetivamente aqui aportou no Rio de Janeiro o imortal Ruy. A cidade não oferecia então o aspecto que hoje tem. A Rua do Ouvidor não era a via elegante da capital; nem o Rocio estava transformado no jardim que aí vemos. Eram os belos tempos de Vidigal e seus granadeiros, de cujas proezas tão habilmente falou o nosso chorado doutor Manuel de Almeida, talento como poucos.

Ruy tratou de encobrir-se o mais que pôde; entrou como verdadeiro desconhecido.

Contudo a presença de um homem tão sábio e tão rico não era coisa que passasse despercebida ao povo nem à corte. Não tardou que fosse convidado para as melhores casas e os vários fidalgos de respeito do rei porfiaram em recebê-lo à sua sala. Era parceiro obrigado no whist dos velhos fidalgos, grande par do minueto, excelente cavaleiro do garfo, em suma, a flor da boa roda.

Mas esse recreio durou pouco. No fim de dois meses voltou Ruy de Leão às suas mágoas antigas.

Foi então que lhe aconteceu um caso decisivo na sua vida.

Entre as damas que mais apreciavam o saber e os dotes do ilustre Ruy, havia uma dona Madalena de Sousa e Pedroiça, criatura tão notável pela graça do semblante, quanto pelas virtudes fidalgas da vida. Ruy ficara sempre com um grande pendor às mulheres, o que era naturalmente um corretivo da imortalidade, porquanto ser imortal e aborrecer as mulheres seria estar no pior de todos os infernos deste mundo e do outro.

Agradou-lhe dona Madalena, mas esta, posto que o apreciasse muito, não lhe aceitou o coração. Coração repelido é o ideal da pertinácia. Ruy multiplicou as suas armas galantes, a ver se colhia a esquiva dama, e esta, sempre isenta, dava de tábua às seduções do namorado.

Durou esta luta cerca de dois anos.

Uma noite, vindo recolher-se para casa o nosso Ruy, surdiu-lhe em frente um sujeito e lhe disse:

– Quer saber por que razão dona Madalena lhe recusa a mão?

– Quero.

– Ama a outro.

– Impossível.

– É verdade!

O sujeito tinha a cara meia coberta com uma das abas do capote. Descobriu-se então e Ruy, pedindo a lanterna ao criado que tinha com ele, pôde reconhecer a um parente de Madalena.

Passava-se esta cena nos Cajueiros e o nosso Ruy morava perto do Valongo: convidou o parente da moça para acompanhá-lo à casa.

Quando lá chegaram, tomou palavra o parente da moça, dom Martim, e disse:

– Dona Madalena ama o licenciado Álvares e quer casar com ele; o pai opõe-se ao casamento e já a ameaçou com o convento. É essa a razão por que não aceita o seu amor.

– Mas – disse Ruy – eu não sei que diabo achou ela no licenciado...

– Nem eu, mas a verdade é esta.

Ruy refletiu na dificuldade de sua posição.

– Deste modo – disse ele – perco o meu tempo...

– Como eu perdi – replicou dom Martim –, também eu a amei, mas nada pude conseguir. O licenciado transtornou-lhe a cabeça. Que lhe havemos de fazer?

– Dar uma lição ao licenciado.

Dom Martim piscou o olho, via-se-lhe no rosto que ele não vinha para outra coisa.

– Como lhe daremos a lição?

– Como?

– É verdade que ele costuma falar com a prima às escondidas...

– A horas mortas?

– Sim. Chega ao portão e ela fala de cima da janela que dá para o jardim.

– Basta.

– Qual é o seu plano? – perguntou dom Martim arranjando o capote.

– Esganá-lo.

– Mas isso é perigoso; o intendente da polícia não é de graças.

– Qual intendente! – exclamou Ruy. – Pois eu cá vou consultar intendente para esganar um patife?

Saiu dom Martim exultando de contente, e Ruy deitou-se meditando na vingança que devia tomar do rival.

Na subsequente noite não apareceu Ruy de Leão em casa da família de dona Madalena, e foi esperar o licenciado no sítio indicado por dom Martim. A noite era escura e ameaçava temporal. Ruy saíra de casa sem criado nem lampião. Armou-se com uma faca, encostou-se à parede e esperou que batesse a hora da vingança.

Ao cabo de longo tempo, que é sempre longo para quem espera, Ruy de Leão ouviu passos ao longe na direção do ponto em que se achava. Ao mesmo tempo abriu-se a janela de Madalena e o vulto da moça apareceu como Julieta quando esperava Romeu e a escada.

Era a hora suprema.

Coseu-se o doutor dos doutores com a parede e esperou o feliz rival, que se aproximava cautelosamente. Mal o pobre namorado soltava as primeiras palavras, saltou-lhe acima o fidalgo e enterrou-lhe no estômago uma comprida faca. O licenciado apenas deu um gemido e tentou murmurar o nome de Madalena. Caiu. Ruy afastou-se rapidamente do teatro do crime.

No dia seguinte de manhã apareceu a polícia, levantou o cadáver, fez-lhe os exames precisos, e começou as indagações para ver de onde partia o crime.

A primeira suspeita recaiu sobre o pai de Madalena, cuja oposição ao licenciado era conhecida; mas o pai, vendo contra si a espada da lei, declarou que talvez fosse antes o crime praticado por um indivíduo que igualmente pretendia Madalena, homem de boa presença, formado em várias matérias e conhecido em toda a cidade.

Houve da parte do intendente tão virtuosa repulsa ao ouvir tão negra suspeita, que o nosso Ruy se lha visse, devia votar-lhe eterna gratidão.

Todavia, como a justiça não podia deixar de averiguar tudo, mandou-se chamar Ruy de Leão, que apenas chegou negou o crime. Entretanto deu-se-lhe busca em casa, e achou-se-lhe a faca ensanguentada, que por um incrível descuido Ruy se esquecera de lavar ou deitar fora. Interrogada a criadagem, confessou que o amo saíra de casa à noite, sem escudeiro, embuçado num capote e escondendo alguma coisa.

Todos os indícios eram contra o assassino.

A justiça d'el-rei tomou conta do réu; abriu-se processo em regra e ao cabo de algum tempo foi condenado Ruy de Leão a morrer de morte natural na forca.

Madalena, que até então estimara a prisão e o processo do réu, teve pena dele quando soube que ia morrer enforcado.

Não deixara de lembrar-se de que a causa daquele crime era ela. Ruy aparecia aos olhos da moça com um aspecto tão interessante que ela lhe daria a mão de esposa se tanto fosse preciso para livrá-lo da forca.

Pobre licenciado!...

Marcado o dia para execução, levantou-se no Largo de Moura a forca, e o cortejo saiu da cadeia com o juiz, o padre, o carrasco e o pregoeiro. Troava a campa à frente, lia o pregoeiro a sentença da relação em cada esquina, e lá ia o nosso Ruy recebendo do sacerdote as consolações que o carrasco lhe não podia dar.

Grande número de povo enchia o largo da execução, mas quem pensa o leitor que estava entre os espectadores? Dom Martim, mais pálido que a morte, vítima do remorso e da curiosidade, causa indireta do crime e da desgraça. Queria ele ouvir as últimas palavras do condenado, de que receava alguma revelação relativa à sua pessoa.

Subiu Ruy as escadas da forca, colocou-se em posição conveniente, abriu a boca para fazer um discurso, mas os tambores cobriram a voz do orador.

Imediatamente entrou o carrasco nas honrosas funções que a lei lhe conferia em nome do evangelho, e o corpo de Ruy de Leão ficou pendente da forca.

A pouco e pouco foi saindo o povo aterrado com o espetáculo; e em todas as boticas e casas de barbeiro da cidade foi comentado o crime do defunto.

Quando veio a noite foi o carrasco tirar da forca o cadáver do réu, acompanhado do respectivo ajudante. Cortou a corda e o corpo foi à terra.

– Ai! – disse Ruy, atordoado com a queda.

– Que foi? – perguntou o carrasco ao ajudante.

– Não sei; foi um gemido de cão.

Aproximaram-se do corpo; mas qual não foi o seu espanto? Ruy desatava tranquilamente o laço da corda e dizia:

– Levem-me a uma hospedaria que tenho fome.

O carrasco e o ajudante não ouviram mais do que a palavra "levem-me"; viram o gesto de Ruy e deitaram a correr. Toda a cidade ficou em alarma. Só falava do enforcado que ressuscitara.

– Estava inocente! – gritavam uns.

– É um santo! – diziam outros.

Entretanto o ex-enforcado procurou tranquilamente coisa que comesse e cama em que dormisse.

4

O desenleio maravilhoso e misterioso deste acontecimento assustou o pai de dona Madalena. A superstição foi grande arma em favor de Ruy de Leão, que alguns dias depois ousou apresentar-se em casa da moça e pedi-la em casamento.

A leitora aplaude já a recusa de Madalena. Madalena aceitou.

Previamente perdoado do crime cometido, Ruy de Leão casou com Madalena, e confiou que ao menos teria durante alguns anos uma vida feliz; até que de novo o tomasse o tédio da vida.

Entretanto, dom Martim, descontente com o desenlace do caso, explicou a seu modo a ressurreição do rival.

– Foi naturalmente – dizia ele, a um oficial –, acordo entre o réu e o carrasco. Deu-lhe este um laço fraco, e o homem pôde ressuscitar

– Mas se eu vi o contrário – respondia o oficial.

– Viu mal...

Jurou dom Martim vingar-se de Ruy. Como?

Cogitou um meio seguro; estreitou relações com o marido de Madalena. Era para ele grandíssima dor e profundíssimo despeito ver o rival ao lado daquela a quem ele amava apesar de tudo. Mas o ciúme suporta tudo.

Quando julgou que as relações estivessem firmadas entre ambos e bania do ânimo de Ruy qualquer suspeita contra ele, dom Martim tratou de comprar um dos criados do rival e a poder de patacões conseguiu que o criado se prestasse ao crime.

Costumava Ruy tomar uma xícara de chá uma hora depois do jantar. Uma tarde, achando-se todos três na sala, achou-se Ruy afrontado; tinha comido muito e a digestão era laboriosa.

– Que sentes mais? – perguntou Madalena.

– Nada mais. Eu já sei qual é o remédio; mande vir o chá mais cedo.

Deu ordem, e o criado trouxe a xícara de chá. Dom Martim olhou para o criado, e este fez-lhe sinal de que o veneno estava dentro.

Quem olhasse então para dom Martim veria a expressão de triunfo que lhe transluzia no olho.

– Enfim – disse ele consigo.

Ruy tomou tranquilamente o chá, conversou pouco, estendeu-se na cadeira de couro e adormeceu.

Dom Martim ficou a sós com Madalena.

– Madalena! – disse ele.

– Que ousadia é essa? – disse a moça.

– Ousadia, não. Ouça-me, eu ainda a amo

– Dom Martim, não me parece de cavalheiro o seu proceder.

– Por quê? – perguntou dom Martim com um sorriso infernal.

– Não vê quem ali está?

– Ali?

– Sim.

– Ali está um cadáver.

– Um cadáver? – perguntou a moça ficando pálida.

– Quase. Daqui a dez minutos é um cadáver.

– Explique-se, dom Martim, por quem é!

– Ah! Pensa que eu não teria a minha vingança?

Dom Martim estava fora de si; ajoelhou-se aos pés de Madalena; esta fugiu para o interior.

No entanto, acordou Ruy, bocejou, levantou-se e deu com os olhos em dom Martim, que estava no fundo da sala, mais branco que uma toalha.

– Que tem você? Dom Martim...

– Eu nada... – disse dom Martim sem tirar os olhos do rival.

– Pois, senhor – continuou este –, o chá precipitou a digestão, sinto-me melhor. Onde está Madalena?

A moça ouvira a voz do marido e correu à sala.

Dom Martim esperava a todo momento ver cair fulminado o nosso fidalgo e já se arrependera das palavras que dissera nesse sentido a Madalena.

Esta perguntou ao marido como se achava; e ele respondeu que muito melhor.

— Proponho que joguemos alguma coisa para passar a noite, que promete ser fria. O primo fica não?

— Eu não mas.

— Fica de certo.

Jogaram até tarde; tomaram chá; e Ruy não morreu, como o outro esperava.

Foi naturalmente o patife do criado, pensou dom Martim.

Mas o criado estava igualmente espantado. Olhava para dom Martim, e não sabia explicar aquele mistério.

Quando dom Martim de lá saiu, foi acompanhado pelo cúmplice, que lhe jurou ter posto no chá a dose de veneno convencionada.

— Mas então que foi aquilo?

— Eu sei lá, senhor. — Creio que um tiro...

— E prometes ajudar-me na empresa?...

— Prometo.

— Bem; iremos ao tiro.

Prepararam emboscada ao invencível Ruy de Leão; deu-se o caso na Rua do Piolho, em noite de tormenta, estando a rua mais deserta que um Saara. O criado armou-se com o arcabuz do crime; e desfechou o tiro na cara de Ruy. A vítima soltou um espirro e continuou tranquilamente a viagem.

O criado desmaiou.

Ruy compreendia que dom Martim lhe preparava golpes sobre golpes; mas confiado no elixir do pajé, mostrava-se indiferente às emboscadas e ao veneno do rival.

A única questão seria a infidelidade da mulher.

Mas esta era um modelo de amor e constância. Amava-o com ardor, apesar de ir já longe a lua de mel.

Por isso mesmo durou pouco a felicidade.

Madalena faleceu de uma pneumonia aguda.

— Quê! — exclamou o pobre imortal; pois eu hei de ver morrer todos aqueles a quem amo e hei de arrastar este castigo de vida?

Enterrou-se a mulher de Ruy com a pompa digna da riqueza do marido. Aborrecido por estar no lugar onde lhe morrera a esposa, Ruy determinou partir para a Europa e assim o fez em 1825, depois de declarar a sua intenção de ficar brasileiro.

Dom Martim foi para Angola, onde morreu de desgostos.

Correram os anos.

Em 1835 aportou outra vez ao Rio de Janeiro o invencível Ruy de Leão, disposto a não viajar mais e a esperar aqui o dia do juízo final. Achou o espírito público agitado com a política. Não havia loja em que se não conversava da coisa pública; e os nomes tais e tais eram citados como modelos do estadista, conforme pertenciam a esta ou aquela cor política.

É difícil estar entre políticos muito tempo sem adquirir a febre que os devora. Além disso, Ruy de Leão não tinha ensaiado esse gênero de distração. Nem a ciência, nem o amor, nem o jogo lhe apresentavam pasto suficiente ao seu espírito sedento de ocupação.

Para se calcular bem a situação do nosso herói basta ter em lembrança o tédio de um dia em que não temos nada que fazer. Multipliquemos esse dia pela eternidade e aí teremos a tortura moral deste verídico sujeito escolhido pelo destino para ser o exemplo único de uma aborrecida imortalidade.

A política correspondeu aos desejos de Ruy de Leão.

Desde que entrou em comunicação com os chefes de um dos partidos, viu logo que aquilo era turbilhão para uns trinta ou quarenta anos.

– Ao menos – disse ele consigo – passarei este tempo mais satisfeito até que descubra outro meio que me substitua a política.

Fundou logo uma gazeta denominada *A Alvorada*, cujo programa era vago como a hora que o título fazia lembrar. Um dos períodos mais práticos era este:

Reunir todos os elementos de prosperidade em favor da liberdade, consubstanciar a ordem nas aspirações do país, transformar o torpor em atividade, eis o programa da imprensa independente e é o meu.

Os leitores gostaram deste programa; mas o jornal adverso, que se denominara *O Grito da Nação*, atacou os princípios da *Alvorada* com esta simples pergunta:

Onde é que o colega viu que a liberdade prática, única, resoluta, firme, invencível pode, abraçando elementos contrários, ostentar princípios, ideias, melhoramentos, que, simbolizando a honra de uma época, destruam a poeira de um passado recente?

Tal foi o começo de uma polêmica estrondosa que ainda hoje existiria se a morte igual para os homens e as gazetas não tivesse destruído o *Grito* e a *Alvorada* dentro de alguns meses.

Os talentos de jornalista de nosso Ruy de Leão foram apreciados por amigos e adversários: efetivamente, Ruy tinha a capacidade especial que se exige na imprensa política. *O Grito da Nação* andou atrapalhado durante a existência da *Alvorada*, que dias pouco lhe sobreviveu.

O partido de Ruy esperou a primeira ocasião para apresentá-lo candidato por uma das províncias, o que aconteceu pouco tempo antes da morte da gazeta. A candidatura foi aceita pelos caudilhos da localidade. A *Alvorada* mencionou o fato como a aurora de uma grande vida política, pois o digno Ruy de Leão era, nem mais nem menos, um homem de Plutarco.

– Quem é este Ruy de Leão? – perguntaram uns.

– Não sei – respondiam outros –, mas parece que é um grande homem.

– Parece que sim.

Onde quer que se falasse de Ruy, manifestavam-se logo grandes esperanças em favor dele.

Se ele passava, era apontado como um grande político, um Pitt, um Pombal.

De maneira que, antes de entrar no parlamento, já o nosso Ruy de Leão tinha a reputação feita. Se morresse logo, morria em cheiro de santidade.

Mas como morreria o imortal? Foi eleito.

Os leitores me dispensarão de dizer o que houve quando a pessoa deste ilustre doutor penetrou no recinto da Cadeia Velha. Cumprimentado e abraçado por amigos, olhado com desconfiança por adversários, Ruy de Leão era o homem da situação, a esfinge que daria a palavra do futuro.

Quando algum deputado orava não deixava de aludir delicadamente ao redator da *Alvorada* como um dos homens mais eminentes do país e da câmara.

Numerosos apoiados acolhiam estas palavras de justiça.

Durante uns 30 dias esteve calado o novo representante da nação, com grave desgosto dos seus amigos, que atribuíam grande poder de palavra a um homem tão insigne no uso da pena.

Os adversários, que tinham a mesma opinião, estimaram aquele silêncio e só desejavam que continuasse do mesmo modo.

Um dia, porém, no meio do grande barulho da assembleia, pediu a palavra o nosso Ruy de Leão. Fez-se imediatamente profundo silêncio, os deputados correram a fazer grupo à volta do orador, o povo das galerias debruçou-se mais para não perder nada, e o próprio presidente, pondo a mão em forma de concha na orelha, preparou-se para ouvir a estreia parlamentar do redator da *Alvorada*.

Modesto e moderado em suas aspirações, Ruy de Leão começou assim o seu discurso:

Senhor presidente. Das pessoas que o país mandou representá-lo, eu sou, sem dúvida, o mais humilde e o menos competente (Não apoiados). Vejo, senhor presidente, que me rodeiam as capacidades do país não só entre os meus amigos como entre os meus adversários (Muito bem!) porque eu, senhores, quando contemplo os talentos, apreço as opiniões (Sensação). Nada valho, senhores...

Muitas vozes: – Não apoiado!

O senhor X: – Vale muito...

O orador: – Nada valho, mas sinto em mim que posso ajudar o edifício da grandeza nacional, não como o arquiteto que traça o plano, mas como o servente que carrega a pedra (Aplausos).

"Para construir esse edifício, senhores, que tem feito o governo? Onde estão os seus planos? Que materiais possui? Com que operários conta? Não aparece nada disto. Agarrados às pastas, os nobres ministros só apreciam o poder pelos prazeres que ele dá, prazeres frívolos e indignos de cidadãos de um grande país, em vez de se consagrarem todos, e a todas as horas, e com todas as forças, ao desenvolvimento da herança que receberam, senhores, e que deverão passar aos nossos filhos!"

Aqui houve uma tal explosão de protestos e aplausos, que o orador foi obrigado a calar-se algum tempo, e o presidente, a agitar a campainha, verdadeira inutilidade no parlamento, porque, quando todos gritam, a campainha tem pouca força moral para acalmar a tempestade.

Serenada aquela, depois de trocados alguns ditos mais ou menos enérgicos, continuou o nosso orador, e daí em diante não houve cena igual, porque a eloquência de Ruy de Leão arrebatava amigos e adversários, e todos estavam pendentes dos lábios do novo Demóstenes.

Não resisto à tentação de transcrever das memórias secretas (porque os anais não trazem os discursos de Ruy) a peroração do famoso discurso. Ei-la:

"Tenho vivido muito, senhores, e conheço profundamente os homens e as coisas. A ciência dos Estados não é uma vã palavra; estudei-as nas obras dos homens públicos e no estudo pessoal dos acontecimentos. Aquele grande e imortal Catão é para mim o tipo da probidade política, o modelo dos partidários, a consolação das causas vencidas, a lição dos povos, o espantalho dos déspotas, o espelho dos cidadãos (bravo!), a glória da humanidade, o emblema do passado que desmoronou, a esperança do futuro que se levanta! (Aplausos.)

"Dir-me-eis, talvez, senhores, que eu devia imitar aquele grande homem recorrendo à morte? (*Não! Não!*) Não o faço, não, não poderia fazê-lo! De mais a causa da verdade estará assim perdida? Eu vejo sentados nas cadeiras ministeriais homens que traem os seus deveres e são capazes de vender a consciência por um prato de lentilhas (Sussurros!); mas, senhores, não nos iludamos; por ser Catão, é preciso resistir ao despotismo de César, e onde está César? Alguém conhece entre os seus adversários um César? (Ouçam! Ouçam!)

"Descansemos, pois; não recorramos a um exemplo que seria funesto, porque a causa da verdade está salva, desde que houver entre nós e a oposição a força e a união necessárias para vencer estes carregadores de pastas! (Aplausos).

"Senhores, vou concluir. Os hebreus atravessaram o deserto guiados por uma coluna de fogo. Somos os hebreus da política; a coluna de fogo é a verdade; ali nas cadeiras ministeriais está a terra de promissão. Emboquemos as trombetas da franqueza, avancemos com as tropas da vontade, empunhemos a espada da decisão, e aqueles cairão; aqueles homens serão cadáveres políticos porque, senhores, pouco dista de um moribundo a um cadáver."

Esta monumental peroração, que os professores deviam dar aos seus alunos de retórica, causou imensa impressão na Câmara.

Os ministros quiseram responder; mas era impossível. Só havia atenção para o vulto impudente do nosso Ruy, que, sendo cumprimentado por grande número de senhores deputados, recebeu no dia seguinte convite para um jantar que lhe deu a Câmara, sem distinção de partidos.

– Que discurso! – dizia um.
– Um monumento!
– É Mirabeau!
– É Cícero!
– Nunca ouvimos tal...
– É o Demóstenes moderno.
– Está fundada a eloquência brasileira.

Tais eram as conversações do povo e da Câmara acerca do discurso de Ruy de Leão.

Ainda no jantar que lhe deram, o ilustre orador teve ocasião de assombrar a todos com um soberbíssimo discurso, no qual, aludindo à circunstância de estarem ali amigos e adversários, proferiu esta frase tão imortal como o autor:

"*Estou aqui como os mortos no cemitério: a terra e o jantar nivelam as condições e as opiniões, o estômago é eclético.*"

Seria longo enumerar os prodígios de eloquência do nosso Ruy e dizer que serviços importantes prestou ele à causa do partido. Bastará mencionar que dentro de pouco foi ele constituído chefe do partido e aclamado o primeiro homem do parlamento.

Mas cedo se aborreceu da posição e da vida política.

Tendo concluído a legislatura, o nosso homem declarou que se retirava à vida privada.

Gastaram-se muitas ferraduras e pedras das ruas em visitas à casa de Ruy, a fim de ver se alcançaria que ele desistisse do intento.

Impossível.

Ruy persistiu na intenção de deixar a vida pública.

– Mas nós!

– Não desisto do meu plano.

– Por quem é

– Impossível.

Retirou-se para o norte, e lá se escondeu arrastando uma vida que lhe era odiosa.

Um belo dia cai a notícia de que rompera a guerra com o ditador López.

Ruy alistou-se como capitão de voluntários e partiu para o sul. Fez proezas incríveis, colocou-se à frente das balas, queria a morte a todo custo.

Impossível.

A morte respeitava-o.

Um dia, saindo fora do acampamento, encontrou um oficial paraguaio.

– Senhor – disse ele –, sou inimigo: mate-me.

O paraguaio disparou-lhe um tiro, que lhe não fez mal nenhum. Acudiu a companhia de Ruy e o trouxe para o acampamento.

Desesperado, voltou o homem à corte e aqui ficou, até que se deu o acontecimento que vou resumir e com o qual se conclui a história.

Travou Ruy conhecimento com um médico homeopata, Álvares Melo; era excelente conhecedor da ciência e Ruy gostava de conversar sobre medicina.

Um dia conversando em casa de Bernardes, disse Ruy ao Doutor Álvares:

– Nunca pude compreender o princípio homeopático.

– Por quê?

– Acho ele contraditório.

– Não é – disse Álvares –; os maiores luminares da alopatia escreveram máximas que apoiam o princípio homeopático.

– Acho isso um sofisma.

– Não é, e vai ver.

Álvares entrou a explicar detidamente o sistema homeopático ao amigo; acumulou exemplos; raciocinou com calma e ciência, pois era homem que sabia o que dizia.

Ruy ficou um tanto abalado.

Foi para casa e estudou o sistema homeopático com o afinco que lhe era peculiar sempre que queria saber profundamente uma coisa.

Dentro de pouco estava convencido.

Mas então que disse ele?

– Tupã! És tudo; mas erraste. Fizeste-me imortal; mas deste ao mundo a homeopatia. Venço-te com as tuas armas. *Similia similibus curantur*; estás vencido.

Bebeu o resto do elixir do pajé. No dia seguinte morreu.

Assim acabou este grande homem, após quase três séculos de existência, tendo colhido louros na guerra, na ciência e no parlamento; feliz no jogo e nos amores; mimoso da fortuna; homem, enfim, que provou praticamente que a morte, longe de ser um mal, é um corretivo necessário aos aborrecimentos da vida.

Imitemo-lo nas façanhas e no amor ao estudo; não no desejo de ser imortal; e convencemo-nos de que o melhor elixir de imortalidade não vale os sete palmos de terra de Caju.

CARTA AO SENHOR BISPO DO RIO DE JANEIRO

Excelentíssimo Reverendíssimo Senhor – No meio das práticas religiosas, a que as altas funções de prelado chamam hoje Vossa Excelência, consinta que se possa ouvir o rogo, a queixa, a indignação, se não é duro o termo, de um cristão que é dos primeiros a admirar as raras e elevadas virtudes que exornam a pessoa de Vossa Excelência.

Não casual, senão premeditada e muito de propósito, é a coincidência desta carta com o dia de hoje. Escolhi como próprio o dia da mais solene comemoração da igreja para fazer chegar a Vossa Excelência algumas palavras sem atavios de polêmica, mas simplesmente nascidas do coração.

Estou afeito desde a infância a ouvir louvar as virtudes e os profundos conhecimentos de Vossa Excelência. Estes verifiquei-os mais tarde pela leitura das obras que aí correm por honra de nossa terra; as virtudes, se as não apreciei de perto, creio nelas hoje como dantes, por serem contestes todos quantos têm a ventura de tratar de perto com Vossa Excelência.

É fiado nisso que me dirijo francamente à nossa primeira autoridade eclesiástica.

Logo ao começar este período de penitência e contrição, que está a findar, quando a Igreja celebra a admirável história da redenção, apareceu nas colunas das folhas diárias da Corte um bem elaborado artigo, pedindo a supressão de certas práticas religiosas do nosso país, que por grotescas e ridículas, afetavam de algum modo a sublimidade de nossa religião.

Em muitas boas razões se firmavam o articulista para provar que as procissões, derivando de usanças pagãs, não podiam continuar a ser sancionadas por uma religião que veio destruir os cultos da gentilidade.

Mas a quaresma passou e as procissões com ela, e ainda hoje, Excelentíssimo Senhor, corre a população para assistir à que, sob a designação de Enterro do Senhor, vai percorrer esta noite as ruas da capital.

Não podem as almas verdadeiramente cristãs olhar para essas práticas sem tristeza e dor.

As consequências de tais usanças são de primeira intuição. Aos espíritos menos cultos, a ideia religiosa, despida do que tem mais elevado e místico, apresenta-se com as fórmulas mais materiais e mundanas. Aos que, meros rústicos, não tiveram, entretanto, bastante filosofia cristã para opor a esses espetáculos, a esses entibia-se a fé e o ceticismo invade o coração.

E Vossa Excelência não poderá contestar que a nossa sociedade está afetada do flagelo da indiferença. Há indiferença em todas as classes, e a indiferença melhor do que sabe Vossa Excelência é o veneno sutil que corrói fibra por fibra um corpo social.

Em vez de ensinar a religião pelo seu lado sublime, ou antes, pela sua verdadeira e única face, é pelas cenas impróprias e improveitosas que a propagam. Os nossos ofícios e mais festividades estão longe de oferecer a majestade e a gravidade imponente do culto cristão. São festas de folga, enfeitadas e confeitadas, falando muito aos olhos e nada ao coração.

Neste hábito de tornar os ofícios divinos em provas de ostentação, as confrarias e irmandades, destinadas à celebração dos respectivos órgãos, levam o fervor até uma luta vergonhosa e indigna, de influências pecuniárias; cabe a vitória à que melhor e mais pagãmente reveste a sua celebração. Lembrarei, entre outros fatos, a luta de duas ordens terceiras, hoje em tréguas, relativamente à procissão do dia de hoje. Nesse conflito só havia um fito – a ostentação dos recursos e do gosto, e um resultado que não era para a religião, mas sim para as paixões e os interesses terrestres.

Para esta situação deplorável, Excelentíssimo Senhor, contribui imensamente o nosso clero. Sei que toco em chaga tremenda, mas Vossa Excelência reconhecerá sem dúvida que, mesmo errando, devo ser absolvido, atenta a pureza das intenções que levo no meu enunciado.

O nosso clero está longe de ser aquilo que pede a religião do cristianismo. Reservadas as exceções, o nosso sacerdote nada tem do caráter piedoso e nobre que convém aos ministros do crucificado.

E, a meu ver, não há religião que melhor possa contar bons e dignos levitas. Aqueles discípulos do filho de Deus, por promessa dele tornados pescadores de homens, deviam dar lugar a imitações severas e dignas; mas não é assim, Excelentíssimo Senhor, não há aqui sacerdócio, há ofício rendoso, como tal considerado pelos que o exercem, e os que o exercem são o vício e a ignorância, feitas as pouquíssimas e honrosas exceções. Não serei exagerado se disser que o altar tornou-se balcão e o evangelho, tabuleta. Em que pese a esses duplamente pecadores, é preciso que Vossa Excelência ouça estas verdades.

As queixas são constantes e clamorosas contra o clero; eu não faço mais que reuni-las e enunciá-las por escrito.

Fundam-se elas em fatos que, pela vulgaridade, não merecem menção. Merca-se no templo, Excelentíssimo Senhor, como se mercava outrora quando Cristo expeliu os profanadores dos sagrados lares; mas a certeza de que um novo Cristo não virá expeli-los, e a própria tibieza da fé nesses corações anima-os e põe-lhes na alma a tranquilidade e o pouco caso pelo futuro.

Esta situação é funesta para a fé, funesta para a sociedade. Se, como creio, a religião é uma grande força, não só social, senão também humana, não se pode contestar que por esse lado a nossa sociedade contém em seu seio poderosos elementos de dissolução.

Dobram, entre nós, as razões pelas quais o clero de todos os países católicos tem sido acusado.

No meio da indiferença e do ceticismo social, qual era o papel que cabia ao clero? Um: converter-se ao Evangelho e ganhar nas consciências o terreno perdido. Não acontecendo assim, as invectivas praticadas pela imoralidade clerical, longe de afrouxarem e diminuírem, crescem de número e de energia.

Com a situação atual de chefe da Igreja, Vossa Excelência compreende bem que triste resultado pode provir daqui.

Felizmente que a ignorância da maior parte dos nossos clérigos evita a organização de um partido clerical, que, com o pretexto de socorrer a Igreja nas suas tribulações temporais, venha lançar a perturbação nas consciências, nada adiantando à situação do supremo chefe católico.

Não sei se digo uma heresia, mas por esta vantagem acho que é de apreciar essa ignorância.

Dessa ignorância e dos maus costumes da falange eclesiástica é que nasce um poderoso auxílio ao estado do depreciamento da religião.

Proveniente dessa situação, a educação religiosa, dada no centro das famílias, não responde aos verdadeiros preceitos da fé. A religião é ensinada pela prática e como prática, e nunca pelo sentimento e como sentimento.

O indivíduo que se afaz desde a infância a essas fórmulas grotescas, se não tem por si a luz da filosofia, fica condenado para sempre a não compreender, e menos conceber, a verdadeira ideia religiosa.

E agora veja Vossa Excelência mais: há muito bom cristão que compara as nossas práticas católicas com as dos ritos dissidentes, e, para não mentir ao coração, dá preferência a estas por vê-las símplices, severas, graves, próprias do culto de Deus.

E realmente a diferença é considerável.

Note bem, Excelentíssimo Senhor, que eu me refiro somente às excrescências da nossa Igreja Católica, à prostituição do culto entre nós. Estou longe de condenar as práticas sérias. O que revolta é ver a materialização grotesca das coisas divinas, quando elas devem ter manifestação mais elevada, e, aplicando a bela expressão de São Paulo, estão escritas não com tinta, mas com o espírito de Deus vivo, não em tábuas de pedra, mas em tábuas de carne do coração.

O remédio a estes desregramentos da parte secular e eclesiástica empregada no culto da religião deve ser enérgico, posto que não se possa contar com resultados imediatos e definitivos.

Pôr um termo às velhas usanças dos tempos coloniais, e encaminhar o culto para melhores, para verdadeiras fórmulas; fazer praticar o ensino religioso como sentimento e como ideia e moralizar o clero com as medidas convenientes são, Excelentíssimo Senhor, necessidades urgentíssimas.

É grande o descrédito da religião, porque é grande o descrédito do clero. E Vossa Excelência deve saber que os maus intérpretes são nocivos aos dogmas mais santos.

Desacreditada a religião, abala-se essa grande base da moral, e onde irá parar esta sociedade?

Sei que Vossa Excelência se alguma coisa fizer no sentido de curar estas chagas, que não conhece, há de ver levantar-se em roda de si muitos inimigos, desses que devem-lhe ser pares no sofrimento e na glória. Mas Vossa Excelência é bastante cioso das coisas santas para olhar com desdém para as misérias eclesiásticas e levantar a sua consciência de sábio prelado acima dos interesses dos falsos ministros do altar.

Vossa Excelência receberá os protestos de minha veneração e me deitará a sua bênção.

CARTA À REDAÇÃO DA IMPRENSA ACADÊMICA

Corte, 21 de agosto de 1864

MEUS BONS AMIGOS – Um cantinho em vosso jornal para responder duas palavras ao Senhor Sílvio-Silvis, folhetinista do *Correio Paulistano*, a respeito da minha comédia *O caminho da porta*.

Não é uma questão da suscetibilidade literária, é uma questão de probidade. Está longe de mim a intenção de estranhar a liberdade da crítica, e ainda menos a de atribuir à minha comédia um merecimento de tal ordem que se lhe não possam fazer duas observações. Pelo contrário, eu não ligo ao *Caminho da Porta* outro valor mais que o de um trabalho rapidamente escrito, como um ensaio para entrar no teatro.

Sendo assim, não me proponho a provar que haja na minha comédia verdade, razão e sentimento, cumprindo-me apenas declarar que eu não

tive em vista comover os espectadores, como não pretendeu fazê-lo, salva a comparação, o autor da *Escola das Mulheres*.

Tampouco me ocuparei com a deplorável confusão que o Senhor Sílvio-Silvis faz entre a verdade e a verossimilhança, dizendo: "Verdade não tem a peça, que até é inverossímil". – Boileau, autor de uma arte poética que eu recomendo à atenção do Sílvio-Silvis, escreveu esta regra: *Le vrai peut quelquefois n'être pas vraisemblable*.

O que me obriga a tomar a pena é a insinuação do furto literário, que me parece fazer o Senhor Sílvio-Silvis, censura séria que não pode ser feita sem que se aduzam provas. Que a minha peça tenha uma fisionomia comum a muitas outras do mesmo gênero, e que, sob este ponto de vista, não possa pretender uma originalidade perfeita, isso acredito eu; mas que eu tenha copiado e assinado uma obra alheia, eis o que eu contesto e nego redondamente.

Se, por efeito de uma nova confusão, tão deplorável como a outra, o Senhor Sílvio-Silvis chama furto à circunstância a que aludi acima, fica o dito por não dito, sem que eu agradeça a novidade. Quintino Bocaiúva, com a sua frase culta e elevada, já me havia escrito: "As tuas duas peças, modeladas ao gosto dos provérbios franceses, não revelam mais do que a maravilhosa aptidão do teu espírito, a própria riqueza do teu estilo". E em outro lugar: "O que te peço é que apresentes neste mesmo gênero algum trabalho mais sério, mais novo, mais original, mais completo".

É de crer que o Senhor Sílvio-Silvis se explique cabalmente no próximo folhetim.

Se eu insisto nesta exigência não é para me justificar perante os meus amigos pessoais, ou literários, porque esses, com certeza, julgam-me incapaz de uma má ação literária.

Não é também para desarmar alguns inimigos que tenha aqui, apesar de muito obscuro, porque eu me importo mediocremente como o juízo desses senhores.

Insisto em consideração ao público em geral.

Não terminarei sem deixar consignado todo o meu reconhecimento pelo agasalho que a minha peça obteve da parte dos distintos acadêmicos e do público paulistano. Folgo de ver nos aplausos dos primeiros uma animação dos soldados da pena aos ensaios do recruta inexperiente.

Nesse conceito de aplausos lisonjeia-me ver figurar a Imprensa Acadêmica e, com ela, um dos seus mais amenos e talentosos folhetinistas.

Reitero, meus bons amigos, os protestos da minha estima e admiração.

Machado de Assis

O VISCONDE DE CASTILHO

Não, não está de luto a língua portuguesa; a poesia não chora a morte do Visconde de Castilho. O golpe foi, sem dúvida, imenso; mas a dor não pôde resistir à glória; e ao ver resvalar no túmulo o poeta egrégio, o mestre da língua, o príncipe da forma, após meio século de produção variada e rica, há um como deslumbramento que faria secar todas as lágrimas.

Longa foi a vida do Visconde de Castilho; a lista de seus escritos, numerosíssima. O poeta dos *Ciúmes de bardo* e da *Noite do castelo*, o tradutor exímio de Ovídio, Virgílio e Anacreonte, de Shakespeare, Goethe e Molière, o contemporâneo de todos os gênios, familiar com todas as glórias, ainda assim não sucumbiu no ócio a que lhe davam jus tantas páginas de eterna beleza. Caiu na liça, às mãos com o gênio de Cervantes, seu conterrâneo da península, que ele ia sagrar português, a quem fazia falar outra língua, não menos formosa e sonora que a do Guadalquivir.

A Providência fê-lo viver bastante para opulentar o tesouro do idioma natal, o mesmo de Garret e G. Dias, de Herculano e J. F. Lisboa, de Alencar e Rebelo da Silva. Morre glorificado, deixando a imensa obra que perfez à contemplação e exemplos das gerações vindouras. Não há lugar para pêsames onde a felicidade é tamanha.

Pêsames, sim, e cordiais merece aquele outro talento possante, último de seus irmãos, que os viu morrer todos, no exílio ou na pátria, e cuja alma, tão estreitamente vinculada à outra, tem direito e dever de pranteá-lo.

A língua e a poesia cobrem-lhe a campa de flores e sorriem orgulhosas do lustre que ele lhes dera. É assim que desaparecem da terra os homens imortais.

UM CÃO DE LATA AO RABO

    Era uma vez um mestre-escola, residente em Chapéu d'Uvas, que se lembrou de abrir entre os alunos um torneio de composição e de estilo; ideia útil, que não somente afiou e desafiou as mais diversas ambições literárias, como produziu páginas de verdadeiro e raro merecimento.
    – Meus rapazes – disse ele –, chegou a ocasião de brilhar e mostrar que podem fazer alguma coisa. Abro o concurso, e dou 15 dias aos concorrentes. No fim dos quinze dias, quero ter em minha mão os trabalhos de todos; escolherei um júri para os examinar, comparar e premiar.
    – Mas o assunto? – perguntaram os rapazes batendo palmas de alegria.
    – Podia dar-lhes um assunto histórico; mas seria fácil, e eu quero experimentar a aptidão de cada um. Dou-lhes um assunto simples, aparentemente vulgar, mas profundamente filosófico.
    – Diga, diga.
    – O assunto é este: UM CÃO DE LATA AO RABO. Quero vê-los brilhar com opulências de linguagem e atrevimentos de ideia. Rapazes, à obra! Claro é que cada um pode apreciá-lo conforme o entender.
    O mestre-escola nomeou um júri, de que eu fiz parte. Sete escritos foram submetidos ao nosso exame. Eram geralmente bons; mas três, sobretudo,

mereceram a palma e encheram de pasmo o júri e o mestre, tais eram – neste o arrojo do pensamento e a novidade do estilo; naquele a pureza da linguagem e a solenidade acadêmica; naquele outro a erudição rebuscada e técnica – tudo novidade, ao menos em Chapéu d'Uvas.

Nós os classificamos pela ordem do mérito e do estilo. Assim, temos:
1º) Estilo antitético e asmático.
2º) Estilo *ab ovo*.
3º) Estilo largo e clássico.

Para que o leitor fluminense julgue por si mesmo de tais méritos, vou dar adiante os referidos trabalhos, até agora inéditos, mas já agora sujeitos ao apreço público.

1
Estilo antitético e asmático

O cão atirou-se com ímpeto. Fisicamente, o cão tem pés, quatro; moralmente, tem asas, duas. Pés: ligeireza na linha reta. Asas: ligeireza na linha ascensional. Duas forças, duas funções. Espádua de anjo no dorso de uma locomotiva.

Um menino atara a lata ao rabo do cão. Que é rabo? Um prolongamento e um deslumbramento. Esse apêndice, que é carne, é também um clarão. Di-lo a filosofia? Não; di-lo a etimologia. Rabo, rabino: duas ideias e uma só raiz. A etimologia é a chave do passado, como a filosofia é a chave do futuro.

O cão ia pela rua fora, a dar com a lata nas pedras. A pedra faiscava, a lata retinia, o cão voava. Ia como o raio, como o vento, como a ideia. Era a revolução, que transtorna, o temporal que derruba, o incêndio que devora. O cão devorava. Que devorava o cão? O espaço. O espaço é comida. O céu pôs esse transparente manjar ao alcance dos impetuosos. Quando uns jantam e outros jejuam; quando, em oposição às toalhas da casa nobre, há os andrajos da casa do pobre; quando em cima as garrafas choram *lacrimachristi*, e embaixo os olhos choram lágrimas de sangue, Deus inventou um banquete para a alma. Chamou-lhe espaço. Esse imenso azul, que está entre a criatura e o criador, é o caldeirão dos grandes famintos. Caldeirão azul: antinomia, unidade.

O cão ia. A lata saltava como os guizos do arlequim. De caminho envolveu-se nas pernas de um homem. O homem parou; o cão parou: pararam diante um do outro. Contemplação única! *Homo, canis*. Um parecia dizer: "Liberta-me!". O outro parecia dizer: "Afasta-te!".

Após alguns instantes, recuaram ambos; o quadrúpede deslaçou-se do bípede. *Canis* levou a sua lata; *homo* levou a sua vergonha. Divisão equitativa. A vergonha é a lata ao rabo do caráter.

Então, ao longe, muito longe, troou alguma coisa funesta e misteriosa. Era o vento, era o furacão que sacudia as algemas do infinito e rugia como uma imensa pantera. Após o rugido, o movimento, o ímpeto, a vertigem. O furacão vibrou, uivou, grunhiu. O mar catou o seu tumulto, a terra calou a sua orquestra. O furacão vinha retorcendo as árvores, essas torres da natureza, vinha abatendo as torres, essas árvores da arte; e rolava tudo, e aturdia tudo, e ensurdecia tudo. A natureza parecia atônita de si mesma. O condor, que é o colibri dos Andes, tremia de terror, como o colibri, que é o condor das rosas. O furacão igualava o pincaro e a base. Diante dele o máximo e o mínimo eram uma só coisa: nada. Alçou o dedo e apagou o sol. A poeira cercava-o todo; trazia poeira adiante, atrás, à esquerda, à direita; poeira em cima, poeira embaixo. Era o redemoinho, a convulsão, o arrasamento.

O cão, ao sentir o furacão, estacou. O pequeno parecia desafiar o grande. O finito encarava o infinito, não com pasmo, não com medo – com desdém. Essa espera do cão tinha alguma coisa de sublime. Há no cão que espera uma expressão semelhante à tranquilidade do leão ou à fixidez do deserto. Parando o cão, parou a lata. O furacão viu de longe esse inimigo quieto; achou-o sublime e desprezível. Quem era ele para o afrontar? A um quilômetro de distância, o cão investiu para o adversário. Um e outro entraram a devorar o espaço, o tempo, a luz. O cão levava a lata, o furacão trazia a poeira. Entre eles, e em redor deles, a natureza ficara extática, absorta, atônita.

Súbito grudaram-se. A poeira redemoinhou, a lata retiniu com o fragor das armas de Aquiles. Cão e furacão envolveram-se um no outro; era a raiva, a ambição, a loucura, o desvario; eram todas as forças, todas as doenças; era o azul, que dizia ao pó: és baixo; era o pó, que dizia ao azul: és orgulhoso. Ouvia-se o rugir, o latir, o retinir; e por cima de tudo isso, uma testemunha impassível, o Destino; e por baixo de tudo, uma testemunha risível, o Homem.

As horas voavam como folhas num temporal. O duelo prosseguia sem misericórdia nem interrupção. Tinha a continuidade das grandes cóleras. Tinha a persistência das pequenas vaidades. Quando o furacão abria as largas asas, o cão arreganhava os dentes agudos. Arma por arma; afronta por afronta; morte por morte. Um dente vale uma asa. A asa buscava o pulmão para sufocá-lo; o dente buscava a asa para destruí-la. Cada uma dessas duas espadas implacáveis trazia a morte na ponta.

De repente, ouviu-se um estouro, um gemido, um grito de triunfo. A poeira subiu, o ar clareou, e o terreno do duelo apareceu aos olhos do homem estupefato. O cão devorara o furacão. O pó vencera o azul. O mínimo derrubara o máximo. Na fronte do vencedor havia uma aurora; na do vencido negrejava uma sombra. Entre ambas jazia, inútil, uma coisa: a lata.

2
Estilo *ab ovo*

Um cão saiu de lata ao rabo. Vejamos primeiramente o que é o cão, o barbante e a lata; e vejamos se é possível saber a origem do uso de pôr uma lata ao rabo do cão.

O cão nasceu no sexto dia. Com efeito, achamos no Gênesis, cap. I, v. 24 e 25, que, tendo criado na véspera os peixes e as aves, Deus criou naqueles dias as bestas da terra e os animais domésticos, entre os quais figura o de que ora trato.

Não se pode dizer com acerto a data do barbante e da lata. Sobre o primeiro, encontramos no Êxodo, cap. XXVII, v. 1, estas palavras de Jeová: "Farás dez cortinas de linho retorcido", donde se pode inferir que já se torcia o linho, e por conseguinte se usava o cordel. Da lata as induções são mais vagas. No mesmo livro do Êxodo, cap. XXVII, v. 3, fala o profeta em caldeiras; mas logo adiante recomenda que sejam de cobre. O que não é o nosso caso.

Seja como for, temos a existência do cão, provada pelo Gênesis, e a do barbante citada com verossimilhança no Êxodo. Não havendo prova cabal da lata, podemos crer, sem absurdo, que existe, visto o uso que dela fazemos.

Agora: donde vem o uso de atar uma lata ao rabo do cão? Sobre este ponto a história dos povos semíticos é tão obscura como a dos povos arianos. O que se pode afiançar é que os hebreus não o tiveram. Quando Davi (Reis, cap. V, v. 16) entrou na cidade a bailar defronte da arca, Micol, a filha de Saul, que o viu, ficou fazendo má ideia dele, por motivo dessa expansão coreográfica. Concluo que era um povo triste. Dos babilônios suponho a mesma coisa, e a mesma dos cananeus, dos jabuseus, dos amorreus, dos filisteus, dos fariseus, dos heteus e dos heveus.

Nem admira que esses povos desconhecessem o uso de que se trata. As guerras que traziam não davam lugar à criação o município, que é de data relativamente moderna; e o uso de atar a lata ao cão, há fundamento para crer que é contemporâneo do município, porquanto nada menos é que a primeira das liberdades municipais.

O município é o verdadeiro alicerce da sociedade, do mesmo modo que a família o é do município. Sobre este ponto estão de acordo os mestres da ciência. Daí vem que as sociedades remotíssimas, se bem tivessem o elemento da família e o uso do cão, não tinham nem podiam ter o de atar a lata ao rabo desse digno companheiro do homem, por isso que lhe faltava o município e as liberdades correlatas.

Na *Ilíada* não há episódio algum que mostre o uso da lata atada ao cão. O mesmo direi dos *Vedas*, do *Popol Vuh* e dos livros de Confúcio. Num hino a Varuna (Rig-Veda, cap. I, v. 2), fala-se em um "cordel atado embaixo".

Mas não sendo as palavras postas na boca do cão, e sim na do homem, é absolutamente impossível ligar esse texto ao uso moderno.

Que os meninos antigos brincavam, e de modo vário, é ponto incontroverso, em presença dos autores. Varrão, Cícero, Aquiles, Aulo Gélio, Suetônio, Higino, Propércio, Marcila falam de diferentes objetos com que as crianças se entretinham, ou fossem bonecos, ou espadas de pau, ou bolas, ou análogos artifícios. Nenhum deles, entretanto, diz uma só palavra do cão de lata ao rabo. Será crível que, se tal gênero de divertimento houvera entre romanos e gregos, nenhum autor nos desse dele alguma notícia, quando o fator de haver Alcibíades cortado a cauda de um cão seu é citado solenemente no livro de Plutarco?

Assim explorada a origem do uso, entrarei no exame do assunto que... (Não houvera tempo para concluir.)

3
Estilo largo e clássico

Larga messe de louros se oferece às inteligências altíloquas, que, no prélio agora encetado, têm de terçar armas temperadas e finais, ante o ilustre mestre e guia de nossos trabalhos; e, porquanto os apoucamentos do meu espírito me não permitem justar com glória, e quiçá me condenam a pronto desbaratamento, contento-me em seguir de longe a trilha dos vencedores, dando-lhes as palmas da admiração.

Manha foi sempre puerícia atar uma lata ao apêndice posterior do cão: e essa manha, não por certo louvável, é quase certo que a tiveram os párvulos de Atenas, não obstante ser a abelha-mestra da antiguidade, cujo mel ainda hoje gosta o paladar dos sabedores.

Tinham alguns infantes, por brinco e gala, atado uma lata a um cão, dando assim folga a aborrecimentos e enfados de suas tarefas escolares. Sentindo a mortificação do barbante, que lhe prendia a lata, e assustado com o soar da lata nos seixos do caminho, o cão ia tão cego e desvairado, que a nenhuma coisa ou pessoa parecia atender.

Movidos da curiosidade, acudiam os vizinhos às portas de suas vivendas, e, longe de sentirem a compaixão natural do homem quando vê padecer outra criatura, dobravam os agastamentos do cão com surriadas e vaias. O cão perlustrou as ruas, saiu aos campos, aos andurriais, até entestar com uma montanha, em cujos alcantilados píncaros desmaiava o sol, e ao pé de cuja base um mancebo apascoava o seu gado.

Quis o Supremo Opífice que este mancebo fosse mais compassivo que os da cidade, e fizesse acabar o suplício do cão. Gentil era ele, de olhos brandos e não somenos em graça aos da mais formosa donzela. Com o cajado ao ombro, e sentado num pedaço de rochedo, manuseava um tomo de Virgílio, seguindo com o pensamento a trilha daquele caudal engenho. Apropinquando-se o cão do mancebo, este lhe lançou as mãos e o deteve. O mancebo varreu logo da memória o poeta e o gado, tratou de desvincular a lata do cão e o fez em poucos minutos, com mor destreza e paciência.

O cão, aliás vultoso, parecia haver desmedrado fortemente, depois que a malícia dos meninos o pusera em tão apertadas andanças. Livre da lata, lambeu as mãos do mancebo, que o tomou para si, dizendo:

– De ora avante, me acompanharás ao pasto.

Folgareis certamente com o caso que deixo narrado, embora não possa o apoucado e rude estilo do vosso condiscípulo dar ao quadro os adequados toques. Feracíssimo é o campo para engenhos de mais alto quilate; e, embora abastado de urzes, e porventura coberto de trevas, a imaginação dará o fio de Ariadne com que sói vencer os mais complicados labirintos.

Entranhado anelo me enche de antecipado gosto, por ler os produtos de vossas inteligências, que serão em tudo dignos do nosso digno mestre, e que desafiarão a fouce da morte colhendo vasta seara de louros imarcessíveis com que engrinaldareis as fontes imortais.

Tais são os três escritos; dando-os ao prelo, fico tranquilo com a minha consciência; revelei três escritores.

FILOSOFIA DE UM PAR DE BOTAS

Uma destas tardes, como eu acabasse de jantar, e muito, lembrou-me dar um passeio à Praia de Santa Luzia, cuja solidão é propícia a todo homem que ama digerir em paz. Ali fui, e com tal fortuna que achei uma pedra lisa para me sentar, e nenhum fôlego vivo nem morto. – Nem morto, felizmente. Sentei-me, alonguei os olhos, espreguicei a alma, respirei à larga, e disse ao estômago:

– Digere a teu gosto, meu velho companheiro. *Deus nobis haec otia fecit.*

Digeria o estômago, enquanto o cérebro ia remoendo, tão certo é, que tudo neste mundo se resolve na mastigação. E digerindo, e remoendo, não reparei logo que havia, a poucos passos de mim, um par de coturnos velhos e imprestáveis. Um e outro tinham a sola rota, o tacão comido do longo uso, e tortos, porque é de notar que a generalidade dos homens camba, ou para um ou para outro lado. Um dos coturnos (digamos botas, que não lembra tanto a tragédia), uma das botas tinha um rasgão de calo. Ambas estavam maculadas de lama velha e seca; tinham o couro ruço, puído, encarquilhado.

Olhando casualmente para as botas, entrei a considerar as vicissitudes humanas, e a conjeturar qual seria a vida daquele produto social. Eis senão quando ouço um rumor de vozes surdas; em seguida, ouvi sílabas, palavras, frases, períodos; e não havendo ninguém, imaginei que era eu, que eu era ventríloquo; e já podem ver se fiquei consternado. Mas não, não era eu; eram as botas que falavam entre si, suspiravam e riam, mostrando em vez de dentes, umas pontas de tachas enferrujadas. Prestei o ouvido; eis o que diziam as botas:

BOTA ESQUERDA – Ora, pois, mana, respiremos e filosofemos um pouco.

BOTA DIREITA – Um pouco? Todo o resto da nossa vida, que não há de ser muito grande; mas, enfim, algum descanso nos trouxe a velhice. Que destino! Uma praia! Lembras-te do tempo em que brilhávamos na vidraça da Rua do Ouvidor?

BOTA ESQUERDA – Se me lembro! Quero até crer que éramos as mais bonitas de todas. Ao menos na elegância...

BOTA DIREITA – Na elegância, ninguém nos vencia.

BOTA ESQUERDA – Pois olha que havia muitas outras, e presumidas, sem contar aquelas botinas cor de chocolate... aquele par...

BOTA DIREITA – O dos botões de madrepérola?

BOTA ESQUERDA – Esse.

BOTA DIREITA – O daquela viúva?

BOTA ESQUERDA – O da viúva.

BOTA DIREITA – Que tempo! Éramos novas, bonitas, asseadas; de quando em quando, uma passadela de pano de linho, que era uma consolação. No mais, plena ociosidade. Bom tempo, mana, bom tempo! Mas bem dizem os homens: não há bem que sempre dure, nem mal que se não acabe.

BOTA ESQUERDA – O certo é que ninguém nos inventou para vivermos novas toda a vida. Mais de uma pessoa ali foi experimentar nós; éramos calçadas com cuidado, postas sobre um tapete, até que um dia o doutor Crispim passou, viu-nos, entrou e calçou-nos. Eu, de raivosa, apertei-lhe um pouco os dois calos.

BOTA DIREITA – Sempre te conheci pirracenta.
BOTA ESQUERDA – Pirracenta, mas infeliz. Apesar do apertão, o doutor Crispim levou-nos.
BOTA DIREITA – Era bom homem, o doutor Crispim; muito nosso amigo. Não dava caminhadas largas, não dançava. Só jogava o voltarete até tarde, duas e três horas da madrugada; mas, como o divertimento era parado, não nos incomodava muito. E depois na pontinha dos pés, para não acordar a mulher. Lembras-te?
BOTA ESQUERDA – Ora! Por sinal que a mulher fingia dormir para lhe não tirar as ilusões. No dia seguinte ele contava que estivera na maçonaria. Santa senhora!
BOTA DIREITA – Santo casal! Naquela casa fomos sempre felizes, sempre! E a gente que eles frequentavam? Quando não havia tapetes, havia palhinha; pisávamos o macio, o limpo, o asseado. Andávamos de carro muita vez, e eu gosto tanto de carro! Estivemos ali uns quarenta dias, não?
BOTA ESQUERDA – Pois então! Ele gastava mais sapatos do que a Bolívia gasta constituições.
BOTA DIREITA – Deixemo-nos de política.
BOTA ESQUERDA – Apoiado.
BOTA DIREITA (com força) – Deixemo-nos de política, já disse!
BOTA ESQUERDA (sorrindo) – Mas um pouco de política debaixo da mesa?... Nunca te contei... contei, sim... o caso das botinas cor de chocolate... as da viúva...
BOTA DIREITA – Da viúva, para quem o doutor Crispim quebrava muito os olhos? Lembra-me de que estivemos juntas, num jantar do comendador Plácido. As botinas viram-nos logo, e nós daí a pouco as vimos também, porque a viúva, como tinha o pé pequeno, andava a mostrá-lo a cada passo. Lembra-me também de que, à mesa, conversei muito com uma das botinas. O doutor Crispim sentara-se ao pé do comendador e defronte da viúva; então, eu fui direita a uma delas e falamos, falamos pelas tripas de Judas... A princípio, não; a princípio ela fez-se de boa; e toquei-lhe no bico, respondeu-me zangada: "Vá-se, me deixe!". Mas eu insisti, perguntei-lhe por onde tinha andado, disse-lhe que estava ainda

muito bonita, muito conservada; ela foi-se amansando, buliu com o bico, depois com o tacão, pisou em mim, eu pisei nela e não te digo mais...

BOTA ESQUERDA – Pois é justamente o que eu queria contar...

BOTA DIREITA – Também conversaste?

BOTA ESQUERDA – Não; ia conversar com a outra. Escorreguei devagarinho, muito devagarinho, com cautela, por causa da bota do comendador.

BOTA DIREITA – Agora me lembro: pisaste a bota do comendador.

BOTA ESQUERDA – A bota? Pisei o calo. O comendador: Ui! As senhoras: Ai! Os homens: Hein? E eu recuei; e o doutor Crispim ficou muito vermelho, muito vermelho...

BOTA DIREITA – Parece que foi castigo. No dia seguinte o doutor Crispim deu-nos de presente a um procurador de poucas causas.

BOTA ESQUERDA – Não me fales! Isso foi a nossa desgraça! Um procurador! Era o mesmo que dizer: mata-me estas botas; esfrangalha-me estas botas!

BOTA DIREITA – Dizes bem. Que roda-viva! Era da Relação para os escrivães, dos escrivães para os juízes, dos juízes para os advogados, dos advogados para as partes (embora poucas), das partes para a Relação, da Relação para os escrivães...

BOTA ESQUERDA – *Et cetera*. E as chuvas! E as lamas! Foi o procurador quem primeiro me deu este corte para desabafar um calo. Fiquei asseada com esta janela à banda.

BOTA DIREITA – Durou pouco; passamos então para o fiel de feitos, que no fim de três semanas nos transferiu ao remendão. O remendão (ah! já não era a Rua do Ouvidor!) deu-nos alguns pontos, tapou-nos este buraco, e impingiu-nos ao aprendiz de barbeiro do Beco dos Aflitos.

BOTA DIREITA – Com esse havia pouco que fazer de dia, mas de noite...

BOTA ESQUERDA – No curso de dança; lembra-me. O diabo do rapaz valsava como quem se despede da vida. Nem nos comprou para outra coisa, porque para os passeios tinha um par de botas novas, de verniz e bico fino. Mas para as noites... Nós éramos as botas do curso...

BOTA DIREITA – Que abismo entre o curso e os tapetes do doutor Crispim...

BOTA ESQUERDA – Coisas!

BOTA DIREITA – Justiça, justiça; o aprendiz não nos escovava, não tínhamos o suplício da escova. Ao menos, por esse lado, a nossa vida era tranquila.

BOTA ESQUERDA – Relativamente, creio. Agora, que era alegre não há dúvida; em todo caso, era muito melhor que a outra que nos esperava.

BOTA DIREITA – Quando fomos parar às mãos...

BOTA ESQUERDA – Aos pés.

BOTA DIREITA – Aos pés daquele servente das obras públicas. Daí fomos atiradas à rua, onde nos apanhou um preto padeiro, que nos reduziu enfim a este último estado! Triste! triste!

BOTA ESQUERDA – Tu queixas-te, mana?

BOTA DIREITA – Se te parece!

BOTA ESQUERDA – Não sei; se na verdade é triste acabar assim tão miseravelmente, numa praia, esburacadas e rotas, sem tacões nem ilusões, por outro lado, ganhamos a paz e a experiência.

BOTA DIREITA – A paz? Aquele mar pode lamber-nos de um relance.

BOTA ESQUERDA – Trazer-nos-á outra vez à praia. Demais, está longe.

BOTA DIREITA – Que eu, na verdade, quisera descansar agora estes últimos dias; mas descansar sem saudades, sem a lembrança do que foi. Viver tão afagadas, tão admiradas na vidraça do autor dos nossos dias; passar uma vida feliz em casa do nosso primeiro dono, suportável na casa dos outros; e agora...

BOTA ESQUERDA – Agora quê?

BOTA DIREITA – A vergonha, mana.

BOTA ESQUERDA – Vergonha, não. Podes crer que fizemos felizes aqueles a quem calçamos; ao menos, na nossa mocidade. Tu que pensas? Mais de um não olha para suas ideias com a mesma satisfação com que olha para suas botas. Mana, a bota é a metade da circunspecção; em todo o caso é a base da sociedade civil...

BOTA DIREITA – Que estilo! Bem se vê que nos calçou um advogado.

BOTA ESQUERDA – Não reparaste que, à medida que íamos envelhecendo, éramos menos cumprimentadas?

BOTA DIREITA – Talvez.

BOTA ESQUERDA – Éramos, e o chapéu não se engana. O chapéu fareja a bota... Ora, pois! Viva a liberdade! Viva a paz! Viva a velhice! (A Bota Direita abana tristemente o cano.) Que tens?

BOTA DIREITA – Não posso; por mais que queira, não posso afazer-me a isto. Pensava que sim, mas era ilusão... Viva a paz e a velhice, concordo; mas há de ser sem as recordações do passado...

BOTA ESQUERDA – Qual passado? O de ontem ou o de anteontem? O do advogado ou o do servente?

BOTA DIREITA – Qualquer; contanto que nos calçassem. O mais reles pé de homem é sempre um pé de homem.

BOTA ESQUERDA – Deixa-te disso; façamos da nossa velhice uma coisa útil e respeitável.

BOTA DIREITA – Respeitável, um par de botas velhas! Útil, par de botas velhas! Que utilidade? Que respeito? Não vês que os homens tiraram de nós o que podiam, e quando não valíamos um caracol mandaram deitar-nos à margem? Quem é que nos há de respeitar? Aqueles mariscos? (olhando para mim). Aquele sujeito, que está ali com os olhos assombrados?

BOTA ESQUERDA – *Vanitas! Vanitas!*

BOTA DIREITA – Que dizes tu?

BOTA ESQUERDA – Quero dizer que és vaidosa, apesar de muito acalcanhada, e que devemos dar-nos por felizes com esta aposentadoria, lardeada de algumas recordações.

BOTA DIREITA – Onde estarão a esta hora as botinas da viúva?

BOTA ESQUERDA – Quem sabe lá! Talvez outras botas conversem com outras botinas... Talvez: é a lei do mundo; assim caem os Estados e as instituições. Assim perece a beleza e a mocidade. Tudo botas, mana; tudo botas, com tacões ou sem tacões, novas ou velhas, direita ou acalcanhadas, lustrosas ou ruças, mas botas, botas, botas!

Neste ponto calaram-se as duas interlocutoras, e eu fiquei a olhar para uma e outra, a esperar se diziam alguma coisa mais. Nada; estavam pensativas.

Deixei-me ficar assim algum tempo, disposto a lançar mão delas, e levá-las para casa com o fim de as estudar, interrogar, e depois escrever uma memória, que remeteria a todas as academias do mundo. Pensava também em as apresentar nos circos de cavalinhos, ou ir vendê-las a Nova York. Depois, abri mão de todos esses projetos. Se elas queriam a paz, uma velhice sossegada, por que motivo iria eu arrancá-las a essa justa paga de uma vida cansada e laboriosa? Tinham servido tanto! Tinham rolado todos os degraus da escala social; chegavam ao último, a praia, a triste Praia de Santa Luzia...

Não, velhas botas! Melhor é que fiqueis aí no derradeiro descanso.

Nisto vi chegar um sujeito maltrapilho; era um mendigo. Pediu-me uma esmola; dei-lhe um níquel.

MENDIGO – Deus lhe pague, meu senhor! (Vendo as botas.) Um par de botas! Foi um anjo que as pôs aqui...
EU (ao mendigo) – Mas, espere...
MENDIGO – Espere o quê? Se lhe digo que estou descalço! (Pegando nas botas.) Estão bem boas! Cosendo-se isto aqui, com um barbante...
BOTA DIREITA – Que é isto, mana? Que é isto? Alguém pega em nós... Eu sinto-me no ar...
BOTA ESQUERDA – É um mendigo.
BOTA DIREITA – Um mendigo? Que quererá ele?
BOTA DIREITA (alvoroçada) – Será possível?
BOTA ESQUERDA – Vaidosa!
BOTA DIREITA – Ah! Mana! Esta é a filosofia verdadeira: "Não há bota velha que não encontre um pé cambaio".

ELOGIO DA VAIDADE

Logo que a Modéstia acabou de falar, com os olhos no chão, a Vaidade empertigou-se e disse:

1

Damas e cavalheiros, acabais de ouvir a mais chocha de todas as virtudes, a mais peca, a mais estéril de quantas podem reger o coração dos homens; e ides ouvir a mais sublime delas, a mais fecunda, a mais sensível, a que pode dar maior cópia de venturas sem contraste.

Que eu sou a Vaidade, classificada entre os vícios por alguns retóricos de profissão; mas na realidade, a primeira das virtudes. Não olheis para este gorro de guizos, nem para estes punhos carregados de braceletes, nem para estas cores variegadas com que me adorno. Não olheis, digo eu, se tendes o preconceito da Modéstia; mas se o não tendes, reparai bem que estes guizos e tudo mais, longe de ser uma casca ilusória e vã, são a mesma polpa do fruto da sabedoria; e reparai mais que vos chamo a todos, sem os bicocos e meneios daquela senhora, minha mana e minha rival.

Digo a todos, porque a todos cobiço, ou sejais formosos como Paris, ou feios como Tersites, gordos como Pança, magros como Quixote, varões e mulheres, grandes e pequenos, verdes e maduros, todos os que compondes este mundo, e haveis de compor o outro; a todos falo, como a galinha fala aos seus pintinhos quando os convoca à refeição, a saber, com interesse, com graça, com amor. Porque nenhum, ou raro, poderá afirmar que eu o não tenha alçado ou consolado.

2

Onde é que eu não entro? Onde é que eu não mando alguma coisa? Vou do salão do rico ao albergue do pobre, do palácio ao cortiço, da seda fina e roçagante ao algodão escasso e grosseiro. Faço exceções, é certo (infelizmente!); mas, em geral, tu que possuis, busca-me no encosto da tua otomana, entre as porcelanas da tua baixela, na portinhola da tua carruagem; que digo? Busca-me em ti mesmo, nas tuas botas, na tua casaca, no teu bigode; busca-me no teu próprio coração. Tu, que não possuis nada, perscruta bem as dobras da tua estamenha, os recessos da tua velha arca; lá me acharás entre dois vermes famintos; ou ali, ou no fundo dos teus sapatos sem graxa, ou entre os fios da tua grenha sem óleo.

Valeria a pena ter, se eu não realçasse os teres? Foi para escondê-lo ou mostrá-lo, que mandaste vir de tão longe esse vaso opulento? Foi para escondê-lo ou mostrá-lo, que encomendaste à melhor fábrica o tecido que te veste, a safira que te arreia, a carruagem que te leva? Foi para escondê-lo ou mostrá-lo, que ordenaste esse festim babilônico e pediste ao pomar os melhores vinhos? E tu, que nada tens, por que aplicas o salário de uma semana ao jantar de uma hora, senão porque eu te possuo e te digo que alguma coisa deves parecer melhor do que és na realidade? Por que levas ao teu casamento um coche, tão rico e tão caro, como o do teu opulento vizinho, quando podias ir à igreja com teus pés? Por que compras essa joia e esse chapéu? Por que talhas o teu vestido pelo padrão mais rebuscado, e por que te remiras ao espelho com amor, senão porque eu te consolo da tua miséria e do teu nada, dando-te a troco de um sacrifício grande um benefício ainda maior?

3

Quem é esse que aí vem, com os olhos no eterno azul? É um poeta; vem compondo alguma coisa; segue o voo caprichoso da estrofe. "Deus te salve, Píndaro!" Estremeceu; moveu a fronte, desabrochou em riso. Que é da inspiração? Fugiu-lhe; a estrofe perdeu-se entre as moitas; a rima esvaiu-se-lhe por entre os dedos da memória. Não importa; fiquei eu com ele – eu, a musa décima, e, portanto, o conjunto de todas as musas, pela regra dos doutores de Sganarello. Que ar beatífico! Que satisfação sem mescla! Quem dirá a esse homem que uma guerra ameaça levar um milhão de outros homens? Quem dirá que a seca devora uma porção do país? Nesta ocasião ele nada sabe, nada ouve.

Ouve-me, ouve-se; eis tudo.

Um homem caluniou-o há tempos; mas agora, ao voltar a esquina, dizem-lhe que o caluniador o elogiou.

– Não me fales nesse maroto.

– Elogiou-te; disse que és um poeta enorme.

– Outros o têm dito, mas são homens de bem, e sinceros. Será ele sincero?

– Confessa que não conhece poeta maior.

– Peralta! Naturalmente arrependeu-se da injustiça que me fez. Poeta enorme – disse ele.

– O maior de todos.

– Não creio. O maior?

– O maior.

– Não contestarei nunca os seus méritos; não sou como ele, que me caluniou; isto é, não sei, disseram-mo. Diz-se tanta mentira! Tem gosto o maroto; é um pouco estouvado às vezes, mas tem gosto. Não contestarei nunca os seus méritos. Haverá pior coisa do que mesclar o ódio às opiniões? Que eu não lhe tenho ódio. Oh! Nenhum ódio. É estouvado, mas imparcial.

Uma semana depois, vê-lo-eis de braço com o outro, à mesa do café, à mesa do jogo, alegres, íntimos, perdoados. E quem embotou esse ódio velho, senão eu? Quem verteu o bálsamo do esquecimento nesses dois corações irreconciliáveis? Eu, a caluniada amiga do gênero humano.

Dizem que o meu abraço dói. Calúnia, amados ouvintes! Não escureço a verdade; às vezes há no mel uma pontazinha de fel; mas como eu dissolvo tudo! Chamai aquele mesmo poeta não Píndaro, mas Trissotin. Vê-lo-eis derrubar o carão, estremecer, rugir, morder-se como os zoilos de Bocage. Desgosto. Convenho, mas desgosto curto. Ele irá dali remirar-se nos próprios livros. A justiça que um atrevido lhe negou, não lha negarão as páginas dele. Oh! A mãe que gerou o filho, que o amamenta e acalenta, que põe nessa frágil criaturinha o mais puro de todos os amores, essa mãe é Medeia, se a compararmos àquele engenho, que se consola da injúria, relendo-se: porque se o amor de mãe é a mais elevada forma do altruísmo, o dele é a mais profunda forma de egoísmo, e só há uma coisa mais forte que o amor materno, é o amor de si próprio.

4

Vede estoutro que palestra com um homem público. Palestra, disse eu? Não; é o outro que fala; ele nem fala, nem ouve. Os olhos entornam-se-lhe em roda, aos que passam, a espreitar se o veem, se o admiram, se o invejam. Não corteja as palavras do outro; não lhes abre sequer as portas da atenção respeitosa. Ao contrário, parece ouvi-las com familiaridade, com indiferença, quase com enfado. Tu, que passas, dizes contigo:

– São íntimos; o homem público é familiar deste cidadão; talvez parente.

Quem lhe faz obter esse teu juízo, senão eu? Como eu vivo da opinião e para a opinião, dou àquele meu aluno as vantagens que resultam de uma boa opinião, isto é, dou-lhe tudo.

Agora, contemplai aquele que tão apressadamente oferece o braço a uma senhora. Ela aceita-lho; quer seguir até a carruagem, e há muita gente na rua. Se a Modéstia animara o braço do cavalheiro, ele cumprira o seu dever de cortesania, com uma parcimônia de palavras, uma moderação de maneiras, assaz miseráveis. Mas quem lho anima sou eu, e é por isso que ele cuida menos de guiar a dama, do que de ser visto dos outros olhos. Por que não? Ela é bonita, graciosa, elegante; a firmeza com que assenta o pé é verdadeiramente senhoril. Vede como ele se inclina e bamboleia! Riu-se? Não vos iludais com aquele riso familiar, amplo, doméstico; ela disse apenas que o calor é grande. Mas é tão bom rir para os outros! É tão bom fazer supor uma intimidade elegante.

Não deveríeis crer que me é vedada a sacristia? Decerto; e, contudo, acho meio de lá penetrar, uma ou outra vez, às escondidas, até às meias roxas daquela grave dignidade, a ponto de lhe fazer esquecer as glórias do céu pelas vanglórias da terra. Verto-lhe o meu óleo no coração, e ela sente-se melhor, mais excelsa, mais sublime do que esse outro ministro subalterno do altar, que ali vai queimar o puro incenso da fé. Por que não há de ser assim, se agora mesmo penetrou no santuário esta garrida matrona, ataviada das melhores fitas, para vir falar ao seu, Criador? Que farfalhar! Que voltear de cabeças! A antífona continua, a música não cessa; mas a matrona suplantou Jesus, na atenção dos ouvintes. Ei-la que dobra as curvas, abre o livro, compõe as rendas, murmura a oração, acomoda o leque. Traz no coração duas flores, a fé e eu; a celeste, colheu-o no catecismo, que lhe deram aos dez anos; a terrestre colheu-a no espelho, que lhe deram aos oito; são os seus dois testamentos e eu sou o mais antigo.

5

Mas eu perderia o tempo, se me detivesse a mostrar um por um todos os meus súditos; perderia o tempo e o latim. *Omnia vanitas*. Para que citá-los, arrolá-los, se quase toda a terra me pertence? E digo quase, porque não há de negar que há tristezas na terra, e onde há tristezas aí governa a minha irmã bastarda, aquela que ali vedes com os olhos rio chão. Mas a alegria sobrepuja o enfado e a alegria sou eu. Deus dá um anjo guardador a cada homem; a natureza dá-lhe outro, e esse outro é nem mais nem menos esta vossa criada, que recebe o homem no berço, para deixá-lo somente na cova. Que digo? Na eternidade; porque o arranco final da modéstia, que aí lês nesse testamento, essa recomendação de ser levado ao chão por quatro mendigos, essa cláusula sou eu que a inspiro e dito; última e genuína vitória do meu poder, que é imitar os meneios da outra.

Oh! A outra! Que tem ela feito no mundo que valha a pena de ser citado? Foram as suas mãos que carregaram as pedras das pirâmides? Foi a sua arte que entreteceu os louros de Temístocles? Que vale a charrua do seu Cincinato ao pé do capelo do meu cardeal de Retz? Virtudes de cenóbios são virtudes? Engenhos de gabinete são engenhos? Traga-me ela uma lista de seus feitos, de seus heróis, de suas obras duradouras; traga-me, e eu a suplantarei, mostrando-lhe que a vida, que a história, que os séculos nada são sem mim.

Não vos deixeis cair na tentação da Modéstia: é a virtude dos pecos. Achareis, decerto, algum filósofo, que vos louve, e pode ser que algum poeta, que vos cante. Mas louvaminhas e cantarolas têm a existência e o efeito da flor que a Modéstia elegeu para emblema; cheiram bem, mas morrem depressa. Escasso é o prazer que dão, e ao cabo definhareis na soledade. Comigo é outra coisa: achareis, é verdade, algum filósofo que vos talhe na pele; algum frade que vos dirá que eu sou inimiga da boa consciência. Petas!

Não sou inimiga da consciência, boa ou má; limito-me a substituí-la, quando a vejo em frangalhos; se é ainda nova, ponho-lhe diante de um espelho de cristal, vidro de aumento. Se vos parece preferível o narcótico da Modéstia, dizei-o; mas ficai certos de que excluireis do mundo o fervor, a alegria, a fraternidade.

Ora, pois, cuido haver mostrado o que sou e o que ela é; e nisso mesmo revelei a minha sinceridade, porque disse tudo, sem vexame, nem reserva; fiz o meu próprio elogio, que é vitupério, segundo um antigo rifão: mas eu não faço caso de rifões. Vistes que sou a mãe da vida e do contentamento, o vínculo da sociabilidade, o conforto, o vigor, a ventura dos homens; alço a uns, realço a outros, e a todos amo; e quem é isto é tudo, e não se deixa vencer de quem não é nada.

E reparai que nenhum grande vício se encobriu ainda comigo; ao contrário, quando Tartufo entra em casa de Orgon dá um lenço a Dorina para que cubra os seios. A modéstia serve de conduta a seus intentos. E por que não seria assim, se ela ali está de olhos baixos, rosto caído, boca taciturna? Poderíeis afirmar que é Virgínia e não Locusta?

Pode ser uma ou outra, porque ninguém lhe vê o coração. Mas comigo? Quem se pode enganar com este riso franco, irradiação do meu próprio ser; com esta face jovial, este rosto satisfeito, que um quase nada obumbra, que outro quase nada ilumina; estes olhos, que não se escondem, que se não esgueiram por entre as pálpebras, mas fitam serenamente o sol e as estrelas?

6

O quê? Credes que não é assim? Querem ver que perdi toda a minha retórica, e que, ao cabo da pregação, deixo um auditório de relapsos? Céus! Dar-se-á caso que a minha rival vos arrebatasse outra vez? Todos o dirão ao ver a cara com que me escuta este cavalheiro; ao ver o desdém do leque daquela matrona. Uma levanta os ombros; outro ri de escárnio. Vejo ali um rapaz a fazer-me figas: outro abana tristemente a cabeça; e todas, todas as pálpebras parecem baixar, movidas por um sentimento único. Percebo, percebo! Tendes a volúpia suprema da vaidade, que é a vaidade da modéstia.

CHERCHEZ LA FEMME

Quem inventou esta frase, como uma advertência própria a devassar a origem de todos os crimes, era talvez um ruim magistrado, mas, com certeza, excelente filósofo.

Como arma policial, a frase não tem valor, ou pouco e restrito; mas aprofundai-a, e vereis tudo que ela abrange; vereis a vida inteira do homem.

Antes da sociedade, antes da família, antes das artes e do conforto, antes das belas rendas e sedas que constituem o sonho da leitora assídua deste jornal, antes das valsas de Strauss, dos huguenotes, de Petrópolis, dos landaus e das luvas de pelica; antes, muito antes do primeiro esboço da civilização, toda a civilização estava em gérmen na mulher. Neste tempo ainda não havia pai, mas já havia mãe. O pai era o varão adventício, erradio e fero que se ia, sem curar da prole que deixava. A mãe ficava; guardava consigo o fruto do seu amor casual e momentâneo, filho de suas dores e cuidados; mantinha-lhe a vida. Não desvie a leitora os seus belos olhos desse infante bárbaro, rude e primitivo; é talvez o milionésimo avô daquele que lhe fabricou agora o seu véu de Malines ou Bruxelas; ou – provável conjetura! – é talvez o milionésimo avô de Meyerbeer – a não ser que o seja do Senhor Gladstone ou da própria leitora.

Se quereis procurar a mulher, é preciso ir até lá, até esse tempo, *d'ogni luce mutto*, antes dos primeiros albores. Depois, regressai. Vinde, rio abaixo dos séculos, e onde quer que pareis, a mulher vos aparecerá, com o seu grande influxo, algumas vezes maléfico, mas sempre irrecusável; achá-la-eis na origem do homem e no fim dele; e se devemos aceitar a original teoria de um filósofo, ela é quem transmite a porção intelectual do homem.

Assim, amável leitora, quando alguém vier dizer-vos que a educação da mulher é uma grande necessidade social, não acrediteis que é a voz da adulação, mas da verdade. O assunto é decerto prestádio à declamação; mas a ideia é justa. Não vos queremos para reformadoras sociais, evangelizadoras de teorias abstrusas, que mal entendeis, que em todo caso desdizem do vosso papel; mas entre isso e a ignorância e a frivolidade, há um abismo; enchamos esse abismo.

A companheira do homem precisa entender o homem. A graça da sociedade deve contribuir para ela mais do que com o influxo de suas qualidades tradicionais. Enfim, é preciso que a mulher se descative de uma dependência, que lhe é imortal, que não lhe deixa muita vez outra alternativa entre a miséria e a devassidão.

Vindo à nossa sociedade brasileira, urge dar à mulher certa orientação que lhe falta. Duas são as nossas classes feminis – uma crosta elegante fina, superficial, dada ao gosto das sociedades artificiais e cultas; depois a grande massa ignorante, inerte e virtuosa, mas sem impulsos, e em caso de desamparo, sem iniciativa nem experiência. Esta tem jus a que lhe deem os meios necessários para a luta da vida social; e tal é a obra que ora empreende uma instituição antiga nesta cidade, que não nomeio porque está na boca de todos, e aliás vai antiga noutra parte desta publicação.

A ocasião é excelente para uns apanhados de estilo, uma exposição grave e longa do papel da mulher no futuro, para uma dissertação acerca do valor da mulher, como filha, esposa, mãe, irmã, enfermeira e mestra, tudo antiga dos nomes de Rute e Cornélia, Récamier e a Marquesa de Alorna. Não faltaria dizer que a mulher é a estrela que leva o homem pela vida adiante, e que principalmente as leitoras d'*A Estação* a merecem o culto de todos os espíritos elegantes. Mas estas coisas subentendem-se e não se dizem por ociosas. Baste-nos isto: educar a mulher é educar o próprio homem, a mãe completará o filho.

METAFÍSICA DAS ROSAS

Pour la rose, le jardinier est immortel,
car de mémoire de rose, on n'a pas vu mouir un jardinier.

Fontenelle

Livro 1

No princípio era o Jardineiro. E o Jardineiro criou as Rosas. E tendo criado as Rosas, criou a chácara e o jardim, com todas as coisas que neles vivem para glória e contemplação das Rosas. Criou a palmeira, a grama. Criou as folhas, os galhos, os troncos e botões. Criou a terra e o estrume. Criou as árvores grandes para que amparassem o toldo azul que cobre o jardim e a chácara e ele não caísse e esmagasse as Rosas. Criou as borboletas e os vermes. Criou o sol, as brisas, o orvalho e as chuvas.

Grande é o Jardineiro! Suas longas pernas são feitas de tronco eterno. Os braços são galhos que nunca morrem; a espádua é como um forte muro por onde a erva trepa. As mãos, largas, espalham benefícios às Rosas.

Vede agora mesmo. A noite voou, amanhã clareia o céu, cruzam-se as borboletas e os passarinhos, há uma chuva de pilipos e trimados no ar. Mas a terra estremece. É o pé do Jardineiro que caminha para as Rosas. Vede: traz nas mãos o regador que borrifa sobre as Rosas a água fresca e pura, e assim também sobre as outras plantas, todas criadas para glória das Rosas. Ele o formou no dia em que, tendo criado o sol que dá vida às Rosas, este começou a arder sobre a terra. Ele o enche de água todas as manhãs, uma, duas, cinco, dez vezes. Para a noite, pôs ele no ar um grande regador invisível que peneira orvalho; e quando a terra seca e o calor abafa, enche o grande regador das chuvas que alagam a terra de água e de vida.

Livro 2

Entretanto, as Rosas estavam tristes, porque a contemplação das coisas era muda e os olhos dos pássaros e das borboletas não se ocupavam bastantemente das Rosas. E o Jardineiro, vendo-as tristes, perguntou-lhes:

– Que tendes vós, que inclinais as pétalas para o chão? Dei-vos a chácara e o jardim; criei o sol e os ventos frescos; derramo sobre vós o orvalho e a chuva; criei todas as plantas para que vos amem e vos contemplem. A minha mão detém no meio do ar os grandes pássaros para que vos não esmaguem ou devorem. Sois as princesas da terra. Por que inclinais as pétalas para o chão?

Então as Rosas murmuraram que estavam tristes porque a contemplação das coisas era muda, e elas queriam quem cantasse os seus grandes méritos e as servisse.

O Jardineiro sacudiu a cabeça com um gesto terrível; o jardim e a chácara estremeceram até aos fundamentos. E assim falou ele, encostado ao bastão que trazia:

– Dei-vos tudo e não estais satisfeitas? Criei tudo para vós e pedis mais? Pedis a contemplação de outros olhos; ides tê-la. Vou criar um ente à minha imagem que vos servirá, contemplará e viverá milhares e milhares para que vos sirva e ame.

E, dizendo isto, tomou de um velho tronco de palmeira e de um facão. No alto do tronco abriu duas fendas iguais aos seus olhos divinos, mais abaixo outra igual à boca; recortou as orelhas, alisou o nariz, abriu-lhe os braços, as pernas, as espáduas. E, tendo feito o vulto, soprou-lhe em cima e ficou um homem. E então lançou mão de um tronco de laranjeira, rasgou os olhos e a boca, contornou os braços e as pernas e soprou-lhe também em cima, e ficou uma mulher.

E como o homem e a mulher adorassem o Jardineiro, ele disse-lhes:

– Criei-vos para o único fim de amardes e servirdes as Rosas, sob a pena de morte e abominação, porque eu sou o Jardineiro e elas são as senhoras da terra, donas de tudo o que existe: o sol e a chuva, o dia e a noite, o orvalho e os ventos, os besouros, os colibris, as andorinhas, as plantas todas, grandes e pequenas, e as flores, e as sementes das flores, as formigas, as borboletas, as cigarras, os filhos das cigarras.

Livro 3

O homem e a mulher tiveram filhos e os filhos, outros filhos, e disseram eles entre si:

– O Jardineiro criou-nos para amar e servir as Rosas; façam festas e danças para que as Rosas vivam alegres.

Então vieram à chácara e ao jardim, e bailaram e riram, e giraram em volta das Rosas, cortejando-as e sorrindo para elas. Vieram também outros e cantaram em verso os merecimentos das Rosas. E quando queriam falar da beleza de alguma filha das mulheres faziam comparação com as Rosas, porque as Rosas são as maiores belezas do Universo, elas são as senhoras de tudo o que vive e respira.

Mas, como as Rosas parecessem enfaradas da glória que tinham no jardim, disseram os filhos dos homens às filhas das mulheres:

– Façamos outras grandes festas que as alegrem.

Ouvindo isto, o Jardineiro disse-lhes:

– Não; colhei-as primeiro, levai-as depois a lugar de delícias que vos indicarei.

Vieram então os filhos dos homens e as filhas das mulheres e colheram as Rosas, não só as que estavam abertas como algumas ainda não desabrochadas; e depois as puseram no peito, na cabeça ou em grandes molhos, tudo conforme ordenara o Jardineiro. E levando-as para fora do jardim, foram com elas a um lugar de delícias, misterioso e remoto, onde todos os filhos dos homens e todas as filhas das mulheres as adoram prostrados no chão. E depois que o Jardineiro manda embora o sol, pega as Rosas cortadas pelos homens e pelas mulheres, e uma por uma prega-as no toldo azul que cobre a chácara e o jardim, onde elas ficam cintilantes durante a noite. E é assim que não faltam luzes que clareiem a noite quando o sol vai descansar por trás das grandes árvores do acaso.

Elas brilham, elas cheiram, elas dão as cores mais lindas da terra.

Sem elas nada haveria na terra, nem o sol, nem o jardim, nem a chácara, nem os ventos, nem as chuvas, nem os homens, nem as mulheres, nada mais do que o Jardineiro, que as tirou do seu cérebro porque elas são os pensamentos do Jardineiro, desabrochadas no ar e postas na terra, criada para elas e para glória delas. Grande é o Jardineiro! Grande e eterno é o pai sublime das rosas sublimes.

JOSÉ DE ALENCAR

Cada ano que passa é uma expansão da glória de José de Alencar.

Outros apagam-se com o tempo; ele é dos que fulguram a mais e mais, serenamente, sem tumulto, mas com segurança.

São assim as glórias definitivas.

Na história do romance e na do teatro, para não sair das letras, José de Alencar escreveu as páginas que todos lemos, e que há de ler a geração futura.

O futuro nunca se engana.

CARTA A UM AMIGO

Rio de Janeiro, junho de 1884

MEU AMIGO – Prometia-lhe um artigo para o livro que se vai imprimir, comemorando mais um progresso do Liceu Literário Português, e sou obrigado a não lhe dar nada do que era minha intenção. Tinha planeado uma apreciação longa e minuciosa das instituições literárias e outras dos portugueses no Brasil, faltou-me o tempo e descanso do espírito.

Escrever somente algumas reflexões acerca do papel dos portugueses na América é cair na repetição. Louvar o ardor com que eles se organizam em associações de beneficência, de leitura e de ensino, a tenacidade dos seus esforços, a dedicação de todos constante e obscura, com os olhos no bem comum e no lustre do nome coletivo, é dizer, o menos bem, o que em todos os tempos se tem escrito, pouco depois que o Brasil se separou da mãe-pátria para continuar na América o que a nossa língua produziu na Europa.

Não é menos sabido – e, porventura, é ainda mais notável, no que respeita às associações de ensino e leitura – que todos esses esforços e trabalhos saem das mãos de uma classe de homens geralmente despreocupada da vida mental. Tem-se por efetiva e constante a incompatibilidade do ofício mercantil com os hábitos do espírito puro; os portugueses na América não raro mostram que as duas coisas podem ser paralelas, não inimigas, que há um arrabalde em Cartago por uma aula de Atenas.

Desenvolver essa observação por meio de um estudo minucioso e individual das instituições portuguesas, entre nós – tal era a minha ideia. Entre elas ocuparia brilhante lugar o Liceu Literário Português, uma das mais antigas e notáveis. Há longos anos criada, trabalhando na sombra, com diversa fortuna, ao que parece, mas nunca extinta, nem desamparada, veio galgando os tempos até o grau próspero em que a vemos.

Homens, em cujos ombros pesam cuidados de outra ordem e vária espécie, deram a esse grêmio o melhor das afeições, a devoção do espírito, e um zelo que, se alguma vez afrouxou, não morreu nunca, nem lhe entrou o desalento, e a prova é que do tronco pujante brotam novos galhos, onde circula a mesma vida donde penderão frutos de saúde, que incitarão a outros e ainda a outros. Cultores do pão, sabem que nem só de pão vive o homem.

Desculpe se não acudo como quisera ao seu amável convite e creia na afeição e estima do Machado de Assis.

PEDRO LUÍS

Jornalista, poeta, deputado, administrador, ministro e homem da mais fina sociedade fluminense, pertencia este moço à geração que começou por 1860.

Chamava-se Pedro Luís Pereira de Sousa e nasceu no município de Araruama, Província do Rio de Janeiro, a 15 de dezembro de 1839, filho do comendador Luís Pereira de Sousa e de dona Maria Carlota de Viterbo e Sousa. Era formado em ciências sociais e jurídicas pela Faculdade de São Paulo.

Começou a vida política na folha de Flávio Farnese, a *Atualidade*, de colaboração com Lafayette Rodrigues Pereira, atualmente senador, e com Bernardo Guimarães, mavioso poeta mineiro, há pouco falecido. Ao mesmo tempo iniciou vida de advogado no escritório de F. Otaviano.

Essa primeira fase da vida de Pedro Luís dá vontade de ir longe.

A figura de Flávio Farnese surge debaixo da pena e incita a recompor com ela uma quadra inteira de fé e de entusiasmo liberal. Ao lado de Farnese, de Lafayette, de Pedro Luís, vieram outros nomes que, ou cresceram também, ou pararam de todo, por morte ou por outras causas. Sobre tal tempo é passado um quarto de século, o espaço de uma vida ou de um reinado. Olha-se para ele com saudade e com orgulho.

Conheci Pedro Luís na imprensa. Íamos ao Senado tomar nota dos debates, ele, Bernardo Guimarães e eu, cada qual para o seu jornal. Bernardo Guimarães era da geração anterior, companheiro de Álvares de Azevedo, mas realmente não tinha idade; não a teve nunca. A nota juvenil era nele a expressão de humor e do talento.

Nem Bernardo nem eu íamos para a milícia política; Pedro Luís dentro de pouco foi eleito deputado pelo segundo distrito da Província do Rio de Janeiro com os conselheiros Manuel de Jesus Valdetaro e Eduardo de Andrade Pinto. A estreia de Pedro Luís na tribuna foi um grande sucesso do tempo, e está comemorada nos jornais com a justiça que merecia.

Tratava-se de um projeto concedendo um pedaço de terra a um Padre Janrard, lazarista.

Pedro Luís fez desse negócio insignificante uma batalha de eloquência, e proferiu um discurso cheio de grande alento liberal. Surdiram-lhe em frente dois adversários respeitáveis: Monsenhor Pinto de Campos, que reunia aos sentimentos de conservador o caráter sacerdotal, e o doutor Junqueira, atual senador: eram dois nomes feitos e tanto bastava a honrar o estreante orador.

As vicissitudes políticas fizeram-se sentir em breve.

Pedro Luís não foi reeleito na legislatura seguinte. Em 1868 a situação liberal, o Conselheiro Otaviano tratou da funda Reforma, e convidou Pedro Luís, que ali trabalhou ao lado flor do partido.

Então, como antes, cultivou as letras, deixando algumas composições notáveis, como "Os voluntários da morte", *Terribilis Dea*, "Tiradentes" e "Nunes Machado". A primeira destas tinha sido recitada por ele mesmo em uma casa da Rua da Quitanda, onde se reuniam alguns amigos e homens de letras; e foi uma revelação de primeira ordem. Recitada pouco depois no teatro e divulgada pela imprensa, correu o império e atravessou o oceano, sendo reproduzida em Lisboa, donde o Visconde de Castilho escreveu ao poeta dizendo-lhe que essa ode era um rugido de leão.

Todas as demais composições tiveram o mesmo efeito. São, na verdade, cheias de grande vigor poético, raro calor e movimento lírico.

Não tardou que a política ativa o tomasse inteiramente. Em 1877, subiu ao poder o Partido Liberal e ele tornou à Câmara dos Deputados, representando a Província do Rio de Janeiro. A 28 de março de 1880, organizando o Senhor Senador Saraiva o seu ministério, confiou a Pedro Luís a pasta dos negócios estrangeiros, para a qual parecia indicá-lo especialmente as qualidades pessoais. Nem ocupou somente essa pasta: foi sucessivamente ministro interino da marinha, do império e da agricultura.

No Ministério da Agricultura, que ele regeu duas vezes, e a segunda por morte do Conselheiro Buarque de Macedo, encontramo-nos os dois, trabalhando juntos, como em 1860, mas ele agora era ministro de Estado, e eu tão-somente oficial de gabinete. Cito esta circunstância para afirmar, com o meu testemunho pessoal, que esse moço suposto sibarita e indolente, era nada menos que um trabalhador ativo, zeloso do cargo e da pessoa; todos os que o praticaram de perto podem atestar isto mesmo. Deixou o seu nome ligado a muitos atos de administração interior ou de natureza diplomática.

Posta em execução a reforma eleitoral, obra do próprio ministério dele, o Conselheiro Pedro Luís, que então era ministro de duas pastas, não conseguiu ser eleito. Aceitou a derrota com o bom humor que lhe era próprio, embora tivesse de padecer na legítima ambição política; mas estava moço e forte, e a derrota era das que laureiam. Não ter algumas centenas de votos é apenas não dispor da confiança de outras tantas pessoas, coisa que não prejulga nada. O desdouro seria cair mal, e ele caiu com gentileza.

Pouco tempo depois foi nomeado presidente da província da Bahia, donde voltou enfermo, com a morte em si. Na Bahia deixou verdadeiras saudades; era estimado de toda a gente, respeitado e benquisto.

O organismo, porém, começou a deperecer, e o repouso e tratamento tornaram-se-lhe indispensáveis; alcançou a demissão do cargo e regressou à vida particular.

Faleceu na sua fazenda da Barra Mansa, às quatro horas da madrugada do dia 16 de julho do corrente ano de 1884.

Era casado com dona Amélia Valim Pereira de Sousa, filha do comendador Manuel de Aguiar Valim, fazendeiro do município Bananal e chefe ali do Partido Conservador. Um dos jornais do Rio de Janeiro mencionou esta circunstância:

Tal era a amenidade do caráter de Pedro Luís, que, a despeito de suas opiniões políticas, seu sogro o prezava e distinguia muito, assim como outros muitos fazendeiros importantes daquele município, sem distinção de partido.

Ninguém que o praticou intimamente deixou de trazer a impressão de uma verdadeira personalidade, podendo acrescentar-se que não deu tudo que era de esperar do seu talento, e que valia ainda mais do que a sua reputação.

Posto que um tanto cético, era sensível, profundamente sensível; tinha instrução variada, gosto fino e puro, nada trivial nem choco, era cheio de bons ditos, e observador como raros.

ARTUR BARREIROS

Meu caro Valentim Magalhães – Não sei que lhe diga que possa adiantar ao que sabe do nosso Artur Barreiros. Conhecemo-lo: tanto basta para dizer que o amamos. Era um dos melhores da sua geração, inteligente, estudioso, severo consigo, entusiasta das coisas belas, dourando essas qualidades com um caráter exemplar e raro: e se não deu tudo o que podia dar, foi porque cuidados de outra ordem lhe tomaram o espírito nos últimos tempos. Creio que, em tendo a vida repousada, aumentaria os frutos do seu talento, tão apropriado aos estudos longos e solitários e ao trabalho polido e refletido.

A fortuna, porém, nunca teve grandes olhos benignos para o nosso amigo; e a natureza, que o fez probo, não o fez insensível. Daí algumas síncopes do ânimo, e umas intermitências de misantropia a que vieram arrancá-lo ultimamente a esposa que tomou e os dois filhinhos que lhe sobrevieram. Essa mesma fortuna parece ter ajustado as coisas de modo que ele, tão austero e recolhido, deixasse a vida em pleno carnaval. Não era preciso tanto para mostrar contraste e a confusão das coisas humanas.

Não posso lembrar-me dele sem recordar também outro Artur, o Artur de Oliveira, ambos tão meus amigos. A mesma moléstia os levou, aos trinta anos, casados de pouco. A feição do espírito era diferente neles, mas uma coisa os aproxima, além da minha saudade: é que também o Artur de Oliveira não deu tudo o que podia, e podia muito.

Ao escrever-lhe as primeiras linhas desta carta, chovia copiosamente, e o ar estava carregado e sombrio. Agora, porém, urna nesga azul do céu, não sei se duradoura ou não, parece dizer-nos que nada está mudado para ele, que é eterno. Um homem de mais ou de menos importa o mesmo que a folha que vamos arrancar à árvore para juncar o chão das nossas festas. Que nos importa a folha?

Esta advertência, que não chega a abater a mocidade, tinge de melancolia os que já não são rapazes. Estes têm atrás de si uma longa fileira de mortos. Cada um dos recentes lembra-lhe os outros. Alguns desses mortos encheram a vida com ações ou escritos, e fizeram ecoar o nome além dos limites da cidade. Artur Barreiros (e não é dos menores motivos de tristeza) gastou o aço em labutações estranhas ao seu gosto particular; entre este e a necessidade não hesitou nunca, e acanhou em parte as faculdades por um excessivo sentimento de modéstia e desconfiança. A extrema desconfiança não é menos perniciosa que a extrema presunção. "As dúvidas são traidoras", escreveu Shakespeare; e pode-se dizer que muita vez o foram com o nosso amigo. O tempo dar-lhe-ia a completa vitória; mas o mesmo tempo o levou, depois de longa e cruel enfermidade. Não levará a nossa saudade nem a estima que lhes devemos.

Machado de Assis

ANTES A ROCHA TARPEIA...

Como é que me achei ali em cima? Era um pedaço de telhado, inclinado, velho, estreitinho, com cinco palmos de muro por trás. Não sei se fui ali buscar alguma coisa; parece que sim, mas qualquer que ela fosse, tinha caído ou voado, já não estava comigo.

Eu é que fiquei ali no alto, sozinho, sem nenhum meio de voltar abaixo. Começara a entender que era pesadelo. Já lá vão alguns anos. A rua ou estrada em que se achava aquela construção era deserta. Eu, do alto, olhava para todos os lados sem descobrir sombra de homem. Nada que me salvasse; pau nem corda. Ia aflito de um para outro lado, vagaroso, cauteloso, porque as telhas eram antigas, e também porque o menor descuido far-me-ia escorregar e ir ao chão. Continuava a olhar ao longe, a ver se aparecia um salvador; olhava também para baixo, mas a ideia de dar um pulo era impossível; a altura era grande, a morte, certa.

De repente, sem saber donde tinham vindo, vi embaixo algumas pessoas, em pequeno número, andando, umas da direita, outras da esquerda. Bradei de cima à que passava mais perto.

– Ó senhor, acuda-me!

Mas o sujeito não ouviu nada, e foi andando. Bradei a outro e outro; todos iam passando sem ouvir a minha voz. Eu, parado, cosido ao muro, gritava mais alto, como um trovão. O temor ia crescendo, a vertigem começava; e eu gritava que me acudissem, que me salvassem a vida, pela escada, corda, um pau, pedia um lençol, ao menos, que me apanhasse na queda. Tudo era vão. Das pessoas que passavam só restavam três, depois duas, depois uma. Bradei a essa última com todas as forças que me restavam:

– Acuda! Acuda!

Era um rapaz, vestido de novo, que ia andando e mirando as botas e as calças. Não me ouviu, continuou a andar, e desapareceu.

Ficando só, nem por isso cessei de gritar. Não via ninguém, mas via o perigo. A aflição era já insuportável, o terror chegara ao paroxismo... Olhava para baixo, olhava para longe, bradava que me acudissem, e tinha a cabeça tonta e os cabelos em pé... Não sei se cheguei a cair; de repente, achei-me na cama acordado.

Respirei à larga, com o sentimento da pessoa que sai de um pesadelo. Mas aqui deu-se um fenômeno particular; livre de perigo, entrei a saboreá-lo. Em verdade, tivera alguns minutos ou segundos de sensações extraordinárias; vivi de puro terror, vertigem e desespero, entre a vida e a morte, como uma peteca entre as mãos destes dois mistérios.

A certeza, porém, de que tinha sido sonho dava agora outro aspecto ao perigo, e trazia à alma o desejo vago de achar-me nele outra vez. Que tinha, se era sonho?

Ia assim pensando, com os olhos fechados, meio adormecido; não esquecera as circunstâncias do pesadelo, e a certeza de que não chegaria a cair acendeu de todo o desejo de achar-me outra vez no alto do muro, desamparado e aterrado. Então apertei muito os olhos para não despertar de todo, e para que a imaginação não tivesse tempo de passar a outra ordem de visões.

Dormi logo. Os sonhos vieram vindo, aos pedaços, aqui uma voz, ali um perfil, grupos de gente, de casas, um morro, gás, sol, 30 mil coisas confusas que se cosiam e descosiam. De repente vi um telhado, lembrei-me do outro, e como dormira com a esperança de reatar o pesadelo, tive uma sensação misturada de gosto e pavor. Era o telhado de uma casa: a casa tinha uma janela; à janela estava um homem; este homem cumprimentou-me risonho, abriu a porta, fez-me entrar, fechou a porta outra vez e meteu a chave no bolso.

– Que é isto? – perguntei-lhe.

– É para que nos não incomodem – acudiu ele risonho.

Contou-me depois que trazia um livro entre mãos, tinha uma demanda e era candidato a um lugar de deputado: três matérias infinitas. Falou-me do livro, 300 páginas, com citações, notas, apêndices: referiu-me a doutrina, o método, o estilo, leu-me três capítulos. Gabei-os, leu-me mais quatro. Depois, enrolando o manuscrito disse-me que previa as críticas e objeções; declarou quais eram e refutou-as uma por uma.

Eu, sentado, afiava o ouvido, a ver se aparecia alguém; pedia a Deus um salteador ou a justiça, que arrombasse a porta. Ele, se falou em justiça, foi para contar-me a demanda, que era uma ladroeira do adversário, mas havia de vencê-lo a todo custo. Não me ocultou nada; ouvi o motivo e todos os trâmites da causa, com anedotas pelo meio, uma do escrivão que estava vendido ao adversário, outra de um procurador, as conversações com os juízes, três acórdãos e os respectivos fundamentos. À força de pleitear, o homem conhecia muito texto, decretos, leis, ordenações, citava os livros e os parágrafos, salpicava tudo de perdigotos latinos. Às vezes, falava andando para descrever o terreno – era uma questão de terras –, aqui o rio, descendo por ali, pegando com o outro mais abaixo: deste lado as terras de Fulano, daquele, as de Sicrano... Uma ladroeira clara, que me parecia?

– Que sim.

Enxugou a testa e passou à candidatura. Era legítima; não negava que pudesse haver outras aceitáveis; mas a dele era a mais legítima. Tinha serviços ao partido, não era aí qualquer coisa, não vinha pedir esmola de votos. E contava os serviços prestados em vinte anos de lutas eleitorais, luta de imprensa, apoio aos amigos, obediência aos chefes.

E isso não se premiava? Devia ceder o seu lugar a filhos? Leu a circular; tinha três páginas apenas; com os comentários verbais, sete. E era a um homem destes que queriam deter o passo? Podiam intrigá-lo; ele sabia que o estavam intrigando, choviam cartas anônimas... Que chovessem! Podiam vasculhar no passado dele, não achariam nada, nada mais que uma vida pura, e, modéstia à parte, um modelo de excelentes qualidades. Começou pobre, muito pobre; se tinha alguma coisa era graças ao trabalho e à economia – as duas alavancas do progresso.

Uma só dessas velhas alavancas que ali estivesse bastava para deitar a porta abaixo; mas nem uma nem outra, era só ele, que prosseguia, dizendo-me tudo o que era, o que não era, o que seria, e o que teria sido e o que viria a ser, um Hércules, que limparia a estrebaria de Augias – um varão forte, que não pedia mais que tempo e justiça. Fizessem-lhe justiça, dando-lhe votos, e ele se incumbiria do resto. E o resto foi ainda muito mais do que pensei... Eu, abatido, olhava para a porta, e a porta calada, impenetrável, não me dava a menor esperança. *Lasciati ogni speranza...*

Não, cá está mais que a esperança; a realidade deu outra vez comigo acordado, na cama. Era ainda noite alta; mas nem por isso tentei, como da primeira vez, conciliar o sono. Fui ler para não dormir. Por quê? Um homem, um livro, uma demanda, uma candidatura, por que é que temi reavê-los, se ia antes, de cara alegre, meter-me outra vez no telhado em que...?

Leitor, a razão é simples. Cuido que há na vida em perigo um sabor particular e atrativo; mas na paciência em perigo não há nada. A gente recorda-se de um abismo com prazer; não se pode recordar de um maçante sem pavor. Antes a rocha Tarpeia que um autor de má nota.

O FUTURO DOS ARGENTINOS

Quando hoje contemplo o rápido progresso da nação Argentina, recordo-me sempre da primeira e única vez que vi o doutor Sarmiento, presidente que sucedeu ao General Mitre no governo da República.

Foi em 1868. Estávamos alguns amigos no Club Fluminense, Praça da Constituição, casa onde é hoje a Secretaria do Império. Eram nove horas da noite. Vimos entrar na sala do chá um homem que ali se hospedara na véspera. Não era moço; olhos grandes e inteligentes, barba raspada, um tanto cheio. Demorou-se pouco tempo; de quando em quando, olhava para nós, que o examinávamos também, sem saber quem era. Era justamente o doutor Sarmiento, vinha dos Estados Unidos, onde representava a Confederação Argentina, e donde saíra porque acabava de ser eleito presidente da República. Tinha estado com o imperador, e vinha de uma sessão científica. Dois ou três dias depois, seguiu para Buenos Aires.

A impressão que nos deixara esse homem foi, em verdade, profunda. Naquela visão rápida do presidente eleito pode-se dizer que nos aparecia o futuro da nação Argentina.

Com efeito, uma nação abafada pelo despotismo, sangrada pelas revoluções, na qual o poder não decorria mais que da força vencedora e da vontade pessoal, apresentava este espetáculo interessante: um general patriota, que alguns anos antes, após uma revolução e uma batalha decisiva, fora elevado ao poder e fundara a liberdade constitucional, ia entregar tranquilamente as rédeas do Estado não a outro general triunfante, depois de nova revolução, mas a um simples legista, ausente da pátria, eleito livremente por seus concidadãos. Era evidente que esse povo, apesar da escola em que aprendera, tinha a aptidão da liberdade; era claro também que os seus homens públicos, em meio das competências que os separavam, e porventura ainda os separam, sabiam unir-se para um fim comum e superior.

Sarmiento chegou a Buenos Aires; o General Mitre entregou-lhe o poder, tal qual o constituíra e preservara da violência e do desânimo. Então os amigos deste claro e subido espírito lembraram-se (se a minha reminiscência é exata) de lhe dar uma prova de afeto e admiração, um como prêmio da sua lealdade política, e criaram-lhe um jornal, essa mesma *Nación*, que é hoje uma das primeira folhas da América do Sul. Fato não menos expressivo que o outro.

Vinte anos depois, a nação Argentina chegou ao ponto em que se acha, próspera, rica, pacífica, naturalmente ambiciosa de progresso e esplendor. Esqueceu a opressão, desaprendeu a caudilhagem; conhece os benefícios da liberdade e da ordem. Vinte anos apenas; digamos 28, porque a campanha de Mitre foi o primeiro passo dessa marcha vitoriosa.

Agora, no dia em que os argentinos celebram a sua festa constitucional, lembro-me daqueles tempos, e comparo-os com estes, quando, em vez de soldados que os vão auxiliar a derrocar uma tirania odiosa, mandamos-lhe uma simples comissão de jornalistas, uma embaixada da opinião à opinião; tão confiados somos de que não há já entre nós melhor campo de combate. Oxalá caminhem sempre o Império e a República, de mãos dadas, prósperos e amigos.

JOAQUIM SERRA

    Quando há dias fui enterrar o meu querido Serra, vi que naquele féretro ia também uma parte da minha juventude. Logo de manhã relembrei-a toda. Enquanto a vida chamava ao combate diurno todas as suas legiões infinitas, tão alegre e indiferente, como se não acabasse de perder na véspera um dos mais robustos legionários, recolhi-me às memórias de outro tempo, fui reler algumas cartas do meu amado amigo.

    Cartas íntimas e familiares, mais letras que política. As primeiras, embora velhas, eram ainda moças, daquela mocidade que ele sabia comunicar às coisas que tratava. Relê-las era conversar com o morto cuja alma ali estava derramada no papel, tão viçosa como no primeiro dia. A cintilação do espírito era a mesma; a frase brotava e corria pela folha abaixo, como a água de um córrego, rumorosa e fresca.

    Os dedos que tinham lavrado aquelas folhas de outro tempo, quando os vi depois cruzados, sobre o cadáver, lívidos e hirtos, não pude deixar de os contemplar longamente, recordando as páginas públicas que trabalharam, e que ele soltou ao vento, ora com o desperdício de um engenho fértil, ora com a tenacidade de apóstolo. Versos sobre versos, prosa e mais prosa, artigos de toda casta, políticos, literários, o epigrama fino, o epíteto certo ou jovial, e, durante os últimos anos, a luta pela abolição, tudo caiu daqueles dedos infatigáveis prestadios, tão cheios de força como de desinteresse.

A morte trouxe ao espírito de todos o contraste singular entre os méritos de Joaquim Serra e os seus destinos políticos. Se a vida política é, como a demais vida universal, uma luta em que a vitória há de caber ao mais aparelhado, aí deve estar a explicação do fenômeno. Podemos concluir, então, que não bastam o talento e a dedicação, se não é que o próprio talento pode faltar, às vezes, sem dano algum para a carreira do homem. A posse de outras qualidades pode ser também negativa para os efeitos do combate. Serra possuía a virtude do sacrifício pessoal, e mui cedo a aprendeu e cumpriu, segundo o que ele próprio mandou me dizer um dia da Paraíba do Norte, em 10 de março de 1867:

> *Já te escrevi algumas linhas acerca da minha adiada viagem em maio. Foi mister... Não sei mesmo como se exigem sacrifícios da ordem daqueles que ultimamente se me têm exigido. Se eu contasse tudo, talvez não o acreditarias. Enfim, não te verei em maio, mas hei de ir ao Rio este ano.*

Não me referiu, nem então, nem depois, outras particularidades, porque também possuía o dom de esquecer – negativo e impróprio da vida política.

Era modesto até à reclusão absoluta. Suas ideias saíam todas endossadas por pseudônimos. Eram como moedas de ouro, sem efígie, com o próprio e único valor do metal. Daí o fenômeno observado ainda este ano. Quando chegou o dia da vitória abolicionista, todos os seus valentes companheiros de batalha citaram gloriosamente o nome de Joaquim Serra entre os discípulos da primeira hora, entre os mais estrênuos, fortes e devotados; mas a multidão não o repetiu – não o conhecia. Ela, que nunca desaprendeu de aclamar e agradecer os benefícios, não sabia nada do homem que, no momento em que a nação inteira celebrava o grande ato, recolhia-se satisfeito ao seio da família. Tendo ajudado a soletrar a liberdade, Joaquim Serra ia continuar a ler o amor aos que lhe ensinavam todos os dias a consolação.

Mas eu vou além. Creio que Joaquim Serra era principalmente um artista. Amava a justiça e a liberdade, pela razão de amar também o arquitrave e a coluna, por uma necessidade de estética social.

Onde outros podiam ver artigos de programa, intuitos partidários, revolução econômica, Joaquim Serra via uma retificação e um complemento; e, porque era bom e punha em tudo a sua alma inteira, pugnou pela correção da ordem pública, cheio daquela tenacidade silenciosa, se assim se pode dizer, de um escritor de todos os dias, intrépido e generoso, sem pavor e sem reproche.

Não importa, pois, que os destinos políticos de Joaquim Serra hajam desmentido dos seus méritos pessoais. A história destes últimos anos lhe dará um couto luminoso. Outrossim, recolherá mais de uma amostra daquele estilo tão dele, feito de simplicidade, e sagacidade, correntio, franco, fácil, jovial, sem afetação nem reticências. Não era o *humour* de Swift, que não sorri, sequer. Ao contrário, o nosso querido morto ria largamente, ria como Voltaire, com a mesma graça transparente e fina, e sem o fel de umas frases nem a vingança cruel de outras, que compõem a ironia do velho filósofo.

A MORTE DE FRANCISCO OTAVIANO

Morreu um homem. Homem pelo que sofreu; ele mesmo o definiu, em belos versos, quando disse que passar pela vida sem padecer era ser apenas um espectro de homem, não era ser homem. Raros terão padecido mais; nenhum com resignação maior. Homem ainda pelo complexo de qualidades superiores de alma e de espírito, de sentimentos e de raciocínio, raros e fortes, tais que o aparelharam para a luta, que o fizeram artista e político, mestre da pena elegante e vibrante. *Vous êtes un homme, monsieur Goethe* foi a saudação de Napoleão ao criador do *Fausto*. E o nosso Otaviano, que não trocara a alma pela juventude, como o herói alemão, mas que a trouxera sempre verde, a despeito da dor cruel que o roía, que não desaprendera, na alegria boa e fecunda, nem a faculdade de amar, de admirar e de crer, que adorava a pátria como a arte, o nosso Otaviano era deveras um homem. A melhor homenagem àquele egrégio espírito é a tristeza dos seus adversários.

SECRETARIA DA AGRICULTURA

11 de setembro de 1890

O senhor doutor João Brígido escreveu no *Libertador* do Ceará, de 20 do mês findo, um artigo, a que é mister dar alguma resposta. Não recebi a folha, mas várias pessoas a receberam, naturalmente o artigo marcado, como está no exemplar que um amigo me fez chegar às mãos. Este sistema não é novo, mas é útil; é o que se pode chamar uma carta anônima assinada.

Trata-se das minas da Viçosa. O senhor João Brígido é advogado de Antônio Rodrigues Carneiro, que contende com o Barão de Ibiapaba. De duas petições deste há certidões, uma do senhor Guimarães, meu respeitável antecessor, datada de 9 de janeiro de 1889, e outra minha, datada de 18 de maio. Pouco depois de expedida, escreveu-me o senhor doutor João Brígido, dizendo que a certidão de janeiro dava as duas petições assinadas pelo senhor Conselheiro Tristão de Alencar Araripe, como procurador, e a de maio, pelo doutor Artur de Alencar Araripe, filho daquele cidadão. Concluía assim:

> Uma das duas certidões, portanto, há de não ser verdadeira e dá-se o caso de ter sido induzido em erro, ou você ou o senhor Barão de Guimarães, pelo oficial que extraiu uma das duas certidões. Trazendo este fato ao conhecimento de você, cuja probidade folgo de reconhecer, peço-lhe a explicação que julgar razoável, e sendo preciso me obrigo a produzir os dois documentos que estão a se desmentirem.

Respondi que, tendo verificado nas petições aludidas que a assinatura era justamente a do doutor Artur de Alencar Araripe, não podia suspeitar do oficial que extraiu a certidão; acrescentei que o empregado que extraíra a primeira já não estava na secretaria, e concluí que não podia adiantar mais nada.

Contentou-se o senhor doutor João Brígido com a resposta, tanto que, chegando do Ceará, para tratar da questão das minas, veio ter comigo e falou-me, não uma, nem duas, mas muitas vezes, e sempre o achei cortês e afável. Ouvi-lhe a história do litígio da Viçosa, sobre a qual me deu vários folhetos. Pediu-me umas certidões; e dizendo-lhe o senhor doutor Tomás Cochrane chefe da seção por onde corre a questão, que as certidões só podiam ser dadas depois que os papéis baixassem do gabinete do senhor ministro, aceitou a resposta naturalmente, sem fazer nenhuma objeção, que seria escusada. Ao retirar-se para o Ceará, veio despedir-se, sem ressentimento, menos ainda indignação.

Eis que aparece agora o artigo do *Libertador*, em que o senhor doutor João Brígido me acusa pela carta que lhe escrevi, há um ano, pela demora das certidões, diz que os créditos da secretaria desceram tanto, no regime anterior, que muitos ministros saíram com reputação prejudicada; e, finalmente, escreve isto: que eu, ao passo que lhe guardava sigilo inviolável acerca das conclusões do meu parecer, não o guardava para o plutocrata, que, pelo vapor de 30 de junho ou outro, assegurara que o meu parecer era a seu favor.

Não sei o que assegurou o senhor Barão de Ibiapaba, a quem só de vista conheço. Desde, porém, que eu afirmo que jamais confiei a ninguém, sobre nenhum negócio da secretaria, a minha opinião dada ou por dar nos papéis que examino – e desafio a que alguém me diga o contrário –, creio responder suficientemente ao artigo do senhor doutor João Brígido.

Plutocrata exprime bem a insinuação maliciosa do senhor doutor João Brígido; e o processo de Filipe de Macedônia, frase empregada no mesmo período, ainda melhor exprime o seu pensamento. Eu sou mais moderado; faço ao senhor doutor João Brígido a justiça de crer que em tudo o que escreveu contra mim não teve a menor convicção.

HENRIQUE CHAVES

Henrique Chaves é um desmentido a duas velhas superstições. Nasceu em dia treze e sexta-feira. Não podia nascer pior e, entretanto, é um dos homens felizes deste mundo. Em vez de ruins fadas, em volta do berço, cantando-lhe o coro melancólico dos caiporas, desceram anjos do céu, que lhe anunciaram muitas coisas futuras. Para os que nunca viram Lisboa, e têm pena, como o poeta, Henrique Chaves é ainda um venturoso: nasceu nela. Enfim, conta apenas quarenta e quatro anos, feitos em janeiro último.

Um dia, tinha apenas vinte anos, transportou-se de Lisboa ao Rio de Janeiro. Para explicar esta viagem, é preciso remontar ao primeiro consulado de César. Este grande homem, assumindo aquela magistratura, teve ideia de fazer publicar os trabalhos do seriado romano. Não era ainda a taquigrafia; mas, com boa vontade, boa e muita, podemos achar ali o gérmen deste invento moderno. A taquigrafia trouxe Henrique Chaves ao Rio de Janeiro. Foi essa arte mágica de pôr no papel, integralmente, as ideias e as falas de um orador que o fez atravessar o oceano, pelos anos de 1869.

Refiro-me à taquigrafia política. Ela o pôs em contato com nossos parlamentares dos últimos vinte anos. Há de haver na vida do taquígrafo parlamentar uma boa parte anedótica, que merece só por si a pena de umas memórias. As emendas, bastam as emendas dos discursos, as posturas novas, o trabalho do toucador, as trunfas desfeitas e refeitas, com os grampos de erudição, ou os cabelos apenas alisados, basta só isso para caracterizar o modo de cada orador, e dar-nos perfis interessantes. Um velho taquígrafo contou-me, quase com lágrimas, um caso mui particular. Passou-se há trinta anos. Um senador, orador medíocre, fizera um discurso mais que medíocre, trinta dias antes de acabar a sessão. Recebeu as notas taquigráficas no dia imediato, e só as restituiu três meses depois da sessão acabada. O discurso vinha todo por letra dele, e não havia uma só palavra das proferidas; era outro e pior. Ajuntai a esta parte anedótica aquela outra de psicologia que deve ser a principal, com uma estatística das palavras, um estudo dos oradores cansativos, apesar de pausados, ou por isso mesmo, e dos que não cansam, posto que velozes.

Mas uma coisa é o ganha-pão, outra é a vocação. Henrique Chaves trazia nas veias o sangue do jornalismo. Tem a facilidade, a naturalidade, o gosto e o tato precisos a este ofício tão árduo e tão duro. Pega de um assunto, o primeiro à mão, o preciso, o do dia, e compõe o artigo com aquela presteza e lucidez que a folha diária exige, e com a nota própria da ocasião. Não lhe peçam longos períodos de exposição, nem deduções complicadas. Cai logo *in medias res*, como a regra clássica dos poemas. As primeiras palavras parecem uma conversação. O leitor acaba supondo ter feito um monólogo.

Não esqueçamos que o seu temperamento é o da própria folha em que escreve, a *Gazeta de Notícias*, que trouxe ao jornalismo desta cidade outra nota e diversa feição. Vinte anos antes de encetar a carreira, não sei se o faria – ao menos, com igual amor. A imprensa de há trinta anos não tinha este movimento vertiginoso. A notícia era como a rima de Boileau, *une esclave et ne doit qu'obéir*. Teve o seu Treze de Maio, e passou da posição subalterna à sala de recepção.

Os quarenta e quatro anos de Henrique Chaves podem subir a sessenta e seis; nunca passarão dos vinte e dois. Não falo por causa de ilusões;

ninguém lhas peça, que é o mesmo que pedir um santo ao diabo. Uma das feições do seu espírito é a incredulidade a respeito de um sem-número de coisas que se impõem pela aparência.

Outra das feições é a alegria; ele ri bem e largo, comunicativamente. A conversação é viva, é lépida. Considerai que ele é o avesso do medalhão. Considerai também que é difícil saber aturar uma narração enfadonha com mais fina arte. Não se impacienta, não suspira, puxa o bigode; o narrador cuida que é um sinal de atenção, e ele pensa em outra coisa.

HENRIQUE LOMBAERTS

Durante muitos anos entretive com Henrique Lombaerts as mais amistosas relações. Era um homem bom, e bastava isso para fazer sentir a perda dele; mas era também um chefe cabal da casa herdada de seu pai e continuada por ele com tanto zelo e esforço. Posto que enfermo, nunca deixou de ser o mesmo homem de trabalho. Tinha amor ao estabelecimento que achou fundado, fez prosperar e transmitiu ao seu digno amigo e parente, atual chefe. *A Estação* e outras publicações acharam nele editor esclarecido e pontual. Era desinteressado, em prejuízo dos negócios a cuja frente esteve até o último dia útil da sua atividade.

Não é demais dizer que foi um exemplo a vida deste homem, um exemplo especial, porque, no esforço continuado e eficaz, ao trabalho de todos os dias e de todas as horas, não juntou o ruído exterior. Relativamente expirou obscuro; o tempo que lhe sobrava da direção da casa era dado à esposa, e, quando perdeu a esposa, às suas recordações de viúvo.

FERREIRA DE ARAÚJO

Rio de Janeiro, 20 de setembro de 1900

Meu caro Henrique – Esqueçamos a morte do nosso amigo. Nem sempre haverá tamanho contraste entre a vida e a morte de alguém. Araújo tinha direito de falecer entre uma linha grave e outra jovial, como indo a passeio risonho e feliz. A sorte determinou outra coisa.

Quem o via por aquelas noitadas de estudante, e o acompanhou de perto ou de longe, na vida de escritor, de cidadão e de pai de família, sabe que não se perdeu nele somente um jornalista emérito e um diretor seguro; perdeu-se também a perpétua alegria. Ninguém desliga dele essa feição característica. Ninguém esqueceu as boas horas que ele fazia viver ao pé de si. Nenhum melancólico praticou com ele que não sentisse de empréstimo outro temperamento. Vimo-lo debater os negócios públicos, expor e analisar os problemas do dia, com a gravidade e a ponderação que eles impunham, mas o riso vinha prestes retomar o lugar que era seu, e o bom humor expelia a cólera e a indignação deste mundo.

Tal era o condão daquela mocidade. A madureza não alterou a alegria dos anos verdes. Na velhice ela seria como a planta que se agarra ao muro antigo. E porque esta virtude é ordinariamente gêmea da bondade, o nosso amigo era bom. Se teve desgostos – e devias tê-los, porque era sensível –, esqueceu-os depressa. O ressentimento era-lhe insuportável. Era desses espíritos feitos para a hora presente, que não padecem das ânsias do futuro, e escassamente terão saudades do passado; bastam-se a si mesmos, na mesma hora que vai passando, viva e garrida, cheia de promessas eternas.

Mal se compreende que uma vida assim acabasse tão longa e doloridamente; mas, refletindo melhor, não podia ser de outra maneira. A inimizade entre a vida e a morte tem gradações; não admira que uma seja feroz na proporção da lepidez da outra. É o modo de balancear as duas colunas da escrita.

Agora que ele se foi, podemos avaliar bem as qualidades do homem. Esse polemista não deixou um inimigo. Pronto, fácil, franco, não poupando a verdade, não infringindo a cortesia, liberal sem partido, patriota sem confissão, atento aos fatos e aos homens, cumpriu o seu ofício com pontualidade, largueza de ânimo e aquele estilo vivo e conversado que era o encanto dos seus escritos. As letras foram os primeiros ensaios de uma pena que nunca as esqueceu inteiramente. O teatro foi a sua primeira sedução de autor.

Vindo à imprensa diária, não cedeu ao acaso, mas à própria inclinação do talento. Quando fundou esta folha, começou alguma coisa que, trazendo vida nova ao jornalismo, ia também com o seu espírito vivaz e saltitante, de vária feição, curioso e original. Já está dito e redito o efeito prodigioso desta folha, desde que apareceu; podia ser a novidade, mas foram também a direção e o movimento que ele lhe imprimiu.

Nem se contentou de si e dos companheiros da primeira hora. Foi chamando a todos os que podiam construir alguma coisa, os nomes feitos e as vocações novas. Bastava falar a língua do espírito para vir a esta assembleia, ocupar um lugar e discretear com os outros. A condição era ter o alento da vida e a nota do interesse. Que poetasse, que contasse, que dissesse do passado, do presente ou do futuro, da política ou da literatura, da ciência ou das artes, que maldissesse também, contanto que dissesse bem ou com bom humor, a todos aceitava e buscava, para tornar a *Gazeta* um centro comum de atividade.

A todos esses operários bastava fazê-los companheiros, mas era difícil viver com Araújo sem acabar amigo dele, nem ele consigo que se não fizesse amigo de todos. A *Gazeta* ficou sendo assim uma comunhão em que o dissentimento de ideias, quando algum houvesse, não atacaria o coração, que era um para todos.

Tu que eras dos seus mais íntimos, meu caro Henrique Chaves, dirás se o nosso amigo não foi sempre isso mesmo. Quanto à admiração e afeição públicas, já todas as vozes idôneas proclamaram o grau em que ele as possuiu, sem quebra de tempo, nem reserva de pessoa. O enterramento foi uma aclamação muda, triste e unânime. As exéquias de amanhã dir-lhe-ão o último adeus da terra e da sua terra.

Machado de Assis

A PAIXÃO DE JESUS

Quem relê neste dia os evangelistas, por mais que os traga no coração ou de memória, acha uma comoção nova na tragédia do Calvário. A tragédia é velha; os lances que a compõem passaram, desde a prisão de Jesus até a condenação judaica e a sanção romana; as horas daquele dia acabaram com a noite de sexta-feira, mas a comoção fica sempre nova; por mais que os séculos se tenham acumulado sobre tais livros. A causa, independente da fé que acende o coração dos homens, bem se pode dizer de duas ordens.

Não é preciso falar de uma. A história daqueles que, pelos tempos adiante, vieram confessando a Jesus, padecendo e morrendo por Ele, e o grande espírito soprado do Evangelho ao mundo antigo, a força da doutrina, a fortaleza da crença, a extensão dos sacrifícios, a obra dos místicos, tudo se acumula naturalmente diante dos olhos, como efeito daquelas páginas primitivas. Não menos surge à vista o furor dos que combateram, pelos séculos fora, as máximas cristãs ouvidas, escritas e guardadas, alguma vez esquecidas, outras desentendidas, mas acabando sempre por animar as gerações fiéis. Tudo isso, porém, que será a história ulterior, é neste dia dominado pela simples narração evangélica.

A narração basta. Já lá vai a entrada de Jesus em Jerusalém escolhida para o drama da paixão. A carreira estava acabada. Os ensinamentos do jovem profeta corriam as cidades e as aldeias, e todos se podiam dizer compendiados naquele sermão da montanha, que, por palavras simples e chãs, exprimia uma doutrina moral nova, a humildade e a resignação, o perdão das injúrias, o amor dos inimigos, a prece pelo que calunia e persegue, a esmola às escondidas, a oração secreta. Nessa prédica da montanha a lei e os profetas são confessados, mas a reforma é proclamada aos ventos da terra. Nela está a promessa do benefício aos que padecem, a consolação aos que choram, a justiça aos que dela tiverem fome e sede. Jerusalém destina-se a vê-lo morrer. Foi logo à entrada, quando gente do povo correu a receber Jesus, juncando o chão de palmas e ramos e aclamando o nome daquele que lhe vinha trazer a boa-nova, foi desde logo que os escribas e fariseus cuidaram de lhe dar perseguição e morte, não o fazendo sem demora, por medo do povo que recebia Jesus com hosanas de amor e de alegria.

Jesus reatou então os seus atos e parábolas, mostrando o que era e o que trazia no coração. Os fariseus viram que ele expelia do templo os que lá vendiam e compravam, e ouviram que pregava no templo ou fora dele a doutrina com que vinha extirpar os pecados da terra. Alguma vez as imprecações que lhe saíam da boca eram contra eles próprios: "Ai de vós, escribas e fariseus hipócritas, porque devorais as casas das viúvas, fazendo longas orações..." "Ai de vós, escribas e fariseus, porque alimpais o que está por fora do copo e do prato, e por dentro estais cheios de rapinas e de imundícies..." "Ai de vós, escribas e fariseus hipócritas, por que rodeais o mar e a terra por fazerdes um prosélito e depois de o terdes feito, o fazeis em dobro mais digno do inferno do que vós". Era assim que bradava contra os que já dali tinham saído alguma vez, a outras partes, a fim de o enganar e enlear e ouviram que ele os penetrava e respondia com o que era acertado e cabido. As imprecações seguiram assim muitas e ásperas, mas de envolta com elas a alma boa e pura de Jesus voltava àquela doce e familiar metáfora contra a cidade de Jerusalém: "Jerusalém, que matas os profetas e apedrejas os que te são enviados, quantas vezes quis eu ajuntar teus filhos, do modo que uma galinha recolhe debaixo das asas os seus pintos, e tu não o quiseste!".

A diferença que vai desta fala grave e dura àquele sermão da montanha, em que Jesus incluiu a primeira e ingênua oração da futura igreja, claramente mostra o desespero do jovem profeta de Nazaré. Não havia esperar de homens que a tal ponto abusavam do templo e da lei, e, em nome de ambos, afivelavam a máscara de piedade para atrair os que buscavam as doutrinas antigas de Israel. Sabendo que tinha de morrer às mãos deles, não lhes quis certamente negar o perdão que viessem a merecer, mas condenar neles a obra da iniquidade e da perdição. Todo o mal recente de Israel estava nos que se davam falsamente por defensores do bem antigo.

A comoção nova que achamos na narração evangélica abrange o espaço contado da ceia à morte de Jesus. Judeus futuros, ainda de hoje, ao passo que negam a culpa da sua raça, confessam não poder ler sem mágoa essa página sombria. Em verdade, a melancolia do drama é grande, não menor que a do próprio Cristo, quando declara ter a alma mortalmente triste. Era já depois da ceia, naquele horto de Gethsemani, a sós com Pedro e mais dois, enquanto outros discípulos dormiam, foi ali que ele confessou aquela profunda aflição. Tinha já predito a proximidade da morte. A aversão dos escribas e fariseus, indo a crescer com o poder moral do Nazareno, punha em ação o desejo de o levar ao julgamento e ao suplício, e cumprir assim o prenúncio do jovem Mestre. Tudo foi realizado: a noite não acabou sem que, pela traição de Iscariotes, Jesus fosse levado à casa de Anás e Caifás e, pela negação de Pedro, se visse abandonado dos seus amigos. Ele predissera os dois atos, que um pagou pelo suicídio e o outro, pelas lágrimas do arrependimento.

Talvez ambos pudessem ser dispensados, não menos o primeiro que o segundo, por mais que o grupo dos discípulos escondesse o Mestre aos olhos dos inimigos. Se assim fosse, o suplício seria igualmente certo, mas a tragédia divina não teria aquela nota humana. Nem tudo é lealdade, nem tudo é resistência na mesma família.

A parte humana nasceu ainda, não já naqueles que deviam amor a Jesus, senão nos que o perseguiam; tal foi esse processo de poucas horas. Jesus ouviu o interrogatório dos seus atos religiosos e políticos. Era acusado de querer destruir a lei de Moisés e não aceitar a dominação romana fazendo-se Rei dos Judeus. "Mestre, devemos pagar o imposto a César?", tinham-lhe perguntado antes para arrastá-lo a alguma palavra de rebelião. A resposta (uma de tantas palavras que passaram daqueles livros às línguas dos homens) foi que era preciso dar a César o que era de César e a Deus o que era de Deus. Caifás e o Conselho acabaram pela condenação; para o crime político e para a pena de morte era preciso Pilatos. Segundo o sacerdote da lei, era preciso que um homem morresse pelo povo.

Pilatos foi ainda a nota humana, e acaso mais humana que todas. Esse magistrado romano, que, depois de interrogar a Cristo, não lhe acha delito nenhum, que, ainda querendo salvá-lo da morte, pensa em soltá-lo pelo direito que lhe cabia em tal ocasião, mas consulta o povo, e ouve deste que solte Barrabás, e condene a Jesus; que obedece ao clamor público, e faz a única ressalva de lavar as mãos inocentes de tal sangue: esse homem não finge sequer a convicção. A consciência brada contra o crime que lhe querem impor, mas a fraqueza cede aos que lho pedem, e entrega o acusado à morte.

A morte, fecho da Paixão, termo de uma vida breve e cheia, foi cercada de todos os elementos que a podiam fazer mais trágica. O riso deu as mãos à ferocidade, e o açoite alternou com a coroa de espinhos. Fizeram do profeta um rei de praça, com a púrpura aos ombros e a vara na mão. Vieram injúrias por atos e palavras, agravação do suplício dado entre dois ladrões; mais ainda nos falta alguma coisa para completar a parte humana daquela cena última.

As mulheres vieram rodear o instrumento do suplício. Com outro ânimo que faltou alguma vez aos homens, elas trouxeram a consolação e a paciência aos pés do crucificado. Nenhum egoísmo as conservou longe, nenhum tremor as fez estremecer de susto. A piedade era como alma nova incutida naqueles corpos feitos para ela. Com os olhos nos derradeiros lampejos de vida, que estavam a sair daquele corpo, aguardavam que este fosse amortalhado e sepultado para lhe darem os bálsamos e os aromas.

Tal foi a última nota humana, docemente humana, que completou drama da estreita Jerusalém. Ela, e o mais que se passou entre a noite de um dia e a tarde de outro completaram o prefácio dos tempos. A doutrina produzirá os seus efeitos, a história será deduzida de uma lei, superior ao conselho dos homens. Quando nada houvesse ou nenhuma fosse, a simples crise da Paixão era de sobra para dar uma comoção nova aos que leem neste dia os evangelistas.

VIDROS QUEBRADOS

Gazeta Literária, 15 de outubro de 1883

— Homem, cá para mim isto de casamentos são coisas talhadas no céu. É o que diz o povo, e diz bem. Não há acordo nem conveniência nem nada que faça um casamento, quando Deus não quer...

— Um casamento bom — emendou um dos interlocutores.

— Bom ou mau — insistiu o orador. — Desde que é casamento é obra de Deus. Tenho em mim mesmo a prova. Se querem, conto-lhes... Ainda é cedo para o voltarete. Eu estou abarrotado...

Venâncio é o nome deste cavalheiro. Está abarrotado, porque ele e três amigos acabavam de jantar. As senhoras foram para a sala conversar do casamento de uma vizinha, moça teimosa como 30 diabos, que recusou todos os noivos que o pai lhe deu, e acabou desposando um namorado de cinco anos, escriturário no Tesouro. Foi à sobremesa que este negócio começou a ser objeto de palestra. Terminado o jantar, a companhia bifurcou-se; elas foram para a sala, eles, para um gabinete, onde os esperava o voltarete habitual. Aí o Venâncio enunciou o princípio da origem divina dos matrimônios, princípio que o Leal, sócio da firma Leal & Cunha, corrigiu e limitou aos matrimônios bons.

Os maus, segundo ele explicou daí a pouco, eram obra do diabo.

– Vou dar-lhes a prova – continuou o Venâncio, desabotoando o colete e encostando o braço no peitoril da janela que abria para o jardim. – Foi no tempo da Campestre... Ah! Os bailes da Campestre! Tinha eu então vinte e dois anos. Namorei-me ali de uma moça de 20, linda como o sol, filha da viúva Faria. A própria viúva, apesar dos 50 feitos, ainda mostrava o que tinha sido. Vocês podem imaginar se me atirei ou não ao namoro...

– Com a mãe?

– Adeus! Se dizem tolices, calo-me. Atirei-me à filha; começamos o namoro logo na primeira noite; continuamos, correspondemo-nos; enfim, estávamos ali, estávamos apaixonados, em menos de quatro meses. Escrevi-lhe pedindo licença para falar à mãe; e, com efeito, dirigi uma carta à viúva, expondo os meus sentimentos, e dizendo que seria uma grande honra se me admitisse na família. Respondeu-me oito dias depois que Cecília não podia casar tão cedo, mas que, ainda podendo, ela tinha outros projetos, e por isso sentia muito, e pedia-me desculpa. Imaginem como fiquei! Moço ainda, sangue na guelra, e demais apaixonado, quis ir à casa da viúva, fazer uma estralada, arrancar a moça, e fugir com ela. Afinal, sosseguei e escrevi a Cecília perguntando se consentia que a tirasse por justiça. Cecília respondeu-me que era bom ver primeiro se a mãe voltava atrás; não queria dar-lhe desgostos, mas jurava-me pela luz que a estava alumiando, que seria minha e só minha...

"Fiquei contente com a carta, e continuamos a correspondência. A viúva, certa da paixão da filha, fez o diabo. Começou por não ir mais à Campestre; trancou as janelas, não ia a parte nenhuma; mas nós escrevíamos um ao outro, e isso bastava. No fim de algum tempo, arranjei meio de vê-la, à noite, no quintal da casa. Pulava o muro de uma chácara vizinha, ajudado por uma boa preta da casa. A primeira coisa que a preta fazia era prender o cachorro; depois, dava-me o sinal, e ficava de vigia. Uma noite, porém, o cachorro soltou-se e veio a mim. A viúva acordou com o barulho, foi à janela dos fundos, e viu-me saltar o muro, fugindo. Supôs naturalmente que era um ladrão; mas, no dia seguinte, começou a desconfiar do caso, meteu a escrava em confissão, e o demônio da negra pôs tudo em pratos limpos. A viúva partiu para a filha:

"– Cabeça de vento! Peste! Isto são coisas que se façam? Foi isto que te ensinei? Deixa estar; tu me pagas, tão duro como osso! Peste! Peste!

"A preta apanhou uma sova que não lhes digo nada: ficou em sangue. Que a tal mulherzinha era das arábias! Mandou chamar o irmão, que morava na Tijuca, um José Soares, que era então comandante do sexto batalhão da Guarda Nacional; mandou-o chamar, contou-lhe tudo, e pediu-lhe conselho. O irmão respondeu que o melhor era casar Cecília sem demora; mas a viúva observou que, antes de aparecer noivo, tinha medo que eu fizesse alguma, e por isso tencionava retirá-la de casa, e mandá-la para o convento da Ajuda; dava-se com as madres principais...

"Três dias depois, Cecília foi convidada pela mãe a aprontar-se, porque iam passar duas semanas na Tijuca. Ela acreditou, e mandou-me dizer tudo pela mesma preta, a quem eu jurei que daria a liberdade, se chegasse a casar com a sinhá-moça. Vestiu-se, pôs a roupa necessária no baú, e entraram no carro que as esperava. Mal se passaram cinco minutos, a mãe revelou tudo à filha; não ia levá-la para a Tijuca, mas para o convento, de onde sairia quando fosse tempo de casar. Cecília ficou desesperada. Chorou de raiva, bateu o pé, gritou, quebrou os vidros do carro, fez uma algazarra de mil diabos. Era um escândalo nas ruas por onde o carro ia passando. A mãe já lhe pedia pelo amor de Deus que sossegasse; mas era inútil. Cecília bradava, jurava que era asneira arranjar noivos e conventos; e ameaçava a mãe, dava socos em si mesma... Podem imaginar o que seria.

"Quando soube disto não fiquei menos desesperado. Mas, refletindo bem, compreendi que a situação era melhor; Cecília não teria mais contemplação com a mãe, e eu podia tirá-la por justiça. Compreendi também que era negócio que não podia esfriar. Obtive o consentimento dela, e tratei dos papéis. Falei primeiro ao desembargador João Regadas, pessoa muito de bem, e que me conhecia desde pequeno. Combinamos que a moça seria depositada na casa dele. Cecília era agora a mais apressada; tinha medo que a mãe a fosse buscar, com um noivo de encomenda; andava aterrada, pensava em mordaças, cordas... Queria sair quanto antes.

"Tudo correu bem. Vocês não imaginam o furor da viúva, quando as freiras lhe mandaram dizer que Cecília tinha sido tirada por justiça. Correu à casa do desembargador, exigiu a filha, por bem ou por mal; era sua, ninguém tinha o direito de lhe botar a mão. A mulher do desembargador foi que a recebeu, e não sabia que dizer; o marido não estava em casa. Felizmente, chegaram os filhos, o Alberto, casado de dois meses, e o Jaime, viúvo, ambos advogados, que lhe fizeram ver a realidade das coisas; disseram-lhe que era tempo perdido, e que o melhor era consentir no casamento, e não armar escândalo. Fizeram-me boas ausências; tanto eles como a mãe afirmaram-lhe que eu, se não tinha posição nem família, era um rapaz sério e de futuro. Cecília foi chamada à sala, e não fraqueou: declarou que, ainda que o céu lhe caísse em cima, não cedia nada. A mãe saiu como uma cobra.

"Marcamos o dia do casamento. Meu pai, que estava então em Santos, deu-me por carta o seu consentimento, mas acrescentou que, antes de casar, fosse vê-lo; podia ser até que ele viesse comigo. Fui a Santos. Meu pai era um bom velho, muito amigo dos filhos, e muito sisudo também. No dia seguinte ao da minha chegada, fez-me um longo interrogatório acerca da família da noiva. Depois confessou que desaprovava o meu procedimento.

"– Andaste mal, Venâncio; nunca se deve desgostar uma mãe...

"– Mas se ela não queria?

"– Havia de querer, se fosses com bons modos e alguns empenhos. Devias falar a pessoa de tua amizade e da amizade da família. Esse mesmo desembargador podia fazer muito. O que acontece é que vais casar contra a vontade da tua sogra, separas a mãe da filha, e ensinaste a tua mulher a desobedecer. Enfim, Deus te faça feliz. Ela é bonita?

"– Muito bonita.

"– Tanto melhor.

"Pedi-lhe que viesse comigo, para assistir ao casamento. Relutou, mas acabou cedendo; impôs só a condição de esperar um mês. Escrevi para a corte, e esperei as quatro mais longas semanas da minha vida. Afinal chegou o dia, mas veio um desastre, que me atrapalhou tudo. Minha mãe deu uma queda, e feriu-se gravemente; sobreveio erisipela, febre, mais um mês de demora, e que demora! Não morreu, felizmente; logo que pôde viemos todos juntos para a corte, e hospedamo-nos no Hotel Pharoux; por sinal que assistiram, no mesmo dia, que era o 25 de março, à parada das tropas no Largo do Paço.

"Eu é que não me pude ter, corri a ver Cecília. Estava doente, recolhida ao quarto; foi a mulher do desembargador que me recebeu, mas tão fria que desconfiei. Voltei no dia seguinte, e a recepção foi ainda mais gelada. No terceiro dia, não pude mais e perguntei se Cecília teria feito as pazes com a mãe, e queria desfazer o casamento. Mastigou e não respondeu nada. De volta ao hotel, escrevi uma longa carta a Cecília; depois, rasguei-a, e escrevi outra, seca, mas suplicante, que me dissesse se deveras estava doente, ou se não queria mais casar. Responderam-me vocês? Assim me respondeu ela."

– Tinha feito as pazes com a mãe?

– Qual! Ia casar com o filho viúvo do desembargador, o tal que morava com o pai. Digam-me, se não é mesmo obra talhada no céu?

– Mas as lágrimas, os vidros quebrados?...

– Os vidros quebrados ficaram quebrados. Ela é que casou com o filho do depositário, daí a seis semanas... Realmente, se os casamentos não fossem talhados no céu, como se explicaria que uma moça, de casamento pronto, vendo pela primeira vez outro sujeito, casasse com ele, assim de pé para mão? É o que lhes digo. São coisas arranjadas por Deus. Mal comparado, é como no voltarete: eu tinha licença em paus, mas o filho do desembargador, que tinha outra em copas, preferiu e levou o bolo.

– É boa! Vamos à espadilha.

CASA, NÃO CASA

Se alguma das minhas leitoras morasse na Rua de São Pedro da cidade nova, há coisa de 15 anos, e estivesse à janela na noite de 16 de março, entre uma e duas horas, teria ocasião de presenciar um caso extraordinário.

Morava ali, entre a Rua Formosa e a Rua das Flores, uma moça de vinte e dois anos, bonita como todas as heroínas de romances e contos, a qual moça na sobredita noite de 16 de março, entre uma e duas horas, levantou-se da cama e a passo lento foi até à sala com uma luz na mão.

Não estando as janelas fechadas, a leitora, caso morasse defronte, veria a nossa heroína pousar a vela sobre um aparador, abrir um álbum, tirar um retrato, que não saberia se era de homem ou de mulher, mas que eu lhe afirmo ser de mulher.

Tirado o retrato do álbum, pegou a moça na vela, desceu a escada, abriu a porta da rua e saiu. A leitora ficaria naturalmente assombrada com tudo isto; mas que não diria quando a visse seguir pela rua acima, voltar a das Flores, ir até à do Conde, e parar à porta de uma casa?

Justamente à janela dessa casa estava um homem, rapaz ainda, vinte e sete anos, olhando para as estrelas e fumando um charuto.

A moça parou.

O moço espantou-se do caso, e vendo que ela parecia querer entrar, desceu a escada, com uma vela acesa, e abriu a porta.

A moça entrou.

– Isabel! – exclamou o rapaz deixando cair a vela no chão.

Ficaram às escuras no corredor. Felizmente trazia o moço fósforos na algibeira, acendeu outra vez a vela e fitou os olhos na recém-chegada.

Isabel (tal era o seu verdadeiro nome) estendeu o retrato ao rapaz, sem dizer palavra, com os olhos fitos no ar.

O rapaz não pegou logo no retrato.

– Isabel! – exclamou ele outra vez, mas já com a voz sumida. A moça deixou cair o retrato no chão, voltou as costas e saiu. O dono da casa ainda mais aterrado ficou.

– Que é isto? – dizia ele. – Estará louca?

Pôs a vela sobre um degrau da escada, saiu à rua, fechou a porta e seguiu lentamente atrás de Isabel, que foi pelo mesmo caminho até entrar em casa.

O mancebo respirou quando viu Isabel entrar na casa; mas ficou ali alguns instantes, a olhar para a porta, sem nada compreender e ansioso por que chegasse o dia. Todavia era forçoso voltar para a Rua do Conde; lançou um último olhar às janelas da casa e retirou-se.

Ao entrar em casa apanhou o retrato.

– Luísa! – disse ele.

Esfregou os olhos como se duvidasse do que via, e ficou parado na escada a olhar largos minutos para o retrato.

Era preciso subir.

Subiu.

– Que quererá isto dizer? – disse ele já em voz alta como se falasse a alguém. – Que audácia foi essa de Isabel? Como é que uma moça, filha de família, sai assim de noite para... Mas estarei eu sonhando?

Examinou o retrato, e viu que tinha nas costas as seguintes linhas:

À minha querida amiga Isabel, como lembrança de eterna amizade.
Luísa

Júlio (era o nome do rapaz) não pôde descobrir nada por mais que parafusasse, e parafusou muito tempo, já deitado no sofá da sala, já encostado à janela.

E na verdade quem seria capaz de descobrir o mistério daquela visita a semelhante hora? Tudo parecia antes uma cena de drama ou romance tétrico, do que um ato natural da vida.

O retrato... O retrato tinha certa explicação. Júlio andava quinze dias antes a trocar cartas com o original, a formosa Luísa, moradora no Rocio Pequeno, hoje Praça Onze de Junho.

Todavia, por mais agradável que lhe fosse receber o retrato de Luísa, como admitir a maneira por que lho levaram, e a pessoa, e a hora, e as circunstâncias?

– Sonho ou estou doido! – concluiu Júlio depois de longo tempo.

E chegando à janela, acendeu outro charuto.

Nova surpresa o esperava.

Vejamos qual foi ela.

2

Não havia fumado ainda uma terça parte do charuto, quando viu dobrar a esquina um vulto de mulher, caminhando lentamente, e parar à porta da casa dele.

– Outra vez! – exclamou Júlio. Quis descer logo; mas as pernas começavam a tremer-lhe. Júlio não era tipo de extrema valentia; creio até que se lhe chamarmos medroso não estaremos longe da verdade.

O vulto, entretanto, estava à porta; era forçoso tirá-lo dali, a fim de evitar um escândalo.

"Desta vez", pensou ele pegando na vela, "hei de interrogá-la; não a deixo sair sem me dizer o que há. Infeliz. Parece-me que está doida!"

Desceu; abriu a porta.

– Luísa! – exclamou.

A moça estendeu-lhe um retrato; Júlio pegou nele com ânsia e murmurou consigo: "Isabel!".

Era efetivamente o retrato da primeira moça que a segunda lhe trazia.

Não será preciso dizer ou repetir que Júlio namorava também a Isabel, e a leitora compreende facilmente que, tendo ambas descoberto o segredo uma da outra, ambas foram mostrar ao namorado que estavam cientes da sua duplicidade.

Mas por que motivo tais coisas se davam assim revestidas de circunstâncias singulares e tenebrosas?

Não era mais natural mandarem-lhe os retratos dentro de uma sobrecarta?

Tais eram as reflexões que Júlio fazia, com o retrato numa das mãos e a vela na outra, enquanto já de volta entrava em casa.

Não será preciso dizer que o nosso Júlio não dormiu o resto da noite.

Chegou a ir à cama e a fechar os olhos; tinha o corpo moído e necessidade de sono; mas a imaginação velava, e a madrugada veio achá-lo acordado e aflito.

No dia seguinte foi visitar Isabel; achou-a triste; falou-lhe; mas quando quis dizer-lhe alguma coisa do sucesso, a moça afastou-se dele, talvez porque adivinhasse o que ia ele dizer-lhe, talvez porque já estivesse aborrecida de o ouvir.

Júlio foi à casa de Luísa, achou-a no mesmo estado, as mesmas circunstâncias se deram.

"É claro que descobriram o segredo uma da outra", dizia ele consigo. "Não há remédio senão desfazer a má impressão de ambas. Mas como se me não querem ouvir? Ao mesmo tempo desejava explicação do ato atrevido que ontem praticaram, salvo se foi sonho meu, o que é bem possível. Ou então estarei doido..."

Antes de ir adiante, e não será longe porque a história é pequena, convém dizer que este Júlio não tinha paixão real por nenhuma das duas moças. Começou o namoro com Isabel por ocasião de uma ceia de Natal, e travou relações com a família que o recebera muito bem. Isabel correspondeu um pouco ao namoro de Júlio, sem todavia lhe dar grandes esperanças porque então andava também à corda de um oficial do exército que teve de embarcar para o Sul. Só depois que ele embarcou foi que Isabel de todo se voltou para Júlio.

Ora, o nosso Júlio já então lançara as suas baterias contra a outra fortaleza, a formosa Luísa, amiga de Isabel, e que desde o princípio aceitou o namoro com ambas as mãos.

Nem por isso rejeitou a corda que lhe dava Isabel; manteve-se entre as duas sem saber qual delas devia preferir. O coração não tinha a este respeito opinião assentada. Júlio não amava, repito; era incapaz de amar... Seu fim era casar com uma moça bonita; ambas o eram, restava-lhe saber qual delas lhe convinha mais.

As duas moças, como vimos pelos retratos, eram amigas, mas falavam-se de longe em longe, sem que nessas poucas vezes houvessem comunicado os segredos atuais do seu coração. Ocorreria isso agora e seria essa a explicação da cena dos retratos? Júlio pensou efetivamente que elas haviam enfim comunicado o seu namoro com ele; mas custava-lhe a crer que tão atrevidas fossem ambas, que saíssem da casa naquela singular noite. À proporção que o tempo se passava, Júlio inclinava-se a crer que o fato não passasse de uma ilusão sua.

Júlio escreveu uma carta a cada uma das duas moças, quase do mesmo teor, pedindo a explicação da frieza que ambas ultimamente lhe mostravam. Cada uma das cartas terminava perguntando "se era tão cruelmente que se devia pagar um amor único e delirante".

Não teve resposta imediatamente como esperava, mas dois dias depois, não do mesmo teor, mas no mesmo sentido.

Ambas lhe diziam que pusesse a mão na consciência.

"Não há dúvida", pensou ele consigo, "estou pilhado. Como sairei eu desta situação?"

Júlio resolveu atacar verbalmente as duas fortalezas.

– Isto de cartas não é bom recurso para mim – disse ele. – Encaremos o inimigo; é mais seguro.

Escolheu Isabel em primeiro lugar. Haviam já passado seis ou sete dias depois da cena noturna. Júlio preparou-se mentalmente com todas as armas necessárias ao ataque e à defesa e dirigiu-se para casa de Isabel, que era como sabemos na Rua de São Pedro.

Foi-lhe difícil achar-se a sós com a moça; porque a moça, que das outras vezes era a primeira a buscar ocasião de lhe falar, agora esquivava-se a isso. O rapaz, entretanto, era teimoso; tanto fez que pôde pilhá-la numa janela, e ali *ex abrupto* disparou-lhe esta pergunta:

– Não me dará a explicação dos seus modos de hoje e da carta com que respondeu à minha última?

Isabel calou-se.

Júlio repetiu a pergunta, mas já com um tom que exigia resposta imediata. Isabel fez um gesto de aborrecimento e disse:

– Respondo o que lhe disse na carta; ponha a mão na consciência.

– Mas que fiz eu então?

Isabel sorriu-se com um ar de lástima.

– O que fez? – perguntou ela.

– Sim, o que fiz?

– Deveras, ignora?

– Quer que lhe jure?

– Queria ver isto...

– Isabel, essas palavras!...

– São dum coração ofendido – interrompeu a moça com amargura. – O senhor ama a outra.

– Eu?...

Aqui desisto de descrever o gesto de espanto de Júlio; a pena nunca o poderia fazer, nem talvez o pincel. Era o agente mais natural, mais aparentemente espontâneo que ainda se viu neste mundo, a tal ponto que a moça vacilou, e atenuou as suas primeiras palavras com estas:

– Pelo menos, parece...

– Mas como?

– Vi-o olhar com certo ar para a Luísa, quando outro dia ela aqui esteve...

– Nego.

– Nega? Pois bem; mas negará também que, vendo o retrato dela, no meu álbum, me disse: "É tão bonita esta moça!"?

– Pode ser que o dissesse; creio até que o disse... há coisa de oito dias; mas que prova isso?

– Não sei se prova muito, mas em todo o caso foi bastante para fazer doer a um coração amante.

– Acredito – observou Júlio. – Seria, porém, bastante para o audacioso passo que deu?

– Que passo? – perguntou Isabel abrindo muito os olhos.

Júlio ia explicar as suas palavras, quando um primo de Isabel se aproximou do grupo e a conversa ficou interrompida.

Não foi, porém, sem algum resultado o pouco tempo em que falaram, porque, ao despedir-se Júlio no fim da noite, Isabel apertou-lhe a mão com certa força, indício certo de que as pazes estavam feitas.

– Agora a outra – disse ele saindo da casa de Isabel.

3

Luísa estava ainda como Isabel, fria e reservada para com ele. Parece, entretanto, que suspirava por lhe falar; foi ela a primeira que procurou uma ocasião de ficar a sós com ele.

– Já estará menos cruel comigo? – perguntou Júlio.

– Oh! Não.

– Mas que lhe fiz eu?

– Pensa então que eu sou cega? – perguntou-lhe Luísa com olhos indignados. – Pensa que eu não vejo as coisas?

– Mas que coisas?

– O senhor anda de namoro com a Isabel.

– Oh! Que ideia!

– Original, não é?

– Originalíssima! Como descobriu semelhante coisa? Conheço aquela moça há muito tempo, temos intimidade, mas não a namoro nem tal ideia tive, nunca na minha vida.

– É por isso que lhe deita uns olhos tão ternos?...

Júlio levantou os ombros com um ar tão desdenhoso que a moça acreditou logo nele. Não deixou de lhe dizer, como a outra lhe dissera:

– Mas para que olhou outro dia com tanta admiração para o retrato dela, dizendo até com um suspiro: "Que moça gentil!"?

– É verdade isso, menos o suspiro – respondeu Júlio. – Mas onde está o mal em achar uma moça bonita, se nenhuma me parece mais bonita que você, e sobretudo nenhuma é capaz de me prender como você?

Júlio disse ainda muito mais por este teor velho e gasto, mas de efeito certo; a moça estendeu-lhe a mão dizendo:

– Então era engano meu?

– Oh! Meu anjo! Engano profundo!

– Está perdoado... com uma condição.

– Qual?

– É que não há de cair em outra.

– Mas se eu não caí nesta!

– Jure sempre.

– Pois juro... com uma condição.

– Diga.

– Por que razão, não tendo plena certeza de que eu amava a outra (e se a tivesse não me falava mais decerto), por que razão, pergunto eu, foi você naquela noite...

– O chá está na mesa; vamos tomar chá! – disse a mãe de Luísa aproximando-se do grupo.

Era forçoso obedecer; e nessa noite não houve mais ocasião de explicar o caso.

Nem por isso Júlio saiu menos contente da casa de Luísa.

"Estão ambas vencidas e convencidas", disse ele consigo; "agora é preciso escolher e acabar com isto."

Aqui é que estava a dificuldade. Já sabemos que ambas eram igualmente belas, e Júlio não procurava outra condição. Não era fácil escolher entre duas criaturas igualmente dispostas para ele.

Nenhuma delas tinha dinheiro, condição que podia fazer pender a balança, posto que Júlio fosse indiferente nesse ponto. Tanto Luísa como

Isabel eram filhas de funcionários públicos que apenas lhes deixavam um escasso montepio. Sem uma forte razão que fizesse pender a balança, era difícil a escolha naquela situação.

Alguma leitora dirá que por isso mesmo, que eram de igual condição e que ele as não amava de coração, era fácil a escolha. Bastava-lhe fechar os olhos e agarrar a primeira que lhe ficasse à mão.

Erro manifesto.

Júlio podia e era capaz de fazer isso. Mas no mesmo instante em que escolhesse Isabel ficava com pena de não ter escolhido Luísa, e vice-versa, donde se vê que a situação era para ele intricada.

Mais de uma vez levantou-se ele da cama com a resolução assentada:
– Vou pedir a mão da Luísa.

A resolução durava-lhe só até o almoço. Acabado o almoço, ia ver (pela última vez) Isabel e logo afrouxava com pena de a perder.

"Há de ser esta!", pensava ele.

E logo lembrava-se de Luísa e não escolhia nem uma nem outra.

Tal era a situação do nosso Júlio, quando se deu a cena que passo a referir no capítulo seguinte.

4

Três dias depois da conversa de Júlio com Luísa, foi esta passar o dia em casa de Isabel, acompanhada de sua mãe.

A mãe de Luísa era de opinião que a filha era o seu retrato vivo, coisa que ninguém acreditava por mais que ela o repetisse. A mãe de Isabel não ousava ir tão longe, mas afirmava que, no tempo de sua mocidade, fora ela muito parecida com Isabel. Esta opinião era recebida com incredulidade pelos rapazes e com resistência pelos velhos. Até o major Soares, que fora o primeiro namorado da mãe de Isabel, insinuava que essa opinião devia ser recebida com extrema reserva.

Oxalá, porém, fossem as duas moças como suas mães eram, dois corações de pomba, que amavam estremecidamente as filhas, e que eram com justiça dois tipos de austeridade conjugal.

As duas velhas entregaram-se às suas conversas e considerações sobre arranjos de casa ou assuntos de pessoas conhecidas, enquanto as duas moças tratavam de modas, músicas, e um pouco de amores.

– Então o teu tenente não volta do Sul? – disse Luísa.
– Eu sei! Parece que não.
– Tens saudades dele?
– E terá ele saudades de mim?
– Isso é verdade. Todos esses homens são assim – disse Luísa com convicção. – Muita festa quando se acham presentes, mas ausentes são temíveis... valem tanto como o nome que se escreve na areia: vem a água e lambe tudo.
– Bravo, Luísa! Estás poeta! – exclamou Isabel. – Já falas em areias do mar!
– Pois olha, não namoro nenhum poeta nem homem do mar.
– Quem sabe?
– Sei eu.
– É então?...
– Um rapaz que tu conheces!
– Já sei, é o Avelar.
– Deus nos acuda! – exclamou Luísa. – Um homem vesgo.
– O Rocha?
– O Rocha anda todo caído pela Josefina.
– Sim?
– É uma lástima.
– Nasceram um para o outro.
– Sim, ela é uma moleirona como ele.

As duas moças gastaram assim algum tempo a tasquinhar na pele de pessoas que nós não conhecemos nem precisamos disso, até que voltaram ao assunto capital da conversa.

– Já vejo que não pode adivinhar quem é o meu namorado – disse Luísa.
– Nem você o meu – observou Isabel.
– Bravo! Então o tenente...
– O tenente está pagando. É muito natural que as rio-grandenses o tenham encantado. Pois aguente-se...

Enquanto Isabel dizia estas palavras, Luísa ia folheando o álbum de retratos que estava sobre a mesa. Chegando à folha onde sempre vira o seu retrato, a moça estremeceu. Isabel notou-lhe o movimento.

– Que é? – disse ela.

– Nada – respondeu Luísa fechando o álbum. – Tiraste o meu retrato daqui?

– Ah! – exclamou Isabel – Isso é uma história singular. O retrato foi passar às mãos de terceira pessoa, a qual afirma que fui eu que lho levei alta noite... Ainda não pude descobrir esse mistério... – Luísa já ouviu de pé estas palavras. Seus olhos, muito abertos, fitaram-se no rosto da amiga.

– Que é? – disse esta.

– Sabes bem o que estás dizendo?

– Eu?

– Mas isso foi o que me aconteceu também com o teu retrato... Naturalmente era zombaria comigo e contigo... Essa pessoa...

– Foi o Júlio Simões, o meu namorado...

Aqui devia eu pôr uma linha de pontos para significar o que se não pode pintar, o espanto das duas amigas, as diferentes expressões que tomou a fisionomia de cada uma delas. Não tardaram as explicações; as duas rivais reconheceram que o seu namorado comum era pouco mais ou menos um patife, e que o dever de honra e de coração era tomar dele uma vingança.

– A prova de que ele nos enganava uma à outra – observava Isabel – é que os nossos retratos apareceram lá e foi ele naturalmente quem os tirou.

– Sim – respondeu Luísa –, mas é certo que eu sonhei alguma coisa que combina com a cena que ele alega.

– Também eu...

– Sim? Eu sonhei que me haviam falado do namoro dele com você, e que, tirando o retrato do álbum, fora levá-lo à casa dele.

– Não é possível! – exclamou Isabel. – O meu sonho foi quase assim, ao menos no final. Não me disseram que ele tinha namoro com você; mas eu mesma vi e então fui levar o retrato...

O espanto aqui foi ainda maior que da primeira vez. Nem estavam só espantadas as duas amigas; estavam aterradas. Embalde procuravam explicar a identidade do sonho, e mais que tudo a coincidência dele com a presença dos retratos em casa de Júlio e a narração que este fizera da noturna aventura.

Estavam assim nesta duvidosa e assustadora situação, quando as mães vieram em auxílio delas. As duas moças, estando à janela, ouviram-lhes dizer:

– Pois é verdade, minha rica senhora Anastácia, estou no mesmo caso da senhora. Creio que a minha filha é sonâmbula, como a sua.

– Tenho uma pena com isto!

– E eu então!

– Talvez casando-as...

– Sim, pode ser que banhos de igreja...

Informadas assim as duas moças da explicação do caso, ficaram um tanto abaladas; mas a ideia de Júlio e suas travessuras tomou logo o lugar que lhe competia na conversa das duas rivais.

– Que pelintra! – exclamavam as duas moças. – Que velhaco! Que pérfido!

O coro de maldições foi ainda mais longe. Mas tudo acaba neste mundo, principalmente um coro de maldições; o jantar interrompeu aquele; as duas moças foram de braço dado para a mesa e afogaram as suas mágoas num prato de sopa.

5

Júlio, sabendo da visita, não se atreveu a ir encontrar as duas moças juntas. No pé em que as coisas se achavam era impossível evitar que descobrissem tudo, pensava ele.

No dia seguinte, porém, foi de tarde à casa de Isabel, que o recebeu com muita alegria e ternura.

"Bom!", pensou o namorado, "nada contaram uma à outra."

– Engana-se – disse Isabel adivinhando pela alegria do rosto dele qual era a reflexão que fazia. – Pensa naturalmente que Luísa nada me disse? Disse-me tudo, e eu nada lhe ocultei...

– Mas...

– Não me queixo do senhor – continuou Isabel com indignação; – queixo-me dela, que devia ter percebido e percebeu o que entre nós havia, e, apesar disso, aceitou a sua corte.

– Aceitou, não; posso dizer que fui compelido.

– Sim?

– Agora posso falar-lhe com franqueza; a sua amiga Luísa é uma namoradeira desenfreada. Eu sou rapaz; a vaidade, a ideia de passatempo, tudo isso me arrastou, não a namorá-la, porque eu era incapaz de esquecer a minha formosa Isabel; mas a perder algum tempo...

– Ingrato!

– Oh! Não! Nunca, a boa Isabel!

Aqui começou uma renovação de protestos da parte do namorado, que declarou amar mais que nunca a filha de dona Anastácia.

Para ele a coisa estava resolvida. Depois da explicação dada e dos termos em que falara da outra, a escolha natural era Isabel.

Sua ideia foi não procurar mais a outra. Não o pôde fazer à vista de um bilhete que no fim de três dias recebeu da moça. Pedia-lhe ela que fosse lá instantemente. Júlio foi. Luísa recebeu-o com um sorriso triste.

Quando puderam falar a sós:

– Quero saber da sua boca o meu destino – disse ela. – Estarei definitivamente condenada?

– Condenada!

– Sejamos francos – continuou a moça. – Eu e a Isabel falamos no senhor; vim a saber que também a namorava. A sua consciência lhe dirá que praticou um ato indigno. Mas, enfim, pode resgatá-lo com um ato de franqueza. A qual de nós escolhe, a mim ou a ela?

A pergunta era de atrapalhar o pobre Júlio, nada menos que por duas grandes razões: a primeira era ter de responder em face; a segunda era ter de responder em face de uma moça bonita. Hesitou alguns largos minutos. Luísa insistiu; mas ele não se atrevia a romper o silêncio.

– Bem – disse ela –, já sei que me despreza.

– Eu!

– Não importa; adeus.

Ia a voltar as costas; Júlio segurou-lhe na mão.

– Oh! Não! Pois não vê que este meu silêncio é de comoção e de confusão. Confunde-me realmente que descobrisse uma coisa em que eu pouca culpa tive. Namorei-a por passatempo; não foi Isabel nunca uma rival sua no meu coração. Demais, ela não lhe contou tudo; naturalmente escondeu a parte em que a culpa lhe cabia. E a culpa é também sua...

– Minha?

– Sem dúvida. Pois não vê que ela tem interesse em separar-nos?... Se lhe referir, por exemplo, o que se está passando agora entre nós, fique certa de que ela há de inventar alguma coisa para de todo separar-nos, contando depois com a sua beleza para cativar o meu coração, como se a beleza de uma Isabel pudesse fazer esquecer a beleza de uma Luísa.

Júlio ficou satisfeito com este pequeno discurso, assaz astuto para enganar a moça. Esta, depois de algum tempo de silêncio, estendeu-lhe a mão:

– Jura-me o que está dizendo?

– Juro.

– Então será meu?

– Unicamente seu.

Assim celebrou Júlio os dois tratados de paz, ficando na mesma situação em que se achava anteriormente. Já sabemos que a sua fatal indecisão era a causa única da crise em que os acontecimentos o puseram. Era forçoso decidir alguma coisa; e a ocasião ofereceu-se-lhe propícia.

Perdeu-a, entretanto; e dado que quisesse casar, e queria, nunca estivera mais longe do casamento.

6

Cerca de seis semanas foram assim correndo sem resultado algum prático.

Um dia, achando-se em conversa com um primo de Isabel, perguntou-lhe se teria gosto em vê-lo na família.

— Muito — respondeu Fernando (era assim o nome do primo).
Júlio não deu explicação da pergunta. Instado respondeu:
— Fiz-lhe a pergunta por uma razão que saberá mais tarde.
— Quererá talvez casar com alguma das manas?...
— Não posso dizer nada por ora.
— Olha aqui, Teixeira — disse Fernando a um terceiro rapaz, primo de Luísa, e que nessa ocasião se achava em casa de dona Anastácia.
— Que é? — perguntou Júlio assustado.
— Nada — respondeu Fernando. — Vou comunicar ao Teixeira a notícia que o senhor me deu.
— Mas eu...
— É nosso amigo, posso ser franco. Teixeira, sabe o que me disse o Júlio?
— Que foi?
— Disse-me que vai ser meu parente.
— Casando com alguma irmã tua.
— Não sei; mas disse isso. Não te parece motivo de congratulação?
— Sem dúvida — concordou Teixeira —, é um perfeito cavalheiro.
— São obséquios — interveio Júlio. — E se eu alguma vez alcançasse a fortuna de entrar...

Júlio interrompeu-se; lembrou-se de que Teixeira podia ir contar tudo à prima Luísa, e fosse inibido de escolher entre ela e Isabel. Os dois quiseram saber o resto; mas Júlio preferiu convidá-los a jogar o solo, e não houve meio de arrancar-lhe palavra.

A situação, porém, devia acabar.

Era impossível continuar a vacilar entre as duas moças, que ambas lhe queriam muito, e a quem ele queria com perfeita igualdade, não sabendo qual delas escolhesse.

"Sejamos homem", disse Júlio consigo. "Vejamos: qual delas devo ir pedir? A Isabel. Mas a Luísa é tão bonita! Será a Luísa. Mas é tão formosa a Isabel! Que diabo! Por que razão não há de uma delas ter um olho furado? Ou uma perna torta!"

E depois de algum tempo:

"Vamos, senhor Júlio, dou-lhe três dias para escolher. Não seja tolo. Decida com isto por uma vez."

E enfim:

"Verdade é que uma delas há de odiar-me. Mas paciência! Fui eu mesmo que me meti nesta embrulhada; e o ódio de uma moça não pode doer muito. Avante!"

No fim de dois dias ainda ele não tinha escolhido; recebeu, porém, uma carta de Fernando concebida nestes termos:

Meu caro Júlio.

Participo-lhe que brevemente casarei com a prima Isabel; desde já o convido para a festa; se soubesse como estou contente! Venha cá para conversarmos.

Fernando

Não é preciso dizer que Júlio foi às nuvens. O passo de Isabel simplificava muito a situação dele; todavia, não queria ser assim despedido como um tolo. Exprimiu a sua cólera por meio de alguns murros na mesa; Isabel, por isso mesmo que já não a podia possuir, parecia-lhe agora mais bonita que Luísa.

– Luísa! Pois será Luísa! – exclamou ele. – Essa sempre me pareceu muito mais sincera que a outra. Até chorou, creio eu, no dia da reconciliação.

Saiu nessa mesma tarde para ir visitar Luísa; no dia seguinte iria pedi-la.

Em casa dela foi recebido como sempre. Teixeira foi o primeiro a dar-lhe um abraço.

– Sabe – disse o primo de Luísa apontando para a moça –, sabe que vai ser a minha noiva?

Não me atrevo a dizer o que se passou na alma de Júlio; basta dizer que jurou não casar, e que morreu há pouco casado e com cinco filhos.

CINCO MULHERES

Publicado originalmente no *Jornal das Famílias*, em 1865

Aqui vai um grupo de cinco mulheres, diferentes entre si, partindo de diversos pontos, mas reunidas na mesma coleção, como em um álbum de fotografias.

Desenhei-as rapidamente, conforme apareciam, sem intenção de precedência, nem cuidado de escolha.

Cada uma delas forma um esboço à parte; mas todas podem ser examinadas entre o charuto e o café.

1
Marcelina

Marcelina era uma criatura débil como uma haste de flor; dissera-se que a vida lhe fugia em cada palavra que lhe saía dos lábios rosados e finos.

Tinha um olhar lânguido como os últimos raios do dia. A cabeça, mais angélica do que feminina, aspirava ao céu. Quinze anos contava, como Julieta. Como Ofélia, parecia que estava destinada a colher a um tempo as flores da terra e as flores da morte.

De todas as irmãs – eram cinco –, era Marcelina a única a quem a natureza tinha dado tão pouca vida. Todas as mais pareciam ter seiva de sobra. Eram mulheres altas e reforçadas, de olhos vivos e cheios de fogo. Alfenim era o nome que davam a Marcelina. Ninguém a convidava para as fadigas de um baile ou para os grandes passeios. A boa menina fraqueava depois de uma valsa ou no fim de cinquenta passos do caminho.

Era ela a mais querida dos pais. Tinha na sua fragilidade a razão da preferência. Um instinto secreto dizia aos velhos que ela não havia de viver muito; e como que para desforrá-la do amor que havia de perder, eles a amavam mais do que às outras filhas. Era ela a mais moça, circunstância que acrescia àquela, porque ordinariamente os pais amam o último filho mais do que os primeiros, sem que os primeiros pereçam inteiramente no seu coração.

Marcelina tocava piano perfeitamente. Era a sua distração habitual; tinha o gosto da música no mais apurado grau. Conhecia os compositores mais estimados: Mozart, Weber, Beethoven, Palestrina. Quando se assentava ao piano para executar as obras dos seus favoritos, nenhum prazer da terra a tiraria dali.

Chegara à idade em que o coração da mulher começa a interrogá-la secretamente; mas ninguém conhecia um sentimento só de amor no coração de Marcelina. Talvez não fosse a hora, mas todos que a viam acreditavam que ela não pudesse amar na terra, tão do céu parecia ser aquela delicada criatura.

Um poeta de vinte anos, virgem ainda nas suas ilusões, teria encontrado nela o mais puro ideal dos seus sonhos; mas nenhum havia na roda que frequentava a casa da moça. Os homens que lá iam preferiam a tagarelice insossa e incessante das irmãs à compleição frágil e a recatada modéstia de Marcelina.

A mais velha das irmãs tinha um namorado. As outras sabiam do namoro e o protegiam na medida dos seus recursos. Do namoro ao casamento pouco tempo mediou, apenas um mês. O casamento foi fixado para um dia de junho. O namorado era um belo rapaz de 26 anos, alto, moreno, de olhos e cabelos pretos. Chamava-se Júlio.

No dia seguinte em que se anunciou o casamento de Júlio, Marcelina não se levantou da cama. Era uma ligeira febre que cedeu no fim de dois dias aos esforços de um velho médico, amigo do pai. Mas, ainda assim, a mãe de Marcelina chorou amargamente, e não dormiu uma hora. Nunca houve crise séria na moléstia da filha, mas o simples fato da moléstia bastou para que a boa mãe perdesse a cabeça. Quando a viu de pé regou de lágrimas os pés de uma imagem da Virgem, que era a sua devoção particular.

Entretanto seguiam os preparativos do casamento. Devia efetuar-se dali a quinze dias. Júlio estava radiante de alegria, e não perdia ocasião de comunicar-se a todos o estado em que se achava. Marcelina ouvia-o com tristeza; dizia-lhe duas palavras de cumprimento e desviava a conversa daquele assunto, que lhe parecia penoso. Ninguém reparava, menos o médico, que um dia, em que ela se achava ao piano, disse-lhe com ar pesaroso:

– Menina, isso faz-lhe mal.

– Isso quê?

– Sufoque o que sente, esqueça um sonho impossível e não vá adoecer por um sentimento sem esperança.

Marcelina cravou os olhos nas teclas do piano e levantou-se a chorar.

O doutor saiu mais pesaroso do que estava.

– Está morta – dizia ele descendo as escadas.

O dia do casamento chegou. Foi uma alegria na casa, mesmo para Marcelina, que cobria a irmã de beijos; aos olhos de todos era a afeição fraternal que se manifestava assim num dia de júbilo para a irmã; mas a um olhar experimentado não escaparia a tristeza escondida debaixo daquelas demonstrações tão fervorosas.

Isto não é um romance, nem um conto, nem um episódio – não me ocuparei, portanto, com os acontecimentos dia por dia. Um mês se passou depois do casamento de Júlio com a irmã de Marcelina. Era o dia marcado para o jantar comemorativo em casa de Júlio. Marcelina foi com repugnância, mas era preciso; simular uma doença era impedir a festa; a boa menina não quis. Foi.

Mas quem pode responder pelo futuro? Marcelina, duas horas depois de estar em casa da irmã, teve uma vertigem. Foi levada para um sofá, mas tornada a si achou-se doente. Foi transportada para casa. Toda a família a acompanhou. A festa não teve lugar.

Declarou-se uma nova febre.

O médico, que sabia o fundo da doença de Marcelina, procurou curar-lhe a um tempo o corpo e o coração. Os remédios do corpo pouco faziam, porque o coração era o mais doente. O médico, quando empregava uma dose no corpo, empregava duas no coração. Eram os conselhos brandos, as palavras persuasivas, as carícias quase fraternais. A moça respondia a tudo com um sorriso triste – era a única resposta.

Quando o velho médico lhe dizia:

– Menina, esse amor é impossível...

Ela respondia:

– Que amor?

– Esse: o de seu cunhado.

– Está sonhando, doutor. Eu não amo ninguém.

– É debalde que procura ocultar.

Um dia, como ela insistisse em negar, o doutor ameaçou-a sorrindo que ia contar tudo à mãe.

A moça empalideceu mais do que estava.

– Não – disse ela –, não diga nada.

– Então, é verdade?

A moça não ousou responder: fez um leve sinal com a cabeça.

– Mas não vê que é impossível? – perguntou o doutor.

– Sei.

– Então por que pensar nisso?

– Não penso.

– Pensa. É por isso que está tão doente...

– Não creia, doutor; estou doente porque Deus o quer; talvez fique boa, talvez não; é indiferente para mim; só Deus é quem manda estas coisas.

– Mas sua mãe?...

– Ela irá ter comigo, se eu morrer.

O médico voltou a cabeça para o lado de uma janela que se achava meio aberta.

Esta conversa reproduziu-se muitas vezes, sempre com o mesmo resultado. Marcelina definhava a olhos vistos. No fim de alguns dias o médico declarou que era impossível salvá-la.

A família ficou desolada com esta notícia.

Júlio ia visitar Marcelina com sua mulher; nessas ocasiões Marcelina sentia-se elevada a uma esfera de bem-aventurança. Vivia da voz de Júlio. As faces se lhe coloriam e os olhos readquiriam um brilho celeste.

Depois voltava ao seu estado habitual.

Mais de uma vez quis o médico declarar à família qual era a verdadeira causa da moléstia de Marcelina; mas que ganharia com isso? Não viria daí o remédio, e a boa menina ficaria do mesmo modo.

A mãe, desesperada com aquele estado de coisas, imaginou todos os meios de salvar a filha; lembrou a mudança de ares, mas a pobre Marcelina raras vezes deixava de arder em febre.

Um dia, era um domingo de julho, a menina declarou que desejava comunicar alguma coisa ao doutor.

Todos os deixaram a sós.

– Que quer? – perguntou o médico.

– Sei que é nosso amigo, e sobretudo meu amigo. Sei quanto sente a minha doença, e como lhe dói que eu não possa ficar boa...

– Há de ficar, não fale assim...

– Qual doutor! Eu sei o que sinto! Se lhe quero falar é para dizer-lhe uma coisa. Quando eu morrer não diga a ninguém qual foi o motivo da minha morte.

– Não fale assim... – interrompeu o velho levando o lenço aos olhos.

– Di-lo-á somente a uma pessoa – continuou Marcelina –; é a minha mãe. Essa sim, coitada, que tanto me ama e que vai ter a dor de me perder! Quando lhe disser, entregue-lhe então este papel.

Marcelina tirou debaixo do travesseiro uma folha de papel dobrada em quatro, e atada por uma fita roxa.

– Escreveu isto? Quando? – perguntou o médico.

– Antes de adoecer.

O velho tomou o papel das mãos da doente e guardou-o no seu bolso.

– Mas, venha cá – disse ele –, que ideias são essas de morrer? Tão moça! Começa apenas a viver; outros corações podem ainda receber os seus afetos; para que quer tão cedo deixar o mundo? Pode ainda encontrar nele uma felicidade digna da sua alma e dos seus sentimentos... Olhe cá, ficando boa iremos todos para fora. A menina gosta da roça. Pois toda a família irá para a roça...

– Basta, doutor! É inútil.

Daí em diante Marcelina pouco falou.

No dia seguinte, à tarde, Júlio e a mulher vieram visitá-la. Marcelina achava-se pior. Toda a família estava ao pé da cama. A mãe debruçada à cabeça chorava silenciosamente. Quando veio a noite fechada, declarou-se a crise da morte. Houve então uma explosão de soluços; porém a menina, serena e calma, a todos procurava consolar, dando-lhes a esperança de que iria orar por todos no céu.

Quis ver o piano em que tocava; mas era difícil satisfazer-lhe o desejo e ela facilmente se convenceu. Não desistiu, porém, de ver as músicas; quando elas lhas deram distribuiu-as pelas irmãs.

– Quanto a mim vou tocar outras músicas no céu.

Pediu algumas flores secas que tinha numa gaveta, e distribuiu-as igualmente pelas pessoas presentes.

Às oito horas expirou.

Um mês depois o velho médico, fiel à promessa que fizera à moribunda, pediu uma conferência particular à infeliz mãe.

– Sabe de que morreu Marcelina? – perguntou ele. – Não foi de uma febre, foi de um amor.

— Ah!

— É verdade.

— Quem era?

— A pobre menina pôs a sua felicidade num desejo impossível; mas não se revoltou contra a sorte; resignou-se e morreu.

— Quem era? — perguntou a mãe.

— Seu genro.

— É possível? — disse a pobre mãe dando um grito.

— É verdade. Eu o descobri, e ela mo confessou. Sabe como eu era amigo dela; fiz tudo quanto pude para desviá-la de semelhante pensamento; mas tinha chegado tarde. A sentença estava lavrada; ela devia amar, adoecer e subir ao céu. Que amor, e que destino!

O velho tinha os olhos rasos de lágrimas; a mãe de Marcelina chorava e soluçava que cortava o coração. Quando ela pôde ficar um pouco calma, o médico continuou:

— A entrevista que ela me pediu nos seus últimos dias foi para dar-me um papel; disse-me então que lho entregasse depois da morte. Aqui o tem.

O médico tirou do bolso o papel que recebera de Marcelina e lho entregou intacto.

— Leia-o, doutor. O segredo é nosso.

O doutor leu em voz alta e com voz trêmula:

Devo morrer deste amor. Sinto que é o primeiro e o último. Podia ser a minha vida e é a minha morte. Por quê? Deus o quer.

Não viu ele nunca que era eu a quem devia amar. Não lhe dizia acaso um secreto instinto que eu carecia dele para ser feliz? Cego! Foi procurar o amor de outra, tão sincero como o meu, mas nunca tão grande e tão elevado! Deus o faça feliz!

Escrevi um pensamento mau. Por que me hei de revoltar contra minha irmã? Não pode ela sentir o que eu sinto? Se eu sofro por não ter a felicidade de possuí-lo não sofreria ela, se ele fosse meu? Querer a minha felicidade à custa dela é um sentimento mau que mamãe nunca me ensinou. Que ela seja feliz e sofra eu a minha sorte.

Talvez eu possa viver; e nesse caso, ó minha Virgem da Conceição, eu só te peço que me dês a força necessária para ser feliz só com a vista dele, embora ele me seja indiferente.
Se mamãe soubesse disto talvez ralhasse comigo, mas eu acho que...

O papel achava-se interrompido neste ponto.
O médico acabou estas linhas banhado em lágrimas. A mãe chorava igualmente. O segredo confiado aos dois morreu com ambos.
Mas um dia, tendo morrido a velha mãe de Marcelina, e procedendo-se ao inventário, foi achado o papel pelo cunhado de Marcelina... Júlio conheceu então a causa da morte da cunhada. Lançou os olhos para um espelho, procurando nas suas feições um raio da simpatia que inspirara a Marcelina, e exclamou:
– Pobre menina!
Acendeu um charuto e foi ao teatro.

2
Antônia

A história conhece um tipo da dissimulação, que resume todos os outros, como a mais alta expressão de todos: é Tibério. Mas nem esse chegaria a vencer a dissimulação dos Tibérios femininos, armados de olhos e sorrisos capazes de frustrar os planos mais bem combinados e enfraquecer as vontades mais resolutas.
Antônia era uma mulher assim.
Quando eu a conheci era ela casada de 12 meses. O marido tinha nela a mais plena confiança. Amavam-se ambos com o amor mais ardente e apaixonado que ainda houve. Era uma alma só em dois corpos. Se ele demorava fora de casa, Antônia não só velava todo o tempo, como desfazia-se em lágrimas de saudades e de dor. Apenas ele chegava, não havia o desenlace comum das recriminações estéreis; Antônia lançava-se-lhe aos braços e tudo voltava em bem.

Onde um não ia, não ia o outro. Para quê, se a felicidade deles residia em estarem juntos, viverem dos olhos um do outro, fora do mundo e dos seus vãos prazeres?

Assim ligadas estas duas criaturas davam ao mundo o doce espetáculo de uma união perfeita. Eram o enlevo das famílias e o desespero dos malcasados.

Antônia era bela; tinha 26 anos. Estava no pleno desenvolvimento de uma dessas belezas robustas e destinadas a resistir à ação do tempo. Oliveira, seu marido, era o que se podia chamar um Apolo. Via-se que aquela mulher devia amar aquele homem e aquele homem devia amar aquela mulher.

Frequentavam a casa de Oliveira alguns amigos, uns da infância, outros de data recente, alguns de menos de um ano, isto é, da data do casamento de Oliveira. A amizade é o melhor pretexto, até hoje inventado, para que um indivíduo pretenda tomar parte na felicidade de outro. Os amigos de Oliveira, que não primavam pela originalidade dos costumes, não ficaram isentos de encantos que a beleza de Antônia produzia em todos. Uns, menos corajosos, desanimaram diante do extremoso amor que ligava o casal; mas um houve, menos tímido, que assentou de si para si tomar lugar à mesa da ventura doméstica do amigo.

Era um tal Moura.

Não sei dos primeiros passos de Moura; nem das esperanças que ele pôde ir concebendo à proporção que corria o tempo. Um dia, porém, a notícia de que entre Moura e Antônia havia um laço de simpatia amorosa surpreendeu a todos.

Antônia era até então o símbolo do amor e da felicidade conjugal. Que demônio lhe soprara ao ouvido tão negra resolução de iludir a confiança e o amor do marido? Uns duvidaram, outros se irritaram, alguns esfregaram as mãos de contentes, animados pela ideia de que o primeiro erro devia ser uma arma e um incentivo para os erros futuros.

Desde que a notícia, contada a meia-voz, e com a mais perfeita discrição, correu de boca em boca, todas as atenções voltaram-se para Antônia e Moura. Um olhar, um gesto, um suspiro escapam aos mais dissimulados;

os olhos mais experimentados viram logo a veracidade dos boatos; se os dois se não amavam, estavam perto do amor.

Deve-se acrescentar que, ao pé de Oliveira, Moura fazia o papel de deus Pã ao pé do deus Febo. Era uma figura vulgar, às vezes ridículo, sem nada que pudesse legitimar a paixão de uma mulher bela e altiva. Mas assim aconteceu, a grande aprazimento da sombra de La Bruyère.

Uma noite uma família da amizade de Oliveira foi convidá-la para irem ao Teatro Lírico. Antônia mostrou grande desejo de ir. Cantava então não sei que celebridade italiana.

Oliveira, por doente ou por enfado, não quis ir. As instâncias da família que os convidara foram inúteis; Oliveira teimou em ficar.

Oliveira insistia em ficar, Antônia em ir. Depois de muito tempo o mais que se conseguiu foi que Antônia fosse em companhia das amigas, que a trariam depois para casa.

Oliveira ficara em companhia de um amigo.

Mas, antes de saírem todos, Antônia insistiu de novo com o marido para que fosse.

– Mas se eu não quero ir? – dizia ele. – Vai tu, eu ficarei, conversando com ***.

– É que se tu não fores – disse Antônia – o espetáculo não vale nada para mim. Anda!

– Vai, querida, eu irei em outra ocasião.

– Pois não vou!

E sentou-se disposta a não ir ao teatro. As amigas exclamaram em coro:

– Como é isso: não ir? Que maçada! Era o que faltava! Anda, anda!

– Vai, sim – disse Oliveira. – Então porque eu não vou, não te queres divertir?

Antônia levantou-se:

– Está bem – disse ela. – Irei.

– De que número é o camarote? – perguntou bruscamente Oliveira.

– Vinte, segunda ordem – disseram as amigas de Antônia.

Antônia empalideceu ligeiramente.

– Então, irás depois, não é? – disse ela.
– Não, decididamente, não.
– Dize se vais.
– Não, fico, é decidido.

Saíram para o Teatro Lírico. Sob pretexto de que desejava ir ver a celebridade tomei o chapéu e fui ao Teatro Lírico.

Moura estava lá!

3
Carolina

– Pois quê! Vais casar-te?
– É verdade.
– Com o Mendonça?
– Com o Mendonça.
– Isso é impossível! Tu, Carolina, tu formosa e moça, mulher de um homem como aquele, sem nada que possa inspirar amor? Ama-o acaso?
– Hei de estimá-lo.
– Não o amas, já vejo.
– É meu dever. Que queres, Lúcia? Meu pai assim o quer, devo obedecer-lhe. Pobre pai! Ele cuida fazer a minha felicidade. A fortuna de Mendonça parece-lhe uma garantia de paz e de ventura da minha vida. Como se engana!
– Mas não deves consentir nisso... Vou falar-lhe.
– É inútil, nem eu quero.
– Mas então...
– Olha, há talvez outra razão: creio que meu pai deve favores ao Mendonça; este apaixonou-se por mim, pediu-me; meu pai não teve ânimo de recusar-me.
– Pobre amiga!

Sem conhecer ainda as nossas heroínas, já o leitor começa a lamentar a sorte da futura mulher de Mendonça. É mais uma vítima, dirá o leitor, imolada ao capricho ou à necessidade. Assim é. Carolina devia casar-se daí a alguns dias com Mendonça, e era isso o que lamentava a amiga Lúcia.

– Pobre Carolina!

– Boa Lúcia!

Carolina é uma moça de vinte anos, alta, formosa, refeita. Era uma dessas belezas que seduzem os olhos lascivos, e já por aqui ficam os leitores sabendo que Mendonça é um desses, com a circunstância agravante de ter meios com que lisonjear os seus caprichos.

Bem vejo como me poderia levar longe este último ponto da minha história; mas eu desisto de fazer agora uma sátira contra o vil metal (por que metal?); e bem assim não me dou ao trabalho de descrever a figura da amiga de Carolina.

Direi somente que as duas amigas conversavam no quarto de dormir da prometida noiva de Mendonça.

Depois das lamentações feitas por Lúcia à sorte de Carolina, houve um momento de silêncio. Carolina empregou algumas lágrimas; Lúcia continuou:

– E ele?

– Quem?

– Fernando.

– Ah! Esse que me perdoe e me esqueça; é tudo quanto posso fazer por ele. Não quis Deus que fôssemos felizes; paciência!

– Por isso o vi triste lá na sala!

– Triste? Ele não sabe nada. Há de ser por outra coisa.

– O Mendonça virá?

– Deve vir.

As duas moças saíram para a sala. Lá se achava Mendonça em conversa com o pai de Carolina, Fernando a uma janela de costas para a rua, uma tia de Carolina conversando com o pai de Lúcia. Ninguém mais havia. Esperava-se a hora do chá.

Quando as duas moças apareceram todos voltaram-se para elas. O pai de Carolina foi buscá-las e levou-as a um sofá.

Depois, no meio do silêncio geral, o velho anunciou o casamento próximo de Carolina e Mendonça.

Ouviu-se um grito sufocado do lado da janela. Ouviu-se, digo mal – não se ouviu; Carolina foi a única que ouviu ou antes adivinhou. Quando voltou os olhos para a janela, Fernando estava de costas para a sala e tinha a cabeça entre mãos.

O chá foi tomado no meio de geral acanhamento. Parece que ninguém, além do noivo e do pai de Carolina, aprovava semelhante consórcio.

Mas, quer aprovasse, quer não, ele devia efetuar-se daí a vinte dias.

Entro no teto conjugal como num túmulo, escrevia Carolina na manhã do casamento à amiga Lúcia; deixo as minhas ilusões à porta, e peço a Deus que não perca só isso.

Quanto a Fernando, a quem ela não pôde ver mais depois da noite da declaração do casamento, eis a carta que ele mandou a Carolina, na véspera de realizar-se o consórcio:

> *Quis acreditar até hoje que fosse uma ilusão, ou um sonho mau semelhante casamento; agora sei que não é possível duvidar da verdade. Pois quê! Tudo te esqueceu, o amor, as promessas, os castelos de felicidade, tudo, por amor de um velho ridículo, mas opulento, isto é, dono desse vil metal etc. etc..*

O leitor sagaz suprirá o resto da carta, acrescentando qualquer período tirado de qualquer romance da moda.

Isto que aí fica escrito não muda em nada a situação da pobre Carolina; condenada a receber recriminações quando ia dar a mão de esposa com o luto no coração.

A única resposta dada por ela à carta de Fernando foi esta: Esqueça-se de mim.

Fernando não assistiu ao casamento. Lúcia assistiu triste como se fora um enterro. Em geral perguntava-se que amor estranho era aquele que levava Carolina a desfolhar a sua mocidade tão viçosa nos braços de semelhante homem. Ninguém atinava com a resposta.

Como eu não quero entreter os leitores com episódios inúteis e narrações fastidiosas, salto aqui uns seis meses e vou levá-los à casa do Mendonça, numa manhã de inverno.

Lúcia, solteira ainda, está com Carolina, onde costuma ir passar alguns dias. Não se fala na pessoa de Mendonça; Carolina é a primeira a respeitá-lo; a amiga respeita esses sentimentos.

É verdade que os seis primeiros meses de casamento foram para Carolina seis séculos de lágrimas, de angústia, de desespero. De longe a desgraça parecia-lhe menor; mas desde que ela pôde tocar com o dedo o deserto árido e seco em que entrou, então não pôde resistir e chorou amargamente.

Era o único recurso que lhe restava: chorar. Uma porta de bronze separava-a para sempre da felicidade que sonhara nas suas ambições de donzela. Ninguém sabia dessa odisseia íntima, menos Lúcia, que ainda assim sabia mais por adivinhar e por surpreender as torturas menores da companheira dos primeiros anos.

Estavam, pois, as duas em conversa, quando às mãos de Carolina chegou uma carta assinada por Fernando.

Pintava-lhe o antigo namorado o estado em que tinha o coração, as dores que sofrera, as mortes de que escapara. Nessa série de padecimentos, dizia ele, nunca perdera a coragem de viver para amá-la, embora de longe.

A carta era abundante em comentários, mas eu julgo melhor conservar somente a substância dela.

Leu-a Carolina, trêmula e confusa; esteve alguns minutos calada; depois, rasgando a carta em tiras muito miúdas:

– Pobre rapaz!

– Que é? – perguntou Lúcia.

– É uma carta de Fernando.

Lúcia não insistiu. Carolina indagou do escravo que lhe trouxera a carta o modo por que lhe havia chegado às mãos. O escravo respondeu que um moleque lha entregara à porta. Lúcia deu ordem para que não recebesse cartas que viessem pelo mesmo portador.

Mas no dia seguinte uma nova carta de Fernando chegou às mãos de Carolina. Outro portador a entregara.

Nessa carta Fernando pintava com cores negras a situação em que se achava e pedia dois minutos de entrevista com Carolina.

Carolina hesitou, mas releu a carta; ela parecia tão desesperada e dolorosa, que a pobre moça, em quem falava um resto de amor por Fernando, respondeu afirmativamente.

Ia mandar a resposta, mas de novo hesitou e rasgou o bilhete, protestando fazer o mesmo a quantas cartas chegassem.

Durante os cinco dias seguintes vieram cinco cartas, uma por dia, mas todas ficaram sem resposta, como as anteriores.

Enfim, na noite do quarto dia, Carolina achava-se no gabinete de trabalho, quando assomou à janela que dava para o jardim a figura de Fernando.

A moça deu um grito e recuou.

– Não grite! – disse o moço em voz baixa. – Podem ouvir...

– Mas, fuja! Fuja!

– Não! Quis vir de propósito, a fim de saber se deveras não me amas, se esqueceste aqueles juramentos...

– Não devo amá-lo!...

– Não deve! Que tem o dever conosco?

– Vou chamar alguém! Fuja! Fuja!

Fernando saltou para o quarto.

– Não, não hás de chamar!

A moça correu para a porta. Fernando travou-lhe do braço.

– Que é isso? – disse ele. – Amo-te tanto, e tu foges de mim? Quem impede a nossa felicidade?

– Quem? Meu marido!

– Seu marido! Que temos nós com ele? Ele...

Carolina pareceu adivinhar um pensamento sinistro em Fernando e tapou os ouvidos. Nesse momento abriu-se a porta e apareceu Lúcia.

Fernando não pôde afrontar a presença da moça. Correu para a janela e saltou para o jardim.

Lúcia, que ouvira as últimas palavras dos dois, correu a abraçar a amiga, exclamando:

– Muito bem! Muito bem!

Dias depois Mendonça e Carolina saíram para uma viagem de um ano. Carolina escrevia o seguinte a Lúcia:

> *Deixo-te, minha Lúcia, mas assim é preciso. Amei Fernando, e não sei se o amo agora, apesar do ato covarde que praticou. Mas eu não quero expor-me a um crime. Se o meu casamento é um túmulo, nem por isso posso deixar de respeitá-lo. Reza por mim e pede a Deus que te faça feliz.*

Foi para estas almas corajosas e honradas que se fez a bem-aventurança.

4
Carlota e Hortência

Uma fila de 50 carros, com um coche fúnebre à frente, dirigia-se para um dos cemitérios da capital.

O carro funerário conduzia o cadáver de Carlota Durval, senhora de vinte e oito anos, morta no esplendor da beleza.

Dos que acompanhavam o enterro, apenas dois o faziam por estima à finada: eram Luís Patrício e Valadares.

Os mais iam por satisfazer a vaidade do viúvo, um José Durval, homem de 36 anos, dono de cinco prédios e de uma dose de fatuidade sem igual.

Valadares e Patrício, na qualidade de amigos da finada, eram os únicos que traduziam no rosto a profunda tristeza do coração. Os outros levavam uma cara de tristeza oficial.

Valadares e Patrício iam no mesmo carro.

– Até que morreu a pobre senhora – disse o primeiro ao fim de algum silêncio.

– Coitada! – murmurou o outro.

– Na flor da idade – acrescentava o primeiro –, mãe de duas crianças tão bonitas, amadas por todos... Deus perdoe aos culpados!

– Ao culpado, que foi só ele. Quanto à outra, essa se não fora desinquietada...

– Tens razão!

– Mas ele deve ter remorsos.

– Quais remorsos! É incapaz de os ter. Não o conheces, como eu? Ri e zomba de tudo. Isto para ele foi apenas um acidente; não lhe dá maior importância, acredita.

Este pequeno diálogo dá já ao leitor uma ideia dos acontecimentos que precederam à morte de Carlota.

Como esses acontecimentos são o objeto destas linhas destinadas a apresentar o perfil desta quarta mulher, passo a narrá-los mui sucintamente.

Carlota casara com 22 anos. Não sei por que apaixonara-se por José Durval, e menos ainda no tempo de solteira, de que depois de casada. O marido era para Carlota um ídolo. Só a ideia de uma infidelidade da parte dele bastava para matá-la.

Viveram algum tempo no meio da mais perfeita paz, não que ele não desse à mulher motivos de desgosto, mas porque eram estes tão encobertos que nunca haviam chegado aos ouvidos da pobre moça.

Um ano antes Hortência B., amiga de Carlota, separava-se do marido. Dizia-se que era por motivos de infidelidade conjugal da parte dele; mas ainda que o não fosse, Carlota receberia a amiga em sua casa, tão amiga era dela.

Carlota compreendia as dores que podiam trazer a uma mulher as infidelidades do marido; por isso recebeu Hortência com os braços abertos e entusiasmo no coração.

Era o mesmo que se uma rosa abrisse o seio confiante a um inseto venenoso.

Daí a seis meses Carlota reconhecia o mal que tinha feito. Mas era tarde.

Hortência era amante de José Durval.

Quando Carlota descobriu qual era a situação de Hortência em relação a ela, sufocou um grito. Era a um tempo ciúme, desprezo, vergonha. Se alguma coisa podia atenuar a dor que ela sentia, era a covardia do ato de Hortência, que tão mal pagava a hospitalidade que obtivera de Carlota.

Mas o marido? Não era igualmente culpado? Carlota avaliou de um relance toda a hediondez do proceder de ambos, e resolveu romper um dia.

A frieza que começou a manifestar a Hortência, mais do que isso, a repugnância e o desdém com que a tratava, despertou no espírito desta a ideia de que era preciso sair de uma situação tão falsa.

Todavia, retirar-se simplesmente seria confessar o crime. Hortência dissimulou e um dia recriminou a Carlota os seus modos recentes de tratamento.

Então tudo se clareou.

Carlota, com uma cólera sufocada, lançou em rosto à amiga o procedimento que tivera em casa dela. Hortência negou, mas era negar confessando, pois que nenhum tom de sinceridade tinha a sua voz.

Depois disso era necessário sair. Hortência, negando sempre o crime de que era acusada, declarou que sairia de casa.

– Mas isso não desmente nem remedia nada – disse Carlota com os lábios trêmulos. – É simplesmente mudar o teatro das suas loucuras.

Esta cena abalou a saúde de Carlota. No dia seguinte amanheceu doente. Hortência apareceu para falar-lhe, mas ela voltou o rosto para a parede. Hortência não voltou ao quarto, mas também não saiu da casa. José Durval impôs essa condição.

– Que dirá o mundo? – perguntava ele.

A pobre mulher foi obrigada a sofrer mais essa humilhação.

A doença foi rápida e benéfica, porque no fim de 15 dias Carlota expirava.

Os leitores já assistiram ao enterro dela.

Quanto a Hortência, continuou a viver em casa de José Durval, até que se passassem os primeiros seis meses do luto, no fim dos quais casaram-se perante um concurso numeroso de amigos, ou pessoas que se davam por isso.

Supondo que os leitores terão curiosidade de saber o que sucedeu depois, aqui termino com uma carta escrita, depois de dois anos da morte de Carlota, por Valadares a L. Patrício.

Meu amigo. Corte, 12 de... – Vou dar-te algumas notícias que te hão de alegrar, como a mim, posto que a caridade evangélica nos manda lastimar as desgraças alheias. Mas há certas desgraças que parecem um castigo do céu e a alma sente-se satisfeita quando vê o crime punido.

Lembras-te ainda da pobre Carlota Durval, morta de desgosto pela traição do marido e de Hortência? Sabes que esta ficou a viver em casa do viúvo, e que no fim de seis meses casaram-se à face da Igreja, como duas criaturas abençoadas do céu? Pois bem, ninguém as faça que as não pague; Durval está mais do que nunca arrependido do passo que deu.

Primeiramente, ao passo que a pobre Carlota era uma pomba sem fel, Hortência é um dragão de saias, que não deixa o marido pôr pé em ramo verde. São exigências de toda a casta, exigências de luxo, exigências de honra, porque a fortuna de Durval, não podendo resistir aos ataques de Hortência, foi-se desmoronando a pouco e pouco.

Os desgostos envelheceram o pobre José Durval. Mas se fosse apenas isso, era de agradecer a Deus. O caso, porém, tornou-se pior; Hortência, que traíra a amiga, não teve dúvida em trair o marido: Hortência tem hoje um amante!

É realmente triste semelhante coisa, mas eu não sei por que esfreguei as mãos de contente quando soube da infidelidade de Hortência. Parece que as cinzas da Carlota deviam estremecer de alegria debaixo da terra...

Perdoe-me Deus a blasfêmia, se acaso o é.

Julguei que estas notícias te seriam agradáveis, a ti, que estimastes aquela pobre mártir.

Ia acabando sem contar a cena que houve entre Durval e a mulher.

Um bilhete mandado por H. (o amante) caiu nas mãos de José Durval, não sei por que terrível acaso. Houve explosão da parte do marido; mas o infeliz não tinha forças para manter-se na sua posição; dois gritos e dois sorrisos da mulher puseram-lhe água fria na cólera.

Daí em diante, Durval anda triste, cabisbaixo, taciturno. Emagrece a olhos vistos. Pobre homem! Afinal de contas começo a ter pena...

Adeus, meu caro, vai cultivando etc...

Esta carta era dirigida a Campos, onde se achava L. Patrício. A resposta deste foi a seguinte:

Muito me contas, meu amigo Valadares, acerca dos algozes da Carlota. É uma pagã, não deixes de crê-lo, mas no que fazes mal é em mostrares alegria por essa desgraça. Nem devemos tê-la, nem as cinzas de Carlota se regozijaram no outro mundo. Os maus, no fim de conta, são dignos de lástima, por serem tão fracos que não possam ser bons. E basta a punição para ficarmos já condoídos do pobre homem.
Falemos de outra coisa. Sabes que os cafezais...

Não interessa aos leitores saber dos cafezais de L. Patrício.
O que interessa saber é que Durval morreu de desgosto dentro de pouco tempo, e que Hortência procurou na devoção de uma velhice prematura a expiação dos erros passados.

A MELHOR DAS NOIVAS

Publicado originalmente no *Jornal das Famílias*, em 1877

O sorriso dos velhos é porventura uma das coisas mais adoráveis do mundo. Não o era, porém, o de João Barbosa no último dia de setembro de 1868, riso alvar e grotesco, riso sem pureza nem dignidade; riso de homem de setenta e três anos que pensa em contrair segundas núpcias. Nisso pensava aquele velho, aliás honesto e bom; disso vivia desde algumas horas antes. Eram oito da noite: ele entrara em casa com o mencionado riso nos lábios.

– Muito alegre vem hoje o senhor!
– Sim?
– Viu passarinho verde?
– Verde não, dona Joana, mas branco, um branco de leite, puro e de encher o olho, como os quitutes que você me manda preparar às vezes.
– Querem ver que é...
– Isso mesmo, dona Joana.
– Isso quê?

João Barbosa não respondeu; lambeu os beiços, piscou os olhos, e deixou-se cair no canapé. A luz do candelabro bateu-lhe em cheio no rosto, que parecia uma mistura de Saturno e sátiro. João Barbosa desabotoou a sobrecasaca e deu saída a um suspiro, aparentemente o último que lhe ficara de outros tempos. Era triste vê-lo; era cruel adivinhá-lo. Dona Joana não o adivinhou.

Esta dona Joana era uma senhora de 48 anos, rija e maciça, que durante dez anos dava ao mundo o espetáculo de um grande desprezo da opinião. Contratada para tomar conta da casa de João Barbosa, logo depois de enviuvar, entrou ali em luta com os parentes do velho, que eram dois, os quais fizeram tudo para excluí-la sem conseguirem nada. Os dois parentes, os vizinhos, finalmente os conhecidos criam firmemente que dona Joana aceitara de João Barbosa uma posição equívoca, embora lucrativa. Era calúnia; dona Joana sabia o que diziam dela, e não arredava pé. A razão era que, posto não transpusesse uma linha das fronteiras estabelecidas no contrato verbal que precedeu a sua entrada ali, contudo ela esperava ser contemplada nas últimas disposições de João Barbosa; e valia a pena, em seu entender, afrontar os ditos do mundo para receber no fim de alguns anos uma dúzia de apólices ou uma casa ou alguma coisa equivalente. Verdade é que o legado, se fosse de certa consistência, podia confirmar as suspeitas da sociedade; dona Joana, entretanto, professava a máxima extremamente salutar de que o essencial é andar-se quente, embora os outros se riam.

Riam-se os outros, mas de cólera, e alguns de inveja. João Barbosa, antigo magistrado, herdara de seu pai e de um tio quatro ou cinco fazendas, que transferiu a outros, convertendo seus cabedais em títulos do governo e vários prédios. Fê-lo logo depois de viúvo, e passou a residir na corte definitivamente. Perdendo um filho que tinha, achou-se quase só; quase, porque ainda lhe restavam dois sobrinhos, que o rodeavam de muitas e variadas atenções; João Barbosa suspeitava que os dois sobrinhos estimavam ainda mais as apólices do que a ele e recusou todas as ofertas que lhe faziam para aceitar-lhes casa. Um dia lembrou-se de inserir nos jornais um anúncio declarando precisar de uma senhora de certa idade, morigerada, que quisesse tomar conta da casa de um homem viúvo. Dona Joana tinha apenas trinta e oito anos; confessou-lhe quarenta e quatro, e tomou posse do cargo. Os sobrinhos, quando souberam disto, apresentaram a João Barbosa toda a sorte de considerações que podem nascer no cérebro de herdeiros em ocasião de perigo. O velho ouviu cerca de oito a dez tomos de tais considerações, mas ateve-se à primeira ideia, e os sobrinhos não tiveram outro remédio mais que aceitar a situação.

Dona Joana nunca se atrevera a desejar outra coisa mais que ser contemplada no testamento de João Barbosa; mas isso desejava-o ardentemente. A melhor das mães não tem no coração mais soma de ternura do que ela mostrava ter para servir e cuidar do opulento septuagenário. Ela cuidava do café matinal, escolhia as diversões, lia-lhe os jornais, contava-lhe as anedotas do quarteirão, tomava-lhe ponto às meias, inventava guisados que melhor pudessem ajudá-lo a carregar a cruz da vida. Conscienciosa e leal, não lhe dava alimentação debilitante; pelo contrário punha especial empenho em que lhe não faltasse nunca o filé sanguento e o bom cálice de Porto. Um casal não viveria mais unido.

Quando João Barbosa adoecia, dona Joana era tudo: mãe, esposa, irmã, enfermeira; às vezes, era médica. Deus me perdoe! Parece que chegaria a ser padre, se ele viesse repentinamente a carecer do ministério espiritual. O que ela fazia nessas ocasiões pediria um volume, e eu disponho de poucas páginas. Pode-se dizer por honra da humanidade que o benefício não caía em terreno estéril. João Barbosa agradeceu-lhe os cuidados não só com boas palavras, mas também bons vestidos ou boas joias. Dona Joana, quando ele lhe apresentava esses agradecimentos palpáveis, ficava envergonhada e recusava, mas o velho insistia tanto, que era falta de polidez recusar.

Para torná-la mais completa e necessária à casa, Dona Joana não adoecia nunca; não padecia de nervos, nem de enxaqueca, nem de coisa nenhuma; era uma mulher de ferro. Acordava com a aurora e punha logo os escravos a pé; inspecionava tudo, ordenava tudo, dirigia tudo. João Barbosa não tinha outro cuidado mais que viver. Os dois sobrinhos tentaram alguma vez separar da casa uma mulher que eles temiam pela influência que já tinha e pelo desenlace possível de semelhante situação. Iam levar os boatos da rua aos ouvidos do tio.

– Dizem isso? – perguntava este.

– Sim, senhor, dizem isso, e não parece bonito, na sua idade, estar exposto a...

– A coisa nenhuma, – interrompia.

– Nenhuma!

– Ou a pouca coisa. Dizem que eu nutro certa ordem de afetos por aquela santa mulher! Não é verdade, mas não seria impossível, e sobretudo não era feio.

Esta era a resposta de João Barbosa. Um dos sobrinhos, vendo que nada alcançava, resolvera desligar seus interesses dos do outro, e adotou o plano de aprovar o procedimento do velho, louvando-lhe as virtudes de dona Joana e rodeando-a de seu respeito, que a princípio arrastou a própria caseira. O plano teve algum efeito, porque João Barbosa francamente lhe declarou que ele não era tão ingrato como o outro.

– Ingrato, eu? Seria um monstro – respondeu o sobrinho José com um gesto de indignação mal contida.

Tal era a situação respectiva entre João Barbosa e dona Joana, quando na referida noite de setembro entrou aquele em casa, com cara de quem tinha visto passarinho verde. Dona Joana tinha dito, por brinco:

– Querem ver que é...

Ao que ele respondeu:

– Isso mesmo.

– Isso mesmo, quê? – repetiu dona Joana daí a alguns minutos.

– Isso que a senhora pensou.

– Mas eu não pensei nada

– Pois fez mal, dona Joana.

– Mas então...

– Dona Joana, dê suas ordens para o chá

Dona Joana obedeceu um pouco magoada. Era a primeira vez que João Barbosa lhe negava uma confidência. Ao mesmo tempo que isso a magoava, fazia-a suspeitosa; tratava-se talvez de alguma que viria prejudicá-la.

Servindo o chá, depois que João Barbosa se despira, apressou-se a caseira, na forma de costume, a encher-lhe a xícara, a escolher-lhe as fatias mais tenras, a abrir-lhe o guardanapo, com a mesma solicitude de dez anos. Haveria, porém, uma sombra de acanhamento entre ambos, e a palestra foi menos seguida e menos alegre que nas outras noites.

Durante os primeiros dias de outubro, João Barbosa trazia o mesmo ar singular, que tanto impressionara a caseira. Ele ria a miúdo, ria para si, ia duas vezes à rua, acordava mais cedo, falava de várias alterações em casa. Dona Joana começara a suspeitar a causa verdadeira daquela mudança. Gelou-se-lhe o sangue e o terror se apoderou de seu espírito. Duas vezes procurou encaminhar a conversa ao ponto essencial, mas João Barbosa andava tão fora de si que não ouvia sequer o que ela dizia. Ao cabo de quinze dias, concluído o almoço, João Barbosa disse-lhe que a acompanhasse ao gabinete.

– É agora! – pensou ela. – Vou saber de que se trata.

Passou ao gabinete.

Ali chegando, sentou-se João Barbosa e disse a dona Joana que fizesse o mesmo. Era conveniente; as pernas da boa mulher tremiam como varas.

– Vou dar-lhe a maior prova de estima – disse o septuagenário.

Dona Joana curvou-se.

– Está aqui em casa há dez anos...

– Que me parecem dez meses.

– Obrigado, dona Joana! Há dez anos que eu tive a boa ideia de procurar uma pessoa que me tratasse da casa, e a boa fortuna de encontrar na senhora a mais consumada...

– Falemos de outra coisa!

– Sou justo; devo ser justo.

– Adiante.

– Louvo-lhe a modéstia; é o belo realce de suas nobres virtudes.

– Vou-me embora.

– Não, não vá; ouça o resto. Está contente comigo?

– Se estou contente! Onde poderia achar-me melhor? O senhor tem sido para mim um pai...

– Um pai?... – interrompeu João Barbosa fazendo uma careta. – Falemos de outra coisa. Saiba dona Joana que não a quero mais deixar.

– Quem pensa nisso?
– Ninguém; mas eu devia dizê-lo. Não a quero deixar, estará a senhora disposta a fazer o mesmo?

Dona Joana teve uma vertigem, um sonho, um relance do Paraíso; ela viu ao longe um padre, um altar, dois noivos, uma escritura, um testamento, uma infinidade de coisas agradáveis e quase sublimes.

– Se estou disposta! – exclamou ela. – Quem se lembraria de dizer o contrário? Estou disposta a acabar aqui os meus dias; mas devo dizer que a ideia de uma aliança... sim... este casamento...

– O casamento há de fazer-se! – interrompeu João Barbosa batendo uma palmada no joelho. – Parece-lhe mau?

– Oh! não... mas seus sobrinhos...

– Meus sobrinhos são dois capadócios, de quem não faço caso.

Dona Joana não contestou essa opinião de João Barbosa, e este, serenado o ânimo, readquiriu o sorriso de bem-aventurança que, durante as duas últimas semanas, o distinguia do resto dos mortais. Dona Joana não se atrevia a olhar para ele e brincava com as pontas do mantelete que trazia. Correram assim dois ou três minutos.

– Pois é o que lhe digo – continuou João Barbosa –, o casamento há de fazer-se. Sou maior, não devo satisfação a ninguém.

– Lá isso é verdade.

– Mas, ainda que as devesse, poderia eu hesitar à vista... oh! À vista da incomparável graça daquela... vá lá... de dona Lucinda?

Se um condor, segurando dona Joana em suas garras possantes, subisse com ela até perto do sol, de lá a despenhasse à terra, menor seria a queda do que a que lhe produziu a última palavra de João Barbosa. A razão da queda não era, na verdade, aceitável, porquanto nem ela até então sonhara para si a honra de desposar o amo, nem este, nas poucas palavras que lhe dissera antes, lhe fizera crer claramente tal coisa. Mas o demônio da cobiça produz maravilhas dessas, e a imaginação da caseira via as coisas mais longe do que elas podiam ir. Creu um instante que o opulento septuagenário a destinava para sua esposa, e forjou logo um mundo de esperanças e realidades que o sopro de uma só palavra dissolveu e dispersou no ar.

— Lucinda! — repetiu ela quando pôde haver de novo o uso da voz.

— Quem é essa dona Lucinda?

— Um dos anjos do céu enviado pelo Senhor, a fim de fazer a minha felicidade na terra.

— Está caçoando! — disse dona Joana atando-se a um fragmento de esperança.

— Quem dera que fosse caçoada! — replicou João Barbosa. — Se tal fosse, continuaria eu a viver tranquilo, sem conhecer a suprema ventura, é certo, mas também sem padecer abalos de coração...

— Então é certo...

— Certíssimo.

Dona Joana estava pálida.

João Barbosa continuou:

— Não pense que é alguma menina de quinze anos; é uma senhora feita; tem seus trinta e dois feitos; é viúva; boa família...

O panegírico da noiva continuou, mas dona Joana já não ouvia nada. Posto nunca meditasse em fazer-se mulher de João Barbosa, via claramente que a resolução deste viria prejudicá-la: nada disse e ficou triste. O septuagenário, quando expandiu toda a alma em elogios à pessoa que escolhera para ocupar o lugar da esposa morta há tão longos anos, reparou na tristeza de dona Joana e apressou-se a animá-la.

— Que tristeza é essa, dona Joana? — disse ele. — Isto não altera nada a sua posição. Eu já agora não a deixo; há de ter aqui a sua casa até que Deus a leve para si.

— Quem sabe? — suspirou ela.

João Barbosa fez-lhe os seus mais vivos protestos, e tratou de vestir-se para sair. Saiu, e dirigiu-se da Rua da Ajuda, onde morava, para a dos Arcos, onde morava a dama de seus pensamentos, futura esposa e dona de sua casa.

Dona Lucinda G... tinha trinta e quatro anos para trinta e seis, mas parecia ter mais, tão severo era o rosto, e tão de matrona os modos. Mas a gravidade ocultava um grande trabalho interior, uma luta dos meios, que eram escassos, com os desejos, que eram infinitos.

Viúva desde os vinte e oito anos, de um oficial de marinha, com quem se casara aos dezessete para fazer a vontade aos pais, dona Lucinda não vivera nunca segundo as ambições secretas de seu espírito. Ela amava a vida suntuosa, e apenas tinha com que passar modestamente; cobiçava as grandezas sociais e teve de contentar-se com uma posição medíocre. Tinha alguns parentes, cuja posição e meios eram iguais aos seus, e não podiam, portanto, dar-lhe quanto ela desejava. Vivia sem esperança nem consolação.

Um dia, porém, surgiu no horizonte a vela salvadora de João Barbosa. Apresentado à viúva do oficial de marinha, em uma loja da Rua do Ouvidor, ficou tão cativo de suas maneiras e das graças que lhe sobreviviam, tão cativo que pediu a honra de travar relações mais estreitas. Dona Lucinda era mulher, isto é, adivinhou o que se passara no coração do septuagenário, antes mesmo que este desse acordo de si. Uma esperança iluminou o coração da viúva; aceitou-a como um presente do céu.

Tal foi a origem do amor de João Barbosa.

Rápido foi o namoro, se namoro podia haver entre os dois viúvos. João Barbosa, apesar de seus cabedais, que o faziam noivo singularmente aceitável, não se atrevia a dizer à dama de seus pensamentos tudo o que lhe tumultuava no coração.

Ela ajudou-o.

Um dia, achando-se ele embebido a olhar para ela, dona Lucinda perguntou-lhe graciosamente se nunca a tinha visto.

– Vi-a há muito.

– Como assim?

– Não sei... – balbuciou João Barbosa.

Dona Lucinda suspirou.

João Barbosa suspirou também.

No dia seguinte, a viúva disse a João Barbosa que dentro de pouco tempo se despediria dele. João Barbosa pensou cair da cadeira abaixo.

– Retira-se da corte?

– Vou para o Norte.

– Tem lá parentes?

– Um.

João Barbosa refletiu alguns instantes. Ela espreitou a reflexão com uma curiosidade de cão rafeiro.

– Não há de ir! – exclamou o velho daí a pouco.

– Não?

– Não.

– Como assim?

João Barbosa abafou uma pontada reumática, ergueu-se, curvou-se diante de dona Lucinda e pediu-lhe a mão. A viúva não corou; mas, posto esperasse aquilo mesmo, estremeceu de júbilo.

– Que me responde? – perguntou ele.

– Recuso.

– Recusa!

– Oh! Com muita dor do meu coração, mas recuso!

João Barbosa tornou a sentar-se; estava pálido.

– Não é possível! – disse ele. – Mas por quê?

– Porque... porque, infelizmente, o senhor é rico.

– Que tem?

– Seus parentes dirão que eu lhe armei uma cilada para enriquecer...

– Meus parentes! Dois biltres, que não valem a mínima atenção! Que tem que digam isso?

– Tem tudo. Além disso...

– Que mais?

– Tenho parentes meus, que não hão de levar a bem este casamento; dirão a mesma coisa, e eu ficarei... Não falemos em semelhante coisa!

João Barbosa estava aflito e ao mesmo tempo dominado pela elevação de sentimentos da interessante viúva. O que ele então esperdiçou em eloquência e raciocínio encheria meia biblioteca; lembrou-lhe de tudo: a superioridade de ambos, sua independência, o desprezo que mereciam as opiniões do mundo, sobretudo as opiniões dos interessados; finalmente, pintou-lhe o estado de seu coração. Este último argumento pareceu enternecer a viúva.

– Não sou moço – dizia ele –, mas a mocidade...

– A mocidade não está na certidão de batismo – acudiu filosoficamente dona Lucinda. – Está no sentimento, que é tudo; há moços decrépitos, e homens maduros eternamente jovens.

– Isso, isso...

– Mas...

– Mas há de ceder! Eu lho peço; unamo-nos e deixemos falar os invejosos!

Dona Lucinda resistiu pouco mais. O casamento foi tratado entre os dois, convencionando-se que se verificaria o mais cedo possível.

João Barbosa era homem digno de apreço; não fazia as coisas por metade. Quis arranjar as coisas de modo que os dois sobrinhos nada tivessem do que ele deixasse quando viesse a morrer, se tal desastre tinha de acontecer – coisa de que o velho não estava muito convencido.

Tal era a situação.

João Barbosa fez a visita costumada à interessante noiva. Era matinal demais; dona Lucinda, porém, não podia dizer nada que viesse a desagradar a um homem que tão galhardamente se mostrava com ela.

A visita nunca ia além de duas horas; era passada em coisas insignificantes, entremeada de suspiros do noivo, e muita faceirice dela.

– O que me estava reservado nestas alturas! – dizia João Barbosa ao sair de lá.

Naquele dia, logo que ele saiu de casa, dona Joana tratou de examinar friamente a situação. Não podia haver pior para ela. Era claro que, embora João Barbosa não a despedisse logo, seria compelido a fazê-lo pela mulher nos primeiros dias do casamento, ou talvez antes. Por outro lado, desde que ele devesse carinhos a alguém mais que não a ela somente, sua gratidão viria a diminuir muito, e com a gratidão o legado provável.

Era preciso achar um remédio.

Qual?

Nisso gastou dona Joana toda a manhã sem achar solução nenhuma, ao menos solução que prestasse. Pensou em várias coisas, todas impraticáveis ou arriscadas e terríveis para ela.

Quando João Barbosa voltou para casa, às três horas da tarde, achou-a triste e calada. Indagou o que era; ela respondeu com algumas palavras soltas, mas sem clareza, de maneira que ele ficaria na mesma, se não tivesse havido a cena da manhã.

– Já lhe disse, dona Joana, que a senhora não perde nada com a minha nova situação. O lugar pertence-lhe.

O olhar de dignidade ofendida que ela lhe lançou foi tal que ele não achou nenhuma réplica. Entre si fez um elogio à caseira.

– Tem-me afeição, coitada! É uma alma dotada de muita elevação.

Dona Joana não o serviu com menos carinho nesse e no dia seguinte; era a mesma pontualidade e solicitude. A tristeza, porém, era também a mesma e isto desconsolava sobremodo o noivo de dona Lucinda, cujo principal desejo era fazê-las felizes ambas.

O sobrinho José, que tivera o bom gosto de cortar os laços que o prendiam ao outro, desde que viu serem inúteis os esforços para separar dona Joana de casa, não deixava de ali ir a miúdo tomar a bênção ao tio e receber alguma coisa de quando em quando. Acertou de ir alguns dias depois da revelação de João Barbosa. Não o achou em casa, mas dona Joana estava, e ele em tais circunstâncias não deixava de se demorar a louvar o tio, na esperança de que alguma coisa chegasse aos ouvidos deste. Naquele dia notou que dona Joana não tinha a alegria do costume.

Interrogada por ele, dona Joana respondeu:

– Não é nada...

– Alguma coisa há de ser, dar-se-á caso que...

– Que?...

– Que meu tio esteja doente?

– Antes fosse isso!

– Que ouço?

Dona Joana mostrou-se arrependida do que dissera e metade do arrependimento era sincero, metade fingido. Não tinha grande certeza da discrição do rapaz; mas via bem para que lado iam seus interesses. José tanto insistiu em saber do que se tratava que ela não hesitou em dizer-lhe tudo, debaixo de palavra de honra e no mais inviolável segredo.

– Ora veja – concluiu ela – se ao saber que essa senhora trata de enganar o nosso bom amigo para haver-lhe a fortuna...

– Não diga mais, dona Joana! – interrompeu José fulo de cólera.
– Que vai fazer?
– Verei, verei...
– Oh! Não me comprometa!
– Já lhe disse que não; saberei desfazer a trama da viúva. Ela veio aqui alguma vez?
– Não, mas consta-me que há de vir domingo jantar.
– Virei também.
– Pelo amor de Deus...
– Descanse!

José via o perigo tanto como dona Joana; só não viu que ela lhe contara tudo para havê-lo de seu lado e fazê-lo trabalhar por desfazer um laço quase feito. O medo dá às vezes coragem, e um dos maiores medos do mundo é o de perder uma herança. José sentiu-se resoluto a empregar todos os esforços para obstar o casamento do tio.

Dona Lucinda foi efetivamente jantar em casa de João Barbosa. Este não cabia em si de contente desde que se levantou. Quando dona Joana foi levar-lhe o café do costume, ele desfez-se em elogios à noiva.

– A senhora vai vê-la, dona Joana, vai ver o que é uma pessoa digna de todos os respeitos e merecedora de uma afeição nobre e profunda.
– Quer mais açúcar?
– Não. Que graça! Que maneiras, que coração! Não imagina que tesouro é aquela mulher! Confesso que estava longe de suspeitar tão raro conjunto de dotes morais. Imagine...
– Olhe que o café esfria...
– Não faz mal. Imagine...
– Creio que há gente de fora. Vou ver.

Dona Joana saiu; João Barbosa ficou pensativo.
– Coitada! A ideia de que vai perder a minha estima não a deixa um só instante. *In petto* não aprova talvez este casamento, mas não se atreveria nunca a dizê-lo. É uma alma extremamente elevada!

Dona Lucinda apareceu perto das quatro horas. Ia luxuosamente vestida, graças a algumas dívidas feitas à conta dos futuros cabedais. A vantagem daquilo era não parecer que João Barbosa a tirava do nada.

Passou-se o jantar sem incidente nenhum; pouco depois de oito horas, dona Lucinda retirou-se, deixando encantado o noivo. Dona Joana, se não fossem as circunstâncias apontadas, devia ficar igualmente namorada da viúva, que a tratou com uma bondade, uma distinção verdadeiramente adoráveis. Era talvez cálculo; dona Lucinda queria ter por si todos os votos, e sabia que o da boa velha tinha alguma consideração.

Entretanto, o sobrinho de João Barbosa, que também ali jantara, apenas a noiva do tio se retirou para casa foi ter com ele.

– Meu tio – disse José –, reparei hoje uma coisa.

– Que foi?

– Reparei que se o senhor não tiver conta em si é capaz de ser embaçado.

– Embaçado?

– Nada menos.

– Explica-te.

– Dou-lhe notícia de que a senhora que hoje aqui esteve tem ideias a seu respeito.

– Ideias? Explica-te mais claramente.

– Pretende desposá-lo.

– E então?

– Então, é que o senhor é o quinto ricaço a quem ela lança a rede. Os primeiros quatro perceberam a tempo o sentimento de especulação pura, e não caíram. Eu previno-o disso, para que não se deixe levar pelo conto da sereia, e se ela lhe falar em alguma coisa...

João Barbosa, que já estava vermelho de cólera, não se pôde conter; cortou-lhe a palavra intimando-o a que saísse. O rapaz disse que obedecia, mas não interrompeu as reflexões: inventou o que pôde, deitou cores sombrias ao quadro, de maneira que saiu deixando o veneno no coração do pobre velho.

Era difícil que algumas palavras tivessem o condão de desviar o namorado do plano que assentara; mas é certo que foi esse o ponto de partida de uma longa hesitação. João Barbosa vociferou contra o sobrinho, mas, passado o primeiro acesso, refletiu um pouco no que lhe acabava de ouvir e concluiu que seria realmente triste, se ele tivesse razão.

– Felizmente, é um caluniador! – concluiu ele.

Dona Joana soube da conversa havida entre João Barbosa e o sobrinho, e aprovou a ideia deste; era necessário voltar à carga; e José não se descuidou disso.

João Barbosa confiou à caseira as perplexidades que o sobrinho buscava lançar em seu coração.

– Acho que ele tem razão – disse ela.

– Também tu?

– Também eu, e se o digo é porque o posso dizer, visto que desde hoje estou desligada desta casa.

Dona Joana disse isto levando o lenço aos olhos, o que partiu o coração de João Barbosa em mil pedaços; tratou de a consolar e inquiriu a causa de semelhante resolução. Dona Joana recusou explicar; afinal estas palavras saíram de sua boca trêmula e comovida:

– É que... também eu tenho coração!

Dizer isto e fugir foi a mesma coisa. João Barbosa ficou a olhar para o ar, depois dirigiu os olhos a um espelho, perguntando-lhe se efetivamente não era explicável aquela declaração.

Era.

João Barbosa mandou-a chamar. Veio dona Joana e, arrependida de ter ido tão longe, tratou de explicar o que acabava de dizer. A explicação era fácil; repetiu que tinha coração, como o sobrinho de João Barbosa, e não podia, como o outro, vê-lo entregar-se a uma aventureira.

– Era isso?

– É duro de o dizer, mas cumpri o que devia; compreendo, porém, que não posso continuar nesta casa.

João Barbosa procurou apaziguar-lhe os escrúpulos; e dona Joana deixou-se vencer, ficando.

Entretanto, o noivo sentia-se um tanto perplexo e triste. Cogitou, murmurou, vestiu-se e saiu.

Na primeira ocasião em que se encontrou com dona Lucinda, esta, vendo-o triste, perguntou-lhe se eram incômodos domésticos.

– Talvez – resmungou ele.

— Adivinho.

— Sim?

— Alguma que lhe fez a caseira que o senhor lá tem?

— Por que supõe isso?

Dona Lucinda não respondeu logo; João Barbosa insistiu.

— Não simpatizo com aquela cara.

— Pois não é má mulher.

— De aparência, talvez.

— Parece-lhe então...

— Nada; digo que bem pode ser alguma intrigante...

— Oh!

— Mera suposição.

— Se a conhecesse havia de lhe fazer justiça.

João Barbosa não recebeu impunemente esta alfinetada. Se efetivamente dona Joana não passasse de uma intrigante? Era difícil supô-lo ao ver a cara com que ela o recebeu na volta. Não a podia haver mais afetuosa. Contudo, João Barbosa pôs-se em guarda; convém dizer, em honra de seus afetos domésticos, que não o fez sem tristeza e amargura.

— Que tem o senhor que está tão macambúzio? – perguntou dona Joana com a mais doce voz que possuía.

— Nada, dona Joana.

E daí a pouco:

— Diga-me; seja franca. Alguém a incumbiu de me dizer aquilo a respeito da senhora que...

Dona Joana tremeu de indignação.

— Pois imagina que eu seria capaz de fazer-me instrumento... Oh! É demais!

O lenço correu aos olhos e provavelmente encheu-se de lágrimas. João Barbosa não podia ver chorar uma mulher que o servia tão bem havia tanto tempo. Consolou-a como pôde, mas o golpe (dizia ela) fora profundo. Isto foi dito tão de dentro, e com tão amarga voz, que João Barbosa não pôde esquivar-se a esta reflexão.

— Esta mulher ama-me!

Desde que, pela segunda vez, se lhe metia esta suspeita pelos olhos, seus sentimentos em relação a dona Joana eram de compaixão e simpatia. Ninguém pode odiar a pessoa que o ama silenciosamente e sem esperança. O bom velho sentia-se lisonjeado da vegetação amorosa que seus olhos faziam brotar dos corações.

Daí em diante começou uma luta entre as duas mulheres de que eram campo e objeto o coração de João Barbosa. Uma tratava de demolir a influência da outra; os dois interesses esgrimiam com todas as armas que tinham à mão.

João Barbosa era um joguete entre ambas – uma espécie de bola de borracha que uma atirava às mãos da outra, e que esta de novo lançava às da primeira. Quando estava com Lucinda suspeitava de Joana; quando com Joana, suspeitava de Lucinda. Seu espírito, debilitado pelos anos, não tinha consistência nem direção; uma palavra o dirigia ao sul, outra o encaminhava ao norte.

A esta situação, já de si complicada, vieram juntar-se algumas circunstâncias desfavoráveis a dona Lucinda. O sobrinho José não cessava as suas insinuações; ao mesmo tempo os parentes da interessante viúva entraram a rodear o velho, com tal sofreguidão, que, apesar de sua boa vontade, este desconfiou seriamente das intenções da noiva. Nisto sobreveio um ataque de reumatismo. Obrigado a não sair de casa, era a dona Joana que cabia desta vez exclusivamente a direção do espírito de João Barbosa. Dona Lucinda foi visitá-lo algumas vezes; mas o papel principal não era seu.

A caseira não se poupou a esforços para readquirir a antiga influência; o velho ricaço saboreou de novo as delícias da dedicação de outro tempo. Ela o tratava, amimava e conversava; lia-lhe os jornais, contava-lhe a vida dos vizinhos entremeada de velhas anedotas adequadas à narração. A distância e a ausência eram dois dissolventes poderosos do amor decrépito de João Barbosa.

Logo que ele melhorou um pouco foi à casa de dona Lucinda. A viúva o recebeu com polidez, mas sem a solicitude a que o acostumara. Sucedendo a mesma coisa outra vez, João Barbosa sentiu que, pela sua parte, também o primitivo afeto esfriara um pouco.

Dona Lucinda contava aguçar-lhe o afeto e o desejo mostrando-se fria e reservada; sucedeu o contrário. Quando quis resgatar o que perdera, era um pouco tarde; contudo não desanimou.

Entretanto, João Barbosa voltara à casa, onde a figura de dona Joana lhe pareceu a mais ideal de todas as esposas.

– Como é que não me lembrei há mais tempo de casar com esta mulher? – pensou ele.

Não fez a pergunta em voz alta; mas dona Joana pressentiu num olhar de João Barbosa que aquela ideia alvorecia em seu generoso espírito.

João Barbosa voltou a concentrar-se em casa. Dona Lucinda, após os primeiros dias, derramou o coração em longas cartas que eram pontualmente entregues em casa de João Barbosa, e que este lia em presença de dona Joana, posto fosse em voz baixa. João Barbosa, logo à segunda, quis ir reatar o vínculo roto; mas o outro vínculo que o prendia à caseira era já forte e a ideia foi posta de lado. Dona Joana achou enfim meio de subtrair as cartas.

Um dia, João Barbosa chamou dona Joana a uma conferência particular.

– Dona Joana, chamei-a para lhe dizer uma coisa grave.

– Diga.

– Quero fazer a sua felicidade.

– Já não a faz há tanto tempo?

– Quero fazê-la de modo mais positivo e duradouro.

– Como?

– A sociedade não crê, talvez, na pureza de nossa afeição; confirmemos a suspeita da sociedade.

– Senhor! – exclamou dona Joana com um gesto de indignação tão nobre quão simulado.

– Não me entendeu, dona Joana, ofereço-lhe a minha mão...

Um acesso de asma, porque ele também padecia de asma, veio interromper a conversa no ponto mais interessante. João Barbosa gastou alguns minutos sem falar nem ouvir. Quando o acesso passou, sua felicidade, ou antes a de ambos, estava prometida de parte a parte. Ficava assentado um novo casamento.

Dona Joana não contava com semelhante desenlace, e abençoou a viúva que, pretendendo casar com o velho, sugeriu-lhe a ideia de fazer o mesmo e a encaminhou àquele resultado. O sobrinho José é que estava longe de crer que havia trabalhado simplesmente para a caseira; tentou ainda impedir a realização do plano do tio, mas este às primeiras palavras fê-lo desanimar.

– Desta vez, não cedo! – respondeu ele. – Conheço as virtudes de dona Joana, e sei que pratico um ato digno de louvor.

– Mas...

– Se continuas, pagas-me!

José recuou e não teve outro remédio mais que aceitar os fato consumados. O pobre septuagenário treslia evidentemente.

Dona Joana tratou de apressar o casamento, receosa de que ou algumas das várias moléstias de João Barbosa ou a própria velhice desse cabo dele, antes de arranjadas as coisas. Um tabelião foi chamado, e tratou, por ordem do noivo, de preparar o futuro de dona Joana.

Dizia o noivo:

– Se eu não tiver filhos, desejo...

– Descanse, descanse – respondeu o tabelião.

A notícia desta resolução e dos atos subsequentes chegou aos ouvidos de dona Lucinda, que mal pôde crer neles.

– Compreendo que me fugisse; eram intrigas daquela... daquela criada! – exclamou ela.

Depois ficou desesperada; interpelou o destino, deu ao diabo todos os seus infortúnios.

– Tudo perdido! Tudo perdido! – dizia ela com uma voz arrancada às entranhas.

Nem dona Joana nem João Barbosa a podiam ouvir. Eles viviam como dois namorados jovens, embebidos no futuro. João Barbosa planeava mandar construir uma casa monumental em algum dos arrabaldes onde passaria o resto de seus dias. Conversavam das divisões que a casa devia ter, da mobília que lhe convinha, da chácara, e do jantar com que deviam inaugurar a residência nova.

– Quero também um baile! – dizia João Barbosa.

– Para quê? Um jantar basta.

– Nada! Há de haver grande jantar e grande baile; é mais estrondoso. Demais, quero apresentar-te à sociedade como minha mulher, e fazer-te dançar com algum adido de legação. Sabes dançar?

– Sei.

– Pois então! Jantar e baile.

Marcou-se o dia de ano bom para celebração do casamento.

– Começaremos um ano feliz – disseram ambos.

Faltavam ainda dez dias, e dona Joana estava impaciente. O sobrinho José, alguns dias arrufado, fez as pazes com a futura tia. O outro aproveitou o ensejo de vir pedir o perdão do tio; deu-lhe os parabéns e recebeu a bênção. Já agora não havia remédio senão aceitar de boa cara o mal inevitável.

Os dias aproximaram-se com uma lentidão mortal; nunca dona Joana os vira mais compridos. Os ponteiros do relógio pareciam padecer de reumatismo; o sol devia ter por força as pernas inchadas. As noites pareciam-se com as da eternidade.

Durante a última semana João Barbosa não saiu de casa; todo ele era pouco para contemplar a próxima companheira de seus destinos. Enfim raiou a aurora cobiçada.

Dona Joana não dormia um minuto sequer, tanto lhe trabalhava o espírito.

O casamento devia ser feito sem estrondo, e foi uma das vitórias de dona Joana, porque o noivo falava em um grande jantar e meio mundo de convidados. A noiva teve prudência; não queria expor-se e expô-lo a comentários. Conseguira mais; o casamento devia ser celebrado em casa, num oratório preparado de propósito. Pessoas de fora, além dos sobrinhos, havia duas senhoras (uma das quais era madrinha) e três cavalheiros, todos eles e elas maiores de cinquenta.

Dona Joana fez sua aparição na sala alguns minutos antes da hora marcada para celebração do matrimônio. Vestida com severidade e simplicidade.

Tardando o noivo, ela mesma o foi buscar.

João Barbosa estava no gabinete já pronto, sentado ao pé de uma mesa, com uma das mãos calçadas.

Quando dona Joana entrou deu com os olhos no grande espelho que ficava defronte e que reproduzia a figura de João Barbosa; este estava de costas para ela. João Barbosa fitava-a rindo, um riso de bem-aventurança.

– Então! – disse dona Joana.

Ele continuava a sorrir e a fitá-la; ela aproximou-se, rodeou a mesa, olhou-o de frente.

– Vamos ou não?

João Barbosa continuava a sorrir e a fitá-la. Ela aproximou-se e recuou espavorida.

A morte o tomara; era a melhor das noivas.

A PIANISTA

Publicado originalmente no *Jornal das Famílias*, em 1866

Tinha vinte e dois anos e era professora de piano. Era alta, formosa, morena e modesta.

Fascinava e impunha respeito; mas através do recato que ela sabia manter sem cair na afetação ridícula de muitas mulheres, via-se que era uma alma ardente e apaixonada, capaz de atirar-se ao mar, como Safo, ou de enterrar-se com o seu amante, como Cleópatra.

Ensinava piano. Era esse o único recurso que tinha para sustentar-se e a sua mãe, pobre velha a quem os anos e a fadiga de uma vida trabalhosa não permitiam já tomar parte nos labores de sua filha.

Malvina (era o nome da pianista) era estimada onde quer que fosse exercer a sua profissão. A distinção de suas maneiras, a delicadeza de sua linguagem, a beleza rara e fascinante, e mais do que isso, a boa fama de mulher honesta acima de toda a insinuação tinha-lhe granjeado a estima de todas as famílias.

Era admitida nos saraus e jantares de família, não só como pianista, mas ainda como conviva elegante e simpática, sendo que ela sabia pagar com a mais perfeita distinção as atenções de que era objeto.

Nunca se lhe desmentira a estima que em todas as famílias encontrava. Essa estima estendia-se até à pobre Teresa, sua mãe, que participava igualmente dos convites que faziam a Malvina.

O pai de Malvina morrera pobre, deixando à família a lembrança honrosa de uma vida honrada. Era um pobre advogado sem carta, que, à custa de longa prática, conseguira poder exercer as funções da advocacia com tanto sucesso como se houvera cursado os estudos acadêmicos. O mealheiro do pobre homem foi sempre um tonel das Danaides, escoando-se por um lado o que entrava por outro, graças às necessidades de honra que o mau destino lhe deparava. Quando pretendia começar a fazer pecúlio para garantir o futuro da viúva e da órfã que deixasse, deu a alma a Deus.

Tinha, além de Malvina, um filho, principal causa dos danos pecuniários que sofreu; mas esse, mal faleceu o pai, abandonou a família, e vivia, na época desta narrativa, uma vida de opróbrio.

Era Malvina o único amparo de sua velha mãe, a quem amava com um amor de adoração.

* * *

Ora, entre as famílias onde Malvina exercia as suas funções de pianista, contava-se, em 1850, a família de Tibério Gonçalves Valença.

Tenho necessidade de dizer em duas palavras quem era Tibério Gonçalves Valença para melhor compreensão da minha narrativa.

Tibério Gonçalves Valença nascera com o século, isto é, contava, na época em que se passam estes acontecimentos, cinquenta anos, e na época em que a família real portuguesa chegou ao Rio de Janeiro, oito anos.

Era filho de Basílio Gonçalves Valença, natural do interior da província do Rio de Janeiro, homem de certa influência na capital, nos fins do último século. Tinha exercido, a contento do governo, certos cargos administrativos, em virtude dos quais teve ocasião de praticar com alguns altos funcionários e adquirir por isso duas coisas: a simpatia dos referidos funcionários e uma decidida vocação para adorar tudo quanto respirava nobreza de duzentos anos para cima.

A família real portuguesa chegou ao Rio de Janeiro em 1808. Nessa época Basílio Valença estava retirado da vida pública, em virtude de várias moléstias graves, das quais, todavia, já se achava restabelecido naquela época. Tomou parte ativa na alegria geral e sincera com que o príncipe regente foi recebido pela população da cidade, e por uma anomalia que muita gente não compreendeu, admirava menos o representante da real nobreza bragantina do que os diferentes figurões que faziam parte da comitiva que acompanhava a monarquia portuguesa.

Tinha queda especial para os estudos nobiliários; dispunha de uma memória prodigiosa e era capaz de repetir sem vacilar todos os graus de ascendência fidalga deste ou daquele solar. Quando a ascendência se perdia na noite dos tempos, Basílio Valença parava a narração e dizia com entusiasmo que dali só para onde Deus sabia.

E este entusiasmo era tão espontâneo, e esta admiração tão sincera, que uma vez julgou dever romper as relações de amizade com um compadre só porque este lhe objetou que muito longe que fosse certa fidalguia nunca podia ir além de Adão e Eva.

Darei uma prova da admiração de Basílio Valença pelas coisas fidalgas. Para alojar os nobres que acompanhavam o príncipe regente foi preciso, por ordem do intendente de polícia, que muitos moradores das boas casas as despejassem incontinente. Basílio Valença nem esperou que esta ordem lhe fosse comunicada; mal soube das diligências policiais a que se procedia foi de moto próprio oferecer a sua casa, que era das melhores, e mudou-se para outra de muito menor valia e de mesquinho aspecto.

E mais. Muitos dos fidalgos alojados violentamente tarde deixaram as casas, e tarde satisfizeram os aluguéis respectivos. Basílio Valença não só impôs a condição de que não se lhe devolveria a casa enquanto fosse necessária, senão que declarou peremptoriamente não aceitar do fidalgo alojado o mínimo real.

Esta admiração, que se traduziu por fatos, era efetivamente sincera, e até morrer nunca Basílio deixou de ser o que sempre foi.

Tibério Valença foi educado nestas tradições. O pai inspirou-lhe as mesmas ideias e as mesmas simpatias. Com elas cresceu, crescendo-lhes, entretanto, outras ideias que o andar do tempo lhe foi inspirando. Imaginou que a longa e tradicional afeição de sua família pelas famílias afidalgadas dava-lhe um direito de penetrar no círculo fechado dos velhos brasões, e nesse sentido tratou de educar os filhos e avisar o mundo.

Tibério Valença não era lógico neste procedimento. Se não queria admitir em sua família um indivíduo que na sua opinião estava abaixo dela, como pretendia entrar nas famílias nobres de que ele se achava evidentemente muito mais baixo? Isto, que saltava aos olhos de qualquer, não era compreendido por Tibério Valença, a quem a vaidade de ver misturar o sangue vermelho das suas veias com o sangue azul das veias fidalgas era para ele o único e exclusivo cuidado.

Finalmente o tempo trouxe as necessárias modificações às pretensões nobiliárias de Tibério Valença, e em 1850 já não exigia uma linha de avós puros e incontestáveis, exigia simplesmente uma fortuna regular.

Eu não me atrevo a dizer o que penso destas preocupações de um homem que a natureza fizera pai. Indico-as simplesmente. E acrescento que Tibério Valença cuidava destes arranjos dos filhos como cuidava do arranjo de umas fábricas que possuía. Eram para ele a mesma operação.

Ora, apesar de toda a vigilância, o filho de Tibério Valença, Tomás Valença, não comungou com as ideias do pai, nem assinou os seus projetos secretos. Era moço, recebia a influência de outras ideias e de outros tempos, e podia recebê-la em virtude da liberdade plena que gozava e da companhia que escolheu. Elisa Valença, sua irmã, não estava, talvez, no mesmo caso, e muitas vezes teve de comprimir os impulsos do coração para não contrariar as ideias acanhadas que Tibério Valença lhe introduzira na cabeça.

Mas fossem ambos com as suas ideias ou não fossem absolutamente, era o que Tibério Valença não cuidava de saber. Ele tinha a respeito da paternidade umas ideias especiais; entendia que estava na sua mão regular, não só o futuro, o que era justo, mas ainda o coração dos seus filhos. Nisto enganava-se Tibério Valença.

* * *

Malvina ensinava piano a Elisa. Ali, como nas outras casas, era estimada e respeitada.

Havia já três meses que contava a filha de Tibério Valença entre as suas discípulas e já a família Valença prestava-lhe um culto de simpatia e afeição.

A afeição de Elisa por ela foi mesmo muito longe. A discípula confiava à professora os segredos mais íntimos do seu coração, e para isso era levada pela confiança que lhe inspirava a mocidade e os modos sérios de Malvina.

Elisa não tinha mãe nem irmãs. A pianista era a única pessoa do seu sexo com quem a moça tinha ocasião de conversar mais frequentemente.

Assistia às lições de piano o filho de Tibério Valença. Da conversa ao namoro, do namoro ao amor decidido não mediou muito tempo. Um dia Tomás levantou-se da cama com a convicção de que amava Malvina. A beleza, a castidade da moça obravam este milagre.

Malvina, que até então se conservara isenta de paixões, não pôde resistir a esta. Amou perdidamente o rapaz.

Elisa entrava no amor de ambos como confidente. Estimava o irmão, estimava a professora, e esta estima dupla fez esquecer-lhe por algum tempo os preconceitos inspirados por seu pai.

Mas o amor tem o grande inconveniente de não guardar a discrição necessária para que os estranhos não percebam. Quando dois olhares andam a falar entre si todo o mundo fica aniquilado para os olhos que os desferem; parece-lhes que têm o direito e a necessidade de viverem de si e por si.

Ora, um dia em que Tibério Valença voltou mais cedo, e a pianista demorou a lição até mais tarde, foi obrigado o sisudo pai a assistir aos progressos de sua filha. Tentado pelo que ouviu Elisa tocar, exigiu mais, e mais, e mais, até que veio notícia de que o jantar estava na mesa. Tibério Valença convidou a moça a jantar, e esta aceitou.

Foi para o fim do jantar que Tibério Valença descobriu os olhares menos indiferentes que se trocavam entre Malvina e Tomás.

Apanhando um olhar por acaso não deixou de prestar atenção mais séria aos outros, e com tanta infelicidade para os dois namorados, que desde então não perdeu um só.

Quando se levantou da mesa era outro homem, ou antes era o mesmo homem, o verdadeiro Tibério, um Tibério indignado e já desonrado só com os preliminares de um amor que existia.

Despediu a moça com alguma incivilidade, e retirando-se para o seu quarto, mandou chamar Tomás. Este acudiu pressuroso ao chamado do pai, sem cuidar, nem por sombras, do que se ia tratar.

– Sente-se – disse Tibério Valença.

Tomás sentou-se.

– Possuo uma fortuna redonda que pretendo deixar aos meus dois filhos, se eles forem dignos de mim e da minha fortuna. Tenho um nome que, se se não recomenda por uma linha ininterrupta de avós preclaros, todavia pertence a um homem que mereceu a confiança do rei dos tempos coloniais e foi tratado sempre com distinção pelos fidalgos do seu tempo. Tudo isto impõe aos meus filhos uma discrição e um respeito de si mesmo, única tábua de salvação da honra e da fortuna. Creio que me expliquei e me compreendeu.

Tomás estava aturdido. As palavras do pai eram grego para ele. Olhou fixamente para Tibério Valença, e quando este com um gesto de patrício romano mandou-o embora, Tomás deixou escapar estas palavras em tom humilde e suplicante:

– Explique-se, meu pai; não o compreendo.

– Não compreende?

– Não.

Os olhos de Tibério Valença faiscavam. Parecia-lhe que tinha falado claro, não querendo sobretudo falar mais claro, e Tomás, sem procurar a oportunidade daquelas observações, perguntava-lhe o sentido das suas palavras, no tom da mais sincera surpresa.

Era preciso dar a Tomás a explicação pedida.

Tibério Valença continuou

– As explicações que lhe tenho a dar são mui resumidas. Quem lhe deu o direito de me andar namorando a filha de um rábula?

– Não compreendo ainda – disse Tomás.

– Não compreende?

– Quem é a filha do rábula?

– É essa pianista, cuja modéstia todos são unânimes em celebrar, mas que eu descubro agora ser apenas uma rede que ela arma para apanhar um casamento rico.

Tomás compreendeu enfim de que se tratava. Tudo estava descoberto. Não compreendeu nem como nem desde quando, mas compreendeu que o seu amor, tão cuidadosamente velado, já não era segredo.

Todavia, ao lado da surpresa que lhe causaram as palavras do pai, sentiu um desgosto pela insinuação brutal de que vinha acompanhada a explicação: e, sem responder nada, levantou-se, curvou a cabeça e encaminhou-se para a porta.

Tibério Valença fê-lo parar dizendo:

– Então que é isso?

– Meu pai...

– Retirava-se sem mais nem menos? Que me diz em resposta às minhas observações? Veja lá. Ou a pianista sem a fortuna, ou a fortuna sem a pianista: é escolher. Eu não ajuntei dinheiro nem o criei com tanto trabalho para realizar os projetos atrevidos de uma mulher de pouco mais ou menos...

– Meu pai, se o que me retivesse na casa paterna fosse simplesmente a fortuna, minha escolha estava feita: o amor de uma mulher honesta bastava-me para amparar minha vida: eu saberei trabalhar por ela. Mas eu sei que acompanhando essa moça perco a afeição de meu pai, e prefiro perder a mulher a perder o pai: fico.

Esta resposta de Tomás desconcertou Tibério Valença. O pobre homem passou a mão pela cabeça, fechou os olhos, franziu a testa, e depois de dois minutos, disse, levantando-se:

– Pois sim, de um ou de outro modo, estimo que fique. Poupo-lhe um arrependimento.

E fez um gesto a Tomás para que saísse. Tomás saiu, de cabeça baixa, e dirigiu-se para o seu quarto, onde ficou encerrado até o dia seguinte.

* * *

No dia seguinte, na ocasião em que Malvina ia sair para dar as suas lições, recebeu um bilhete de Tibério Valença. O pai de Tomás dava o ensino de Elisa por acabado e mandava-lhe o saldo de contas.

Malvina não compreendeu esta despedida tão positiva e tão humilhante. A que podia atribuí-la? Em vão indagou se a memória lhe apresentava um fato que pudesse justificar ou explicar o bilhete, e não achou.

Resolveu ir à casa de Tibério Valença e ouvir da própria boca dele as causas que faziam dispensar tão bruscamente as suas lições à menina Elisa.

Tibério Valença não estava em casa. Estava só Elisa. Tomás estava, mas encerrara-se no quarto, de onde só saíra à hora do almoço por instâncias do pai.

Elisa recebeu a pianista com certa frieza que bem se via ser estudada. O coração pedia-lhe outra coisa.

À primeira reclamação de Malvina acerca do estranho bilhete que recebera, Elisa respondeu que não sabia. Mas tão mal fingiu a ignorância, tão difícil e doloroso lhe foi a resposta, que Malvina, compreendendo que alguma coisa havia no fundo com que não queria contrariá-la, pediu positivamente a Elisa que o dissesse, prometendo nada referir.

Elisa disse à pianista que o amor de Tomás por ela estava descoberto, e que o pai levava a mal esse amor, tendo lançado mão do meio da despedida para afastá-la da casa e da convivência de Tomás.

Malvina, que amava sincera e apaixonadamente o irmão de Elisa, chorou ao ouvir esta notícia.

Mas as lágrimas que faziam? O ato estava consumado; a despedida estava feita; só havia uma coisa a fazer: sair e não pôr mais os pés na casa de Tibério Valença.

Foi o que Malvina resolveu fazer.

Levantou-se e despediu-se de Elisa.

Esta, que, apesar de tudo, tinha um fundo de afeição pela pianista, perguntou-lhe se não ficava mal com ela.

– Mal por quê? – perguntou a pianista. – Não, não fico.

E saiu enxugando as lágrimas.

* * *

Estava desfeita a situação que podia continuar a avassalar o coração de Tomás. O pai não parou, e procedeu, no ponto de vista em que se colocava, com uma lógica cruel.

Tratou primeiramente de afastar o filho da corte por alguns meses, de maneira que a ação do tempo pudesse apagar no coração e na memória do rapaz o amor e a imagem de Malvina.

– É isto – dizia consigo Tibério Valença –, não há outro meio. Longe esquece-lhe tudo. A tal pianista não é lá essas belezas que impressionem muito.

O narrador protesta contra esta última reflexão de Tibério Valença, que, de certo, na idade que contava, já se esquecera dos predicados da beleza e dos milagres da simpatia que fazem amar às feias. E até quando as feias se fazem amar, é sempre doida e perdidamente, diz La Bruyère, porque foi de certo por filtros poderosos e vínculos desconhecidos que elas souberam atrair e prender.

Tibério Valença não admitia a hipótese de amar a uma feia, nem de amar muito tempo uma bonita. Era desta negação que ele partia, como homem sensual e positivo que era.

Resolveu, portanto, mandar o filho para fora, e comunicou-lhe o projeto oito dias depois das cenas que acima narrei.

Tomás recebeu a notícia com aparente indiferença. O pai ia armado de objeções para responder às que lhe dispensasse o rapaz, e ficou muito admirado quando este curvou-se submisso à ordem de partir.

Entretanto aproveitou a ocasião para usar de alguma cordura e generosidade.

– Fazes gosto em ir? – perguntou-lhe.

– Faço, meu pai – foi a resposta de Tomás.

Era à Bahia que devia ir o filho de Tibério.

Desde o dia desta conferência Tomás mostrou-se mais e mais triste, sem todavia manifestar a ninguém com que sentimento recebera a notícia de deixar o Rio de Janeiro.

Tomás e Malvina só se tinham encontrado duas vezes depois do dia em que esta foi despedida da casa de Tibério. A primeira foi à porta da casa dela. Tomás passava na ocasião em que Malvina ia entrar. Falaram-se. Não era preciso nenhum deles perguntar se sentiam saudades com a ausência e a separação. O ar de ambos dizia tudo. Tomás, às interrogações de Malvina, disse que passava ali sempre, e sempre via as janelas fechadas. Cuidou um dia que ela estivesse doente.

– Não estive doente: é preciso que nos esqueçamos um do outro. Se eu não puder, seja...

– Eu? – interrompeu Tomás.

– É preciso – respondeu a pianista suspirando.

– Nunca – disse Tomás.

A segunda vez em que se viram foi em casa de um amigo cuja irmã recebia lições de Malvina. Estava lá o moço na ocasião em que a pianista entrou. Malvina pretextou doença, e disse que só para não ser esperada em vão tinha ido lá. Depois do que, retirou-se.

Tomás resolveu ir despedir-se de Malvina. Seus esforços, porém, foram inúteis. Em casa sempre lhe diziam que ela tinha saído, e as janelas constantemente fechadas pareciam as portas do túmulo do amor dos dois.

Na véspera de partir, Tomás convenceu-se de que era impossível despedir-se da moça.

Desistiu de procurá-la e resolveu-se, com mágoa, a sair do Rio de Janeiro sem dar-lhe o adeus de despedida.

– Nobre moça! – dizia ele consigo; não quer que do nosso encontro resulte atear-se o amor que me prende a ela.

Enfim Tomás partiu.

Tibério deu-lhe todas as cartas e ordens necessárias para que nada lhe faltasse na Bahia, e soltou do peito um suspiro de consolação quando o filho saiu à barra.

* * *

Malvina soube da partida de Tomás logo no dia seguinte. Chorou amargamente. Por que sairia? Ela acreditou que dois motivos seriam: ou resolução corajosa para esquecer um amor que lhe trouxera o desgosto do pai; ou uma intimação cruel do pai. De um ou outro modo Malvina estimava esta separação. Se ela não esquecia o rapaz, tinha esperanças de que o rapaz a esquecesse, e então não sofria com esse amor que só podia trazer desgraças ao filho de Tibério Valença.

Este nobre pensamento denota claramente o caráter elevado e desinteressado e o amor profundo e corajoso da pianista. Tanto bastava para que ela merecesse casar com o rapaz.

Quanto a Tomás, partiu com o coração apertado e o ânimo abatido. À última hora foi que ele sentiu quanto amava a moça e como nesta separação lhe sangrava o coração. Mas devia partir. Afogou a dor em lágrimas e partiu.

* * *

Correram dois meses.

Durante os primeiros dias de sua residência na Bahia, Tomás sentiu as grandes saudades do grande amor que nutria por Malvina. Fez-se-lhe em torno maior solidão ainda que a que já tinha. Parecia-lhe que ia morrer naquele desterro, sem a luz e o calor que lhe dava vida. Estando, por assim dizer, a dois passos do Rio de Janeiro, afigurava-se-lhe achar-se no cabo do mundo, longe, eternamente longe, infinitamente longe de Malvina.

O correspondente de Tibério Valença, previamente informado por este, procurou todos os meios de distrair o espírito de Tomás. Tudo foi em vão. Tomás olhava para tudo com indiferença, isto mesmo quando lhe era dado olhar, porque quase sempre passava os dias encerrado em casa, recusando toda a espécie de distração.

Esta mágoa tão profunda tinha eco em Malvina. A pianista sentia do mesmo modo a ausência de Tomás; não é que tivesse ocasião ou procurasse vê-lo, na época em que se achava na corte, mas é que, separados pelo mar, parecia que estavam separados pela morte, e que nunca mais tinham de ver-se.

Ora, Malvina desejava ver Tomás amando outra, estimado pelo pai, mas queria vê-lo.

Este amor de Malvina, que se apascentava com a felicidade da outra, e só com a vista do objeto amado, este amor não diminuiu, cresceu na ausência, e cresceu muito. A moça nem já podia conter as suas lágrimas; vertia-as insensivelmente todos os dias.

* * *

Um dia Tomás recebeu uma carta de seu pai participando-lhe que Elisa se ia casar com um jovem deputado. Tibério Valença fazia do futuro genro a pintura mais lisonjeira. Era a todos os respeitos um homem distinto e digno da estima de Elisa.

Tomás aproveitou a ocasião, e na resposta que deu a essa carta apresentou a Tibério Valença a ideia de fazê-lo voltar para assistir ao casamento de sua irmã. E procurou lembrar isto no tom mais indiferente e frio deste mundo.

Tibério Valença quis responder positivamente que não; mas, forçado a dar minuciosamente as razões da negativa, e não querendo tocar no assunto, tomou a resolução de não responder senão depois de concluído o casamento, a fim de lhe tirar o pretexto de novo pedido da mesma natureza.

Tomás estranhou o silêncio do pai. Não escreveu outra carta pela razão de que a insistência fá-lo-ia desconfiar. Demais, o silêncio de Tibério Valença, que ao princípio lhe pareceu estranho, tinha uma explicação própria e natural. Essa explicação foi a verdadeira causa do silêncio. Tomás compreendeu e calou-se.

Mas, passados os dois meses, nas vésperas do casamento de Elisa, apareceu Tomás no Rio de Janeiro. Saíra da Bahia inopinadamente, sem que o correspondente de Tibério Valença pudesse obstar.

Chegando ao Rio de Janeiro foi o seu primeiro cuidado ir à casa de Malvina.

Naturalmente não lhe podiam negar a entrada, visto não haver ordem neste sentido por saber-se que ele estava na Bahia.

Tomás, que dificilmente se pudera conter nas saudades que sentiu por Malvina, chegara ao estado de lhe ser impossível continuar ausente. Procurou iludir a vigilância do correspondente de seu pai, e na primeira ocasião pôs em execução o projeto concebido.

Durante a viagem, à proporção que se aproximava do porto desejado, expandia-se o coração do rapaz e nasciam-lhe ânsias cada vez maiores de pôr o pé em terra.

Como já disse, a primeira casa a que Tomás se dirigiu foi a de Malvina. O fâmulo disse que esta se achava em casa, e Tomás entrou. Quando a pianista soube que Tomás estava na sala soltou um grito de alegria, manifestação espontânea do coração, e correu ao encontro dele.

O encontro foi como devia ser o de dois corações que se amam e que tornam a ver-se depois de longa ausência. Pouco disseram, na santa efusão das almas, que falavam em silêncio e se comunicavam por esses meios simpáticos e secretos do amor.

Depois, vieram as indagações sobre as saudades de cada um. Era aquela a primeira vez que tinham ocasião de dizerem francamente o que sentiam um pelo outro.

A pergunta natural de Malvina foi esta:

– Abrandou-se a crueldade de seu pai?

– Não – respondeu Tomás.

– Como, não?

– Não. Vim sem ele saber.

– Ah!

– Não podia mais estar naquele desterro. Era necessidade para o coração e para a vida...

– Oh! Fez mal...

– Fiz o que devia.

– Mas seu pai...

– Meu pai ralhará comigo; mas paciência; acho-me disposto a afrontar tudo. Depois de consumado o fato, meu pai é sempre pai, e nos perdoará...

– Oh! Nunca!
– Como, nunca? Recusa ser minha mulher?
– Essa seria a minha felicidade; mas quisera sê-lo com honra.
– Que mais honra?
– Um casamento clandestino não nos ficaria bem. Se ambos fôssemos pobres ou ricos, sim; mas a desigualdade das nossas fortunas...
– Oh! Não faças essa consideração.
– É essencial.
– Não, não digas isso... Há de ser minha mulher ante Deus e ante os homens. Que valem as fortunas neste caso? Uma coisa nos iguala: é a nobreza moral, é o amor que nos liga. Não entremos nessas miseráveis considerações do cálculo e do egoísmo. Sim?
– Isto é o fogo da paixão... Dirás sempre o mesmo?
– Oh! Sempre!

Tomás ajoelhou aos pés de Malvina. Tomou-lhe as mãos entre as dele e beijou-as com beijos de ternura...

Teresa entrou na sala, justamente na ocasião em que Tomás se levantava. Uns minutos antes que fosse encontraria aquele quadro de amor.

Malvina apresentou Tomás a sua mãe. Parece que Teresa já alguma coisa sabia dos amores da filha. Na conversa com Tomás deixou escapar palavras equívocas que deram lugar a que o filho de Tibério Valença expusesse à velha os seus projetos e os seus amores.

As objeções da velha foram idênticas às da filha. Também ela via na situação esquerda do rapaz em relação ao pai uma razão de impossibilidade para o casamento.

Desta primeira entrevista saiu Tomás, alegre por ver Malvina, triste pela singular oposição de Malvina e de Teresa.

* * *

Em casa de Tibério Valença faziam-se preparativos para o casamento de Elisa.

O noivo era um jovem deputado de província, se do Norte ou do Sul, não sei, mas deputado cujo talento supria os anos de prática, e que começava a influir na situação.

Acrescia que era dono de uma boa fortuna pela recente morte do pai.

Tais considerações decidiram Tibério Valença. Ter por genro um homem abastado, gozando de uma certa posição política, talvez ministro dentro de pouco tempo, era um partido de grande valor. Neste ponto a alegria de Tibério Valença era legítima. E como os noivos se amavam deveras, condição que Tibério Valença dispensaria se necessário fosse, esta união tornou-se aos olhos de todos uma união natural e propícia.

A alegria de Tibério Valença não podia ser maior. Tudo lhe corria às mil maravilhas.

Casava a filha ao sabor dos seus desejos, e tinha longe o filho desnaturado, que talvez àquela hora já começasse a arrepender-se das veleidades amorosas que tivera.

Preparava-se enxoval, faziam-se convites, compravam-se mil coisas necessárias à casa do pai e à da filha, e tudo esperava ansioso o dia aprazado para o casamento de Elisa.

Ora, no meio dessa satisfação plena e geral, caiu subitamente como um raio o filho desterrado, conviva que se não contara para a festa.

A alegria de Tibério Valença ficou assim um tanto aguada. Apesar de tudo não quis romper absolutamente com o filho, e, sinceramente ou não, o primeiro que falou a Tomás não foi o algoz, foi o pai.

Tomás disse que viera para assistir ao casamento da irmã e conhecer o cunhado.

Apesar desta declaração, Tibério Valença determinou sondar o espírito do filho no capítulo dos amores. Guardou-se para o dia seguinte.

E no dia seguinte, logo depois do almoço, Tibério Valença deu familiarmente o braço ao filho e levou-o para uma sala retirada. Aí, depois de fazê-lo sentar, perguntou-lhe se o casamento, se outro motivo o trouxera tão inopinadamente ao Rio de Janeiro.

Tomás hesitou.

– Fala – disse o pai –, fala com franqueza.

– Pois bem, vim por dois motivos: pelo casamento e por outro...
– O outro é o mesmo?
– Quer franqueza, meu pai?
– Exijo.
– É...
– Está bem. Lavo as mãos. Casa-te, consinto; mas nada mais terás de mim. Nada, ouviste?

E dizendo isto Tibério Valença saiu.

Tomás ficou pensativo.

Era um consentimento aquilo. Mas de que natureza? Tibério Valença dizia que, em se casando, o filho não esperasse nada do pai. Que não esperasse os bens da fortuna, pouco ou nada era para Tomás. Mas aquele nada estendia-se a tudo, talvez à proteção paterna, talvez ao amor paterno. Esta consideração de que perderia a afeição do pai calava muito no espírito do filho.

A esperança nunca abandonou os homens. Tomás concebeu a esperança de convencer o pai com o andar dos tempos.

Entretanto, passaram-se os dias e concluiu-se o casamento da filha de Tibério Valença.

No dia do casamento, como nos outros, Tibério Valença tratou o filho com uma sequidão nada paternal. Tomás sentia-se por isso, mas a vista de Malvina, a cuja casa ia regularmente três vezes por semana, dissipava as aflições para dar-lhe novas esperanças, e novos desejos de completar a ventura que procurava.

O casamento de Elisa coincidiu com a retirada do deputado para a província natal. A mulher acompanhou o marido, e, a instâncias do pai, ficou convencionado que no ano seguinte viriam estabelecer-se definitivamente no Rio de Janeiro.

O tratamento de Tibério Valença em relação a Tomás continuou a ser o mesmo: frio e reservado. Em vão procurava o moço um ensejo para tocar de frente a questão e trazer o pai a sentimentos mais compassivos; o pai esquivava-se sempre.

Mas se era assim por um lado, por outro os desejos legítimos do amor de Tomás por Malvina cresciam mais e mais, dia por dia. A luta que se dava no coração de Tomás, entre o amor de Malvina e o respeito aos desejos de seu pai, foi fraquejando, cabendo o triunfo ao amor. Os esforços do moço eram inúteis, e finalmente um dia chegou em que foi-lhe necessário decidir entre as determinações do pai e o amor pela pianista.

E a pianista? Essa era mulher e amava perdidamente o filho de Tibério Valença. Também uma luta interna se dava no espírito dela, mas à força do amor que alimentava ligavam-se as instâncias continuadas de Tomás. Este objetava-lhe que, uma vez casados, a clemência do pai reapareceria, e tudo se terminaria em bem. Tal estado de coisas prolongou-se até um dia em que não foi mais possível a ambos recuar. Sentiram que a existência dependia do casamento.

Tomás encarregou-se de falar a Tibério. Era o ultimato.

Uma noite em que Tibério Valença pareceu mais alegre que de ordinário, Tomás deu um passo afoitamente para a questão, dizendo-lhe que, depois de vãos esforços, reconhecera que a paz da sua existência dependia do casamento com Malvina.

– Então casas-te? – perguntou Tibério Valença.

– Venho pedir-lhe...

– Já disse o que devias esperar de mim se desses semelhante passo. Não passarás por ignorante. Casa-te; mas quando te arrependeres ou a necessidade te bater à porta, escusas de voltar o rosto para teu pai. Supõe que ele está pobre e nada te pode dar.

Esta resposta de Tibério Valença agradou em parte a Tomás. Não entrava nas palavras do pai a consideração do afeto que lhe negaria, mas o auxílio que lhe não havia de prestar em caso de necessidade. Ora, este auxílio era o que Tomás dispensava, uma vez que se pudesse unir a Malvina. Contava com algum dinheiro que possuía e tinha esperanças de arranjar dentro de pouco tempo um emprego público.

Não deu outra resposta a Tibério Valença senão a de que estava determinado a realizar o casamento.

Diga-se, em honra de Tomás, não foi sem algum remorso que ele tomou uma determinação que parecia contrariar os desejos e os sentimentos do pai. É certo que a linguagem deste excluía toda a consideração de ordem moral para valer-se de uns preconceitos miseráveis, mas ao filho não competia, de certo, apreciá-los e julgá-los.

Tomás hesitou mesmo depois da entrevista com Tibério Valença, mas a presença de Malvina, a cuja casa foi logo, dissipou todos os receios e pôs termo a todas as hesitações.

O casamento efetuou-se pouco tempo depois, sem comparecimento do pai, nem de parente algum de Tomás.

* * *

O fim do ano de 1850 não trouxe incidente algum à situação da família Valença.

Tomás e Malvina viviam no gozo da mais deliciosa felicidade. Unidos depois de tanto tropeço e hesitação, entraram na estância da bem-aventurança conjugal coroados de mirto e de rosas. Eram moços e ardentes; amavam-se no mesmo grau; tinham chorado saudades e ausências. Que melhores condições para que aquelas duas almas, no momento do consórcio legal, achassem uma ternura elevada e celeste, e se confundissem no ósculo santo do casamento?

Todas as luas de mel se parecem. A diferença está na duração. Dizem que a lua de mel não pode ser perpétua, e para desmentir este ponto não tenho o direito da experiência.

Todavia, creio que a asserção é arriscada demais. Que a intensidade do amor do primeiro tempo diminua com a ação do mesmo tempo, isso creio: é da própria condição humana.

Mas essa diminuição não é de certo tamanha como se afigura a muitos, se o amor subsiste à lua de mel, menos intenso é verdade, mas ainda bastante claro para dar luz ao lar doméstico.

A lua de mel de Tomás e Malvina tinha certo caráter de perpetuidade.

* * *

No princípio do ano de 1851 adoeceu Tibério Valença.

Foi ao princípio moléstia passageira, em aparência ao menos; mas surgiram complicações novas, e ao cabo de quinze dias declarou-se Tibério Valença gravemente enfermo.

Um excelente médico, que era de muito tempo o médico da casa, começou a tratá-lo no meio dos maiores cuidados. Não hesitou, no fim de alguns dias, em declarar que nutria receios pela vida do doente.

Apenas soube da moléstia do pai, Tomás foi visitá-lo. Era a terceira vez, depois do casamento. Nas duas primeiras Tibério Valença tratou-o com tal frieza e reserva que Tomás julgou dever deixar que o tempo, remédio a tudo, modificasse um tanto os sentimentos do pai.

Mas agora o caso era diferente. Tratava-se de uma moléstia grave e do perigo de vida de Tibério Valença. Tudo desaparecera diante deste dever.

Quando Tibério Valença viu Tomás ao pé do leito de dor em que jazia manifestou certa expressão que era sinceramente de pai. Tomás chegou-se a ele e beijou-lhe a mão.

Tibério mostrou-se satisfeito com esta visita do filho.

Os dias correram e a moléstia de Tibério Valença, em vez de diminuir, lavrava e começava a destruir-lhe a vida. Houve consultas de facultativos. Tomás indagou deles sobre o estado real de seu pai, e a resposta que teve foi que se não era desesperado, era ao menos gravíssimo.

Tomás pôs em atividade tudo quanto podia tornar à vida o autor dos seus dias.

Dias e dias passava junto do leito do velho, muitas vezes sem comer e sem dormir.

Um dia, em que voltava para casa, após longas horas de insônia, veio Malvina saindo-lhe ao encontro e abraçá-lo, como de costume, mas com ar de ter alguma coisa a pedir-lhe.

Com efeito, depois de abraçá-lo, e indagar do estado de Tibério Valença, pediu-lhe que desejava ir, poucas horas que fossem, cuidar como enfermeira do sogro.

Tomás acedeu a esse pedido.

No dia seguinte Tomás disse ao pai quais eram os desejos de Malvina. Tibério Valença ouviu com sinais de satisfação as palavras do filho, e, depois de este concluir, respondeu-lhe que aceitava contente a oferta dos serviços da nora.

Malvina foi no mesmo dia começar os seus serviços de enfermeira.

Tudo em casa mudou como por encanto.

A doce e discreta influência da mulher deu nova direção aos arranjos necessários à casa e à aplicação dos medicamentos.

Tinha crescido a gravidade da moléstia de Tibério Valença. Era uma febre que o trazia constantemente ou delirante, ou sonolento.

Por isso durante os primeiros dias da estada de Malvina em casa do doente, este de nada pôde saber.

Foi só depois que a força da ciência conseguiu restituir a Tibério Valença as esperanças de vida e alguma tranquilidade, que o pai de Tomás descobriu a presença da nova enfermeira.

Em tais circunstâncias os preconceitos só dominam os espíritos inteiramente pervertidos.

Tibério Valença, apesar da exageração dos seus sentimentos, não estava ainda no caso.

Acolheu a nora com um sorriso de benevolência e de gratidão.

– Muito obrigado – disse ele.

– Está melhor?

– Estou.

– Ainda bem.

– Há muitos dias que está aqui?

– Há alguns.

– Nada sei do que se tem passado. Parece que acordo de um longo sono. Que tive eu?

– Delírios e constantes sonolências.

– Sim?

– É verdade.

– Mas estou melhor, estou salvo?

– Está.

– Dizem os médicos?

– Dizem e vê-se logo.

– Ah! Graças a Deus.

Tibério Valença respirou como um homem que aprecia a vida no grau máximo. Depois, acrescentou:

– Ora, quanto trabalho teve comigo!...

– Nenhum...

– Como nenhum?

– Era preciso haver alguém que dirigisse a casa. Bem sabe que as mulheres são essencialmente donas de casa. Não quero encarecer o que fiz; eu pouco fiz, fi-lo por dever. Mas quero ser leal declarando qual foi o pensamento que me trouxe aqui.

– A senhora tem bom coração.

Tomás entrou neste momento.

– Oh! Meu pai! – disse ele.

– Adeus, Tomás.

– Está melhor?

– Estou. Sinto e dizem os médicos que estou melhor.

– Está, sim.

– Estava a agradecer à tua mulher...

Malvina acudiu logo:

– Deixemos isso para depois.

Desde o dia em que Tibério Valença teve este diálogo com a nora e o filho, a cura foi-se operando gradualmente. No fim de um mês entrou Tibério Valença em convalescença.

Estava excessivamente magro e fraco. Só podia andar apoiado a uma bengala e ao ombro de um criado. Tomás substituiu muitas vezes o criado a chamado do próprio pai.

Neste ínterim foi Tomás contemplado na pretensão que tinha a um emprego público.

Progrediu a convalescença do velho, e os facultativos aconselharam uma mudança para o campo.

Faziam-se os preparativos da mudança quando Tomás e Malvina anunciaram a Tibério Valença que, dispensando-se agora os seus cuidados, e devendo Tomás entrar no exercício do emprego que obtivera, tornava-se necessária a separação.

– Então não me acompanham? – perguntou o velho.

Ambos repetiram as razões que tinham, procurando do melhor modo não ofender a suscetibilidade do pai e do enfermo.

Pai e enfermo cederam às razões e efetuou-se a separação no meio dos protestos reiterados de Tibério Valença que agradecia d'alma os serviços que os dois lhe haviam prestado.

Tomás e Malvina seguiram para casa, e o convalescente partiu para o campo.

* * *

A convalescença de Tibério Valença não teve incidente algum.

No fim de quarenta dias estava pronto para outra, como se diz popularmente, e o velho com toda a criadagem voltou para a cidade.

Não fiz menção de visita alguma da parte dos parentes de Tibério Valença durante a moléstia deste, não porque eles não tivessem visitado o parente enfermo, mas porque essas visitas não trazem circunstância alguma nova no caso.

Todavia pede a fidelidade histórica que eu as mencione agora. Os parentes, últimos que restavam à família Valença, reduziam-se a dois velhos primos, uma prima e um sobrinho, filho desta. Estas criaturas foram algum tanto assíduas durante o perigo da moléstia, mas escassearam as visitas desde que tiveram ciência de que a vida de Tibério não corria risco.

Convalescente, Tibério Valença não recebeu uma só visita desses parentes. O único que o visitou algumas vezes foi Tomás, mas sem a mulher.

Estando completamente restabelecido e tendo voltado à cidade, a vida da família continuou a mesma que anteriormente à moléstia.

Esta circunstância foi observada por Tibério Valença. Apesar da sincera gratidão com que ele acolheu a nora, apenas tornara a si, Tibério Valença não pôde afugentar do espírito um pensamento desonroso para a mulher do seu filho. Dava o desconto necessário às qualidades morais de Malvina, mas interiormente acreditava que o procedimento dela não fosse isento de cálculo.

Este pensamento era lógico no espírito de Tibério Valença. No fundo do enfermo agradecido havia o homem calculista, o pai interesseiro, que olhava tudo pelo prisma estreito e falso do interesse e do cálculo, e a quem parecia que não se podia fazer uma boa ação sem laivos de intenções menos confessáveis.

Menos confessáveis é paráfrase do narrador; no fundo, Tibério Valença admitia como legítimo o cálculo dos dois filhos.

Tibério Valença imaginava que Tomás e Malvina, procedendo como procederam, tinham tido mais de um motivo que os determinasse. Não eram só, no espírito de Tibério Valença, o amor e a dedicação filial; era ainda um meio de ver se lhe abrandavam os rancores, se lhe armavam à fortuna.

Nesta convicção estava, e com ela esperava a continuação dos cuidados oficiosos de Malvina. Imagine-se qual não foi a surpresa do velho, vendo que cessada a causa das visitas dos dois, causa real que ele tinha por aparente, nenhum deles apresentou o mesmo procedimento anterior. A confirmação seria se, pilhada a aberta, Malvina aproveitasse para fazer da sua presença em casa de Tibério Valença uma necessidade.

Isto pensava o pai de Tomás, e pensava, neste caso, com acerto.

* * *

Correram dias e dias, e a situação não mudou.

Tomás lembrara uma vez a necessidade de visitar com Malvina a casa paterna. Malvina, porém, recusou, e quando as instâncias de Tomás a obrigaram a uma declaração mais peremptória, declarou ela positivamente que a continuação das suas visitas poderia parecer a Tibério Valença uma pretensão ao esquecimento do passado e aos conchegos do futuro.

— Melhor é — disse ela — não irmos; antes passemos por descuidados que por ávidos ao dinheiro de teu pai.

– Meu pai não pensará isso – disse Tomás.
– Pode pensar...
– Creio que não... Meu pai está mudado: é outro. Ele já te reconhece; não te fará injustiça.
– Está bom, veremos depois.

E depois desta conversa nunca mais se falou nisso, sendo que Tomás não encontrou na resistência de Malvina senão um motivo mais para amá-la e respeitá-la.

* * *

Tibério Valença, desenganado a respeito da expectativa em que estava, resolveu ir um dia em pessoa visitar a nora.

Era isto nem mais nem menos o reconhecimento solene de um casamento que desaprovara. Esta consideração, tão intuitiva em si, não se apresentou ao espírito de Tibério Valença.

Malvina estava só quando à porta parou o carro de Tibério Valença.

Esta visita inesperada causou-lhe verdadeira surpresa.

Tibério Valença entrou com um sorriso nos lábios, sintoma de bonança do espírito, que não escapou à ex-professora de piano.

– Não me querem ir ver, venho eu vê-los. Onde está meu filho?
– Na repartição.
– Quando volta?
– Às três e meia.
– Já não posso vê-lo. Há muitos dias que ele não vai. Quanto à senhora, creio que decididamente nunca mais lá volta...
– Não tenho podido...
– Por quê?
– Ora, isso não se pergunta a uma dona de casa.
– Então tem muito que fazer?...
– Muito.
– Oh! Mas nem meia hora pode dispensar? E que tanto trabalho é esse?

Malvina sorriu-se.

– Como lhe hei de explicar? Há tanta coisa miúda, tanto trabalho que não aparece, enfim, coisas de casa. E se nem sempre estou ocupada, estou muitas vezes preocupada, e outras simplesmente cansada...

– Creio que um bocadinho mais de vontade...

– Falta de vontade? Não creia nisso...

– É ao menos o que parece.

Houve um momento de silêncio. Malvina, para mudar o rumo da conversação, perguntou a Tibério como se achava e se não tinha receios da recaída.

Tibério Valença respondeu, com ar de preocupação, que se achava bom e que não tinha receios de nada, antes se achava esperançado de gozar ainda longa vida e boa saúde.

– Tanto melhor – disse Malvina.

Tibério Valença, sempre que Malvina se distraía, corria os olhos em redor da sala para examinar o valor dos móveis e avaliar por eles a posição do filho.

Os móveis eram singelos e sem essa profusão e multiplicidade dos móveis das salas abastadas. O chão tinha um palmo de palhinha ou uma fibra de tapete. O que se destacava era um rico piano, presente de alguns discípulos, feito a Malvina no dia em que esta se casou.

Tibério Valença, contemplando a modéstia dos móveis da casa de seu filho, era levado a uma comparação forçada entre eles e os de sua casa, onde o luxo e o gosto davam as mãos.

Depois deste exame minucioso, interrompido pela conversação que continuava sempre, Tibério Valença deixou cair um olhar sobre uma pequena mesa ao pé da qual se achava Malvina.

Sobre essa mesa estavam umas roupas de criança.

– Cose para fora? – perguntou Tibério Valença.

– Não, por que pergunta?

– Vejo ali aquela roupa...

Malvina olhou para o lugar indicado pelo sogro.

– Ah! – disse ela.

– Que roupa é aquela?

– É de meu filho.

– De seu filho?

– Ou filha; não sei.

– Ah!

Tibério Valença olhou fixamente para Malvina, e quis falar. Mas causou-lhe tal impressão a serenidade daquela mulher cuja família se ia aumentar e que olhava tão impavidamente para o futuro, que a voz se lhe embargou e não pôde pronunciar palavra.

– Efetivamente – pensava ele – aqui há alguma coisa especial, alguma força sobre-humana que sustenta estas almas. Será isto o amor?

Tibério Valença dirigiu algumas palavras à nora e saiu deixando lembranças para o filho e instando para que ambos fossem visitá-lo.

Poucos dias depois da cena que acabamos de contar chegaram ao Rio de Janeiro Elisa e seu marido.

Vinham estabelecer-se definitivamente na corte.

A primeira visita foi para o pai, de cuja moléstia tinham sabido na província.

Tibério Valença recebeu-os com grande alvoroço. Beijou a filha, abraçou o genro, com uma alegria infantil.

* * *

Nesse dia houve em casa grande jantar, para o qual não se convidou ninguém além dos que habitualmente frequentavam a casa.

O marido de Elisa, antes de pôr casa, devia ficar em casa do sogro, e quando comunicou este projeto a Tibério Valença, este acrescentou que não se iriam mesmo sem aceitar um baile.

O aditamento foi aceito.

O baile foi marcado para o sábado próximo, isto é, exatamente oito dias depois.

Tibério Valença estava contentíssimo.

Tudo andou logo na maior azáfama. Tibério Valença queria provar com o esplendor da festa o grau de estima em que tinha a filha e o genro.

Desde então filha e genro, genro e filha, tais foram os dois polos em que volteava a imaginação de Tibério Valença.

Enfim o dia de sábado chegou.

À tarde houve um jantar dado a alguns poucos amigos, os mais íntimos, mas jantar esplêndido, porque Tibério Valença não quis que um só ponto da festa desdissesse do resto.

Entre os convidados para o jantar veio um que informou o dono da casa de que outro convidado não vinha, por ter grande soma de trabalho a dirigir.

Era exatamente um dos mais íntimos e melhores convivas.

Tibério Valença não se deu por convencido com o recado, e resolveu escrever-lhe uma carta exigindo a presença dele no jantar e no baile.

Em virtude disto foi ao gabinete, abriu a gaveta, tirou papel e escreveu uma carta, que mandou incontinenti.

Mas, no momento de guardar de novo o papel que tirara da gaveta, reparou que entre duas folhas se resvalara uma cartinha por letra de Tomás.

Estava aberta. Era uma carta, já antiga, que Tibério Valença recebera e atirara para dentro da gaveta. Foi a carta em que Tomás participava ao pai o dia do seu casamento com Malvina.

Essa carta, que em mil outras ocasiões lhe estivera debaixo dos olhos sem maior comoção, desta vez não deixou de impressioná-lo.

Abriu a carta e leu-a. Era de redação humilde e afetuosa.

Veio à mente de Tibério Valença a visita que fizera à mulher de Tomás.

O quadro da vida modesta e pobre daquele jovem casal apresentou-se-lhe de novo aos olhos. Comparou esse quadro mesquinho com o quadro esplêndido que apresentava a casa dele, onde um jantar e um baile iam reunir amigos e parentes.

Depois viu a doce resignação da moça que vivia contente no meio da parcimônia, só porque tinha o amor e a felicidade do marido. Esta resignação afigurou-se-lhe um exemplo raro, tanto lhe parecia impossível sacrificar o gozo e o supérfluo às santas afeições do coração.

Enfim o neto que lhe aparecia no horizonte, e para o qual Malvina já confeccionava o enxoval, tornou mais viva e decisiva ainda a impressão de Tibério Valença.

Uma espécie de remorso fez-lhe doer a consciência. A nobre moça, a quem ele tratara tão desabridamente, o filho, para quem ele fora um pai tão cruel, tinham cuidado com verdadeiro carinho o mesmo homem de quem receberam a ofensa e o desagrado.

Tibério Valença refletia tudo isto passeando no gabinete. Dali ouvia o rumor dos fâmulos que preparavam o lauto jantar. Enquanto ele e os seus amigos e parentes iam apreciar os mais delicados manjares, que comeriam naquele dia Malvina e Tomás? Tibério Valença estremeceu diante desta pergunta que lhe fazia a consciência. Aqueles dois filhos que ele expelira tão desamorosamente e que com tanta generosidade lhe haviam pago não tinham naquele dia nem a milésima parte do supérfluo da casa paterna. Mas esse pouco que tivessem era, com certeza, comido em paz, na branda e doce alegria do lar doméstico.

As ideias dolorosas que assaltaram o espírito de Tibério Valença fizeram com que ele esquecesse inteiramente os convivas que se achavam nas salas.

Isto que se operava em Tibério Valença era uma nesga da natureza, ainda não tocada pelos preconceitos, e bem assim o remorso de uma ação má que havia cometido.

Isto e mais a influência da felicidade de que atualmente era objeto Tibério Valença produziram o melhor resultado. O pai de Tomás tomou uma resolução definitiva; mandou aprontar o carro e saiu.

Foi direito à casa de Tomás.

Este sabia da grande festa que se preparava em casa do pai para celebrar a chegada de Elisa e seu marido.

Assim a entrada de Tibério Valença em casa de Tomás causou a este grande expectação.

– Por aqui, meu pai?
– É verdade. Passei, entrei.
– Como está a mana?
– Está boa. Ainda não foste vê-la?
– Contava ir amanhã, que é dia livre.
– Ora, se eu lhes propusesse uma coisa...
– Ordene, meu pai.

Tibério Valença dirigiu-se a Malvina e tomou-lhe as mãos.

– Escute – disse ele. – Vejo que há na sua alma grande nobreza, e se nem a riqueza, nem os antepassados ilustram o seu nome, vejo que resgata estas faltas por outras virtudes. Abrace-me como pai.

Tibério, Malvina e Tomás abraçaram-se em um só grupo.

– É preciso – acrescentou o pai – que vão hoje lá a casa. E já.

– Já? – perguntou Malvina.

– Já.

Daí a meia hora apeavam os três à porta da casa de Tibério Valença.

O pai arrependido apresentava, aos amigos e aos parentes, aqueles dois filhos que tão cruelmente quisera excluir da comunhão da família.

Este ato de Tibério Valença veio a tempo de reparar o mal e assegurar a paz futura dos seus velhos anos. A conduta generosa e honrada de Tomás e de Malvina valeram esta reparação.

Isto prova que a natureza pode comover a natureza, e que uma boa ação tem a faculdade muitas vezes de destruir o preconceito e restabelecer a verdade do dever.

Não pareça improvável ou violenta esta mudança no espírito de Tibério. As circunstâncias favoreceram essa mudança, para a qual o principal motivo foi a resignação de Malvina e de Tomás.

Fibra paternal, mais desvencilhada, naquele dia, dos liames de uma consideração social mal entendida, pôde palpitar livremente e mostrar em Tibério Valença um fundo melhor do que as suas aparências cruéis. Tanto é verdade que, se a educação modifica a natureza, a natureza pode em suas exigências mais absolutas readquirir os seus direitos e manifestar a sua força.

Com a declaração de que foram sempre felizes os heróis deste conto deita-se-lhe um ponto-final.

QUEM BOA CAMA FAZ...

1

Ao sair do gabinete do pai, o bacharel Luís Fonseca trazia o rosto fechado, rangia os dentes e dava-se interiormente a todos os diabos de ambos os mundos, este e o outro. Entrou na alcova e fechou-se por dentro. Alguns minutos passeou de um lado para outro, gesticulando e murmurando palavras soltas, até que se sentou numa cadeira de balanço e fumou seguidamente dois charutos. Vieram chamá-lo para jantar e não quis; mas recebendo um recado intimativo do desembargador, seu pai, lá se foi arrastando até à mesa, onde pouco mais de nada comeu.

A causa de todo este mistério era nem mais nem menos um casamento.

Logo depois do almoço desse dia, que era um domingo, o desembargador Fonseca mandou chamar o filho ao seu gabinete, e mal o vira entrar fechou a porta. Luís franziu a testa, mas esperou.

– Luís – disse o pai depois de alguns instantes –, eu e tua mãe assentamos em fazer-te feliz. Estamos velhos e queremos deixar-te arranjado e tranquilo.

Resolvemos casar-te.

Luís estremeceu.

Naquela ocasião a ideia de casar valia o mesmo para o bacharel que a ideia de se atirar de um terceiro andar à rua. Sua vida era a coisa mais simples deste mundo e ao mesmo tempo a menos matrimonial: vadiava e divertia-se. Estava então na aurora o Alcazar Lírico da Rua da Vala, onde o bacharel passava as noites, digo mal, uma parte das noites, que o resto ia ele passá-las nos hotéis e outros sítios. Um casamento nestas alturas equivalia a um assassinato. O instinto de conservação chegou a abrir os lábios do moço, mas o pai, que adivinhou a objeção, continuou:

— A vida que levas é própria da tua idade, mas é já tempo de lhe pôr cobro; o casamento que te ofereço (poupa-me a ocasião de dizer que te imponho) é o meio mais eficaz de dar nova direção à tua vida. Tens uma carta de bacharel e um escritório de advocacia, mas nem o escritório nem a carta te servem de coisa nenhuma. Isto não é vida, ou pelo menos não é vida séria. Com vinte e oito anos, creio que é tempo de te emendares.

O desembargador, que desde o adjetivo eficaz já tinha tirado a boceta do bolso, abriu-a tranquilamente, tomou uma pitada, sem olhar para o filho, cujo rosto se fazia de mil cores, e que procurava alguma coisa que opor ao libelo do pai.

O pai continuou:

— Estou certo de que ficarás muito contente quando souberes a pessoa que te destino: é uma moça altamente prendada e digna de honrar o seu e o teu nome. Sei que ela gosta de ti, nem de outro modo poderia fazer-se o casamento.

Luís ouviu com indiferença este panegírico da sua noiva; fosse ela a formosa Helena ou a virtuosa Lucrécia, era para ele a mesma coisa, isto é, um fardo muito pesado, que ele desde já repelia do seu coração.

— Casas com tua prima Fernanda — concluiu o desembargador.

Um sorriso de lástima entreabriu os lábios de Luís ao ouvir o nome da noiva.

A razão era que, de todas as mulheres então existentes debaixo do sol, Fernanda lhe parecia a mais aborrecível de todas. Não negava algumas graças naturais; mas achava um ar de mortal insipidez. Nada que ela vestisse lhe parecia bem; e tudo o que ela dissesse lhe parecia mal. Mosca morta foi o nome com que ele a brindou um dia de anos, ao ver a indiferença que havia entre ela e as outras moças alegres e vivazes. Queria a sua desgraça que ao infortúnio do casamento se seguisse o do casamento com Fernanda.

– Se ao menos – dizia ele consigo depois na alcova –, se ao menos me enforcassem com uma corda de seda, vá. Mas, não, senhor; enforcam-me com uma corda de estopa. Em cima de queda, coice. Matam-me e esfolam-me ao mesmo tempo.

O pai do bacharel ficou assaz admirado com a impressão que viu causar no filho o nome da noiva. Imaginava ele, pelo contrário, que Fernanda seria o mel de que fala o poeta, com que se adoça a beira da xícara do remédio para fazê-lo beber à criança. Nem por isso recuou; era disposição sua que o filho casasse, e por mais amargo que lhe parecesse o transe, o filho havia de obedecer.

– Estamos em dezembro – disse ele levantando-se. – Casas-te em março. Estou certo de que em abril me virás agradecer esta resolução.

O desembargador despediu o filho com um gesto. Luís apressou-se a sair, não tendo articulado uma só palavra, mas firmemente resolvido a afrontar tudo, antes de que entregar o colo ao cutelo.

– Não! – exclamava ele na alcova logo depois da entrevista que acabo de resumir. – Não! Vai longe o tempo em que os pais preparavam os casamentos ainda contra a vontade dos filhos. Não sou criança nem menina inexperiente; seria até ridículo que eu me prestasse a semelhante comédia.

Com estas e semelhantes reflexões, encheu Luís Fonseca tempo até a hora de jantar, a que, como vimos, não pôde deixar de ir. Às ave-marias saiu de casa para ir narrar as suas desgraças a seus amigos íntimos.

2

Um dos amigos morava na Rua dos Ciganos, que era, como sabem, o nome antigo da atual Rua da Constituição. Quis a sua fortuna que em casa desse encontrasse o outro amigo, e que uma só narração bastasse para unir as lágrimas deles às suas. Lágrimas é figura.

Ernesto Guimarães chamava-se o dono da casa; o segundo acudia ao nome de Martins. Tinham ambos pouco mais ou menos a mesma idade, trinta anos. Martins era baixinho, cheio de corpo, buliçoso e alegre. Era menos alegre e menos buliçoso Ernesto Guimarães; media um palmo mais que o outro, e era além disso um bonito rapaz, coisa que se não podia dizer do Martins, e muito mais naturalmente elegante do que este.

Luís Fonseca achou-os a folhear um álbum de dançarinas de Paris, lembrança que o Martins trouxera da sua viagem à Europa alguns meses antes. Com o louvável desejo de que Ernesto Guimarães admirasse os portentos coreográficos da grande cidade, o alegre viajante saíra de casa com o álbum e foi dá-lo de presente ao amigo. A chegada de Luís Fonseca foi saudada com estrepitosas manifestações, que ficaram no meio, ao verem os dois a cara transtornada do filho do desembargador.

– Que temos de novo? – perguntou Ernesto.

– Há arenga no beco? – inquiriu Martins.

– Estás arrufado com a Lúcia, aposto.

– Ou perdeste a carteira.

Luís Fonseca deu um grande golpe com o punho cerrado em cima da mesa, e esta resposta explicou aos dois amigos que o assunto era mais sério do que nenhum dos que eles supunham, motivo pelo qual Ernesto Guimarães fechou o álbum, Martins tirou o charuto da boca, e ambos assumiram o ar interrogativo que o caso pedia e a sua curiosidade lhes indicava.

Luís explicou em poucas palavras a situação. A impressão dos dois amigos foi diferente; Martins achou que o caso era para rir e que o desembargador apenas merecia compaixão.

– Teu pai – disse ele – está caduco... ou doido.

Ernesto Guimarães estava de acordo em que a exigência do desembargador era pelo menos um despropósito, mas nem o achava doido ou caduco, nem via que Luís pudesse facilmente esquivar-se ao casamento. O bacharel teve ímpetos de pegar o chapéu ao ouvir semelhante opinião. Ernesto insistiu:

– Não vejo que possas fugir ao casamento, se ele insistir, salvo se rasgadamente lhe desobedeceres, o que me não parece bom.

– Parece-te bom que me case contra a vontade, só para obedecer a um capricho?

– É um sacrifício, convenho.

– Uma impossibilidade.

– Eu assim penso – confirmou Martins.

– Tu estás ainda debaixo da impressão da conversa com teu pai. Achas que o casamento é detestável, e eu penso do mesmo modo, mas não vejo praticamente um meio de lhe fugir. Há certamente um; é recusares; mas teu pai com certeza põe-te na rua, e eu não vejo que haja muita gente disposta a perder as suas coisas, só com o fim de te encher as algibeiras. É sacrifício de que não há exemplo. Além de que, seria uma coisa muito feia e que te faria mal, o saber-se que teu pai te expulsara de casa, ainda mesmo não tendo razão.

Estas palavras deixaram de boca aberta os dois ouvintes; a substância delas e o modo com que foram ditas, tudo era novo para eles, que até então conheciam em Ernesto Guimarães um rapaz como eles, e nunca esperavam ouvir um tal sermão de lágrimas. Martins aventurou a ideia de que Ernesto estava peitado pelo desembargador, e Luís achou a ideia tão alegre que não pôde deixar de rir.

Até às nove horas da noite foi o casamento de Luís assunto da conversa entre os três amigos, que àquela hora foram dar uma vista d'olhos ao Alcazar. Uma pessoa, de quem já se falou neste capítulo, deu-lhes a honra de cear com eles, e afirma um entregador do *Jornal do Comércio* que os viu sair do hotel às três horas e meia da noite. Valha a verdade: Ernesto entrou em casa às quatro horas.

– Vamos lá – dizia ele consigo na ocasião em que abria a porta –, é preciso salvar o Luís. Hei de achar algum meio que salve tudo, pensarei nisto amanhã.

3

No dia seguinte estava achado o meio. Luís recebeu um bilhetinho do amigo concebido nestes termos:

Vem hoje à Rua dos Ciganos, às três horas da tarde, ou às sete, se quiseres ir jantar à casa. Tenho uma ideia boa que te pode salvar.

Luís Fonseca não esperou as sete horas; foi à casa dizer que jantava fora, e às três horas estava na Rua dos Ciganos.

– Então que achaste? – perguntou ele.
– Um meio que me não parece mau.
– Vejamos.
– Espera. Disseste-me que tua prima Fernanda gosta de ti?
– Assim o diz meu pai.
– E ele acrescenta que se ela não gostasse de ti, não se faria o casamento?
– Justo.
– Pois bem; talvez se arranje tudo.
– Como?
– Fazendo com que ela goste de outro.

Luís deixou cair os braços.

Entrara com a esperança de que a dificuldade ia ser vencida, e para isso contava com um meio realmente decisivo e imediato. A ideia de Ernesto pareceu ridícula. Ia dizer com todas as letras, quando o amigo continuou:

– Achas isto naturalmente muito vago; também a mim me parece; mas pensando bem, não vejo que seja de impossível execução.

– Sim? – disse Luís com ironia.

– Sim.

– Diremos então ao coração de Fernanda: não te voltes para a direita, que há um precipício, volta-te...

– Volta-te para a esquerda, é a única coisa que se lhe dirá. Não se deve falar mal de ti; que isso é agravar o mal e enraizar o amor. O que cumpre fazer é chamá-la para outro ponto.

– Tu estás doido! Não me dirás de que maneira se fará esse chamado?

– Simplesmente – respondeu com tranquilidade Ernesto Guimarães – incumba-se alguém de lhe captar a atenção, de se insinuar primeiro no espírito, e depois no coração. Entre um que adora e outro que a trata com indiferença, é possível que a escolha não se demore, e tudo está salvo. Que te parece?

– Sim, o meio não seria mau – respondeu Luís –, mas não é decisivo nem pronto.

– Decisivo não é, mas é um meio e pode ser tentado; pelo que respeita à prontidão, o casamento não é já e há tempo para mudar muita coisa.

Luís refletiu alguns instantes.

– Que te parece? – perguntou outra vez Ernesto Guimarães.

– Uma tolice. Duas objeções oponho que deitam por terra o teu projeto.

– Vejamos a primeira.

– A primeira é que eu não vejo quem se encarregará de atrair a Fernanda.

– Eu.

– Tu?

– Que tem?

Luís não pôde deixar de rir-se às bandeiras despregadas. O amigo riu-se também, mas afinal foi obrigado a interromper a hilaridade do amigo pedindo-lhe que dissesse em que pecava a sua pessoa para o papel a que se propunha.

– Em coisa nenhuma, respondeu o bacharel; acho-te excelente. Rio-me de ver que te queres prestar, a este capítulo de romance, verdadeiro capítulo de maçada.

– Vejamos a segunda objeção – disse Ernesto.

– A segunda objeção é clara e não tem fácil resposta. Vamos que alcancemos tudo. Que adiantamos nós? A Fernanda não é um fim, é um meio; meu pai quer casar-me, é o seu fim. Escolhe minha prima porque ela me tem alguma afeição; no caso em que ela goste de outro, nem por isso meu pai desiste do primeiro intento.

Ernesto abanou a cabeça.

– És um pateta, Luís. Não nasceste para as grandes dificuldades. Que importa que teu pai não desista do intento? Daqui até março tens tempo bastante para iniciar certa reforma de costumes...

– Reforma?

– Aparente.

— Ah!

— Dissipada a paixão de tua prima, não é crível que teu pai ache logo à mão outra noiva. Tu continuas, entretanto, a tua reforma; vais ao júri; encomendas algumas coisas; eu posso até mandar citar o Martins por uns cem mil-réis que me deve há 15 dias. Teu pai vai perdendo a ideia do casamento à medida que te for vendo moderado... e o resto à sorte.

— Não há que dizer — observou Luís quando o amigo acabou de expor-lhe assim a traços largos o seu sistema. — A ideia não é má e, visto que não há outra, é certamente a melhor. Está dito; vais salvar-me.

— Às tuas ordens.

— Pobre amigo! É um verdadeiro sacrifício o que vais fazer.

— Não é — replicou Ernesto Guimarães. — É distração. Eu ando enjoado, Luís; é-me necessário torcer por algum tempo o rumo à vida para lhe achar depois melhor sabor. A monotonia é o veneno do espírito. Um ano mais da vida que levo mata-me de aborrecimento; mas se me afastar dela alguns meses, com que alegria não voltarei depois! Com que novas forças me atirarei a este mundo, que é o meu! Não é um favor que te faço; é um remédio que tomo e me há de curar. Incapaz de namorar uma moça por mim mesmo, acho certo prazer para servir a um amigo. Eis tudo.

— Sabes a minha opinião a teu respeito?

— Dize.

— Acho-te feroz.

— Eu acho-me angélico.

— Tenho medo de vir a ser como tu.

— Então casa-te.

— Antes a morte.

— Ou esta vida.

— Apoiado!

— Fica, pois, assentado que eu vou sitiar o coração de tua prima. É bonita?

— Não é feia.

— Espirituosa?

— Como um cepo.

– Paciência! É uma paixão interina. Vamos jantar.
– Vamos.

4

Mal sabia dona Fernanda Tavares a que experiências a destinavam estes dois amigos, e de que maneira nova e romântica o primo se queria desfazer dela.

Que ela gostava do primo era coisa que podia ver quem lhe examinasse os olhos nas ocasiões em que se achavam juntos na casa dele ou na casa dela. Só o bacharel nunca reparara nisso; a mãe dele, porém, que a amava como filha, e que desde longa data imaginara uma união entre ambos, logo percebeu o que se passava no coração da sobrinha. Não se demorou em comunicá-lo à mãe de Fernanda, que era sua irmã mais moça, e, depois, ao desembargador.

Nenhum caso fez este da descoberta durante os primeiros tempos; mas um dia, vendo que o filho não tomava emenda, achou que era azado meio casar os dois primos, e comunicou, como vimos, a resolução ao bacharel. Sua opinião era que o rapaz ia ficar contentíssimo.

Tinha razão de o supor.

Fernanda era realmente bonita. Tinha a cor morena, os olhos negros e naturalmente lânguidos, todas as feições delicadas e corretas. As mãos, em que o bacharel nunca reparara, eram obras-primas, e o pé, nas poucas vezes em que se atrevia a transpor a fímbria do vestido, convenceu aos profanos de que além daquilo só se fosse invisível de todo.

Nenhum desses dotes, nem todos juntos, seduziram nunca o coração desocupado do primo Luís. O amor em que ela ardia era silencioso e paciente. Tinha esperança de que mais tarde ou mais cedo viria a triunfar, e com essa esperança vivia e sofria. Uma só palavra de Luís causaria alegria a toda a família – a prima, o pai, a mãe, e a tia; mas essa palavra os lábios dele teimavam em não dizer.

– Esperemos – dizia o coração de Fernanda.

E esperava.

Alguns dias depois da conversa de Luís e Ernesto, foi este apresentado em casa do desembargador Fonseca. Há homens que nunca perdem o gesto e o ar do centro em que vivem. Ernesto não era assim. Numa casa de família era um homem circunspecto e grave. Naquela ocasião esta mudança era essencial; mas não lhe custava, e tudo correu às mil maravilhas. O desembargador ficou encantado com o amigo de Luís; dona Teresa, sua mulher, achou-lhe uma série de boas qualidades que sinceramente julgava perdidas na mocidade. Ernesto foi convidado a considerar aquela casa como sua.

No dia seguinte, Luís veio dizer-lhe que a prima lá estava e que convinha ir nessa noite.

– Não, senhor – disse Ernesto. – Convém pelo contrário que eu lá não vá. É preciso que teu pai e tua mãe me preparem o terreno.

Efetivamente tanto o desembargador como a mulher não se fartaram de elogiar o amigo de Luís. Tudo lhe achavam: gravidade, instrução, graça, boas maneiras, formosura, e mais um não sei quê que insensivelmente a todos arrastava.

A curiosidade de Fernanda e de sua mãe foi naturalmente excitada ao último ponto.

Ernesto voltou à casa do desembargador alguns dias depois, e amiudou as visitas à proporção que a intimidade ia sendo maior. Ao cabo de um mês era quase um amigo velho.

– Prouvera a Deus – dizia consigo o desembargador – que todos os amigos de Luís fossem como este!

Ernesto não deixava ocasião de louvar as qualidades de Luís Fonseca.

Referia ao desembargador as discussões que costumava a ter com ele em sua casa, sobre questões de direito e de filosofia.

– Muitas vezes sai de lá às quatro horas – continuava o fiel amigo. – Moído, é verdade, mas vencedor.

O velho ficava pasmado.

– Ah! – dizia ele. – Se ele só discutisse lá todas as noites!

– Todas as noites seria impossível – tornava Ernesto –, mas as discussões são frequentes. Demais, ele é rapaz e naturalmente diverte-se...

Com estas e outras petas, com o procedimento cauteloso e regrado de Luís, o desembargador foi acreditando que realmente o filho se havia emendado.

Seis semanas depois de assídua frequência, pôde haver o primeiro encontro entre Ernesto e Fernanda. Tanto haviam falado dele a ela, que a moça ardia por contemplar essa espécie de fênix da mocidade. A impressão foi realmente boa.

Ernesto tinha o tato preciso para aparecer aos olhos de Fernanda com as melhores cores e as mais adequadas ao seu intento.

De sua parte a impressão foi magnífica. Achou-lhe uma bela figura, ainda que um ar extremamente frio.

– Não importa – disse ele ao bacharel. – A frieza é uma camada de neve, que se pode e se há de derreter. Demais, é sabido que ela arde lá por dentro.

– Mas, olha, que já lá vai mais de um mês, e o tempo voa.

– Descansa. Cuida de ti. Ontem entraste tarde para casa.

– Às onze horas apenas.

– Foi tarde demais.

– Mas então às ave-marias?

– Não, mas às nove. Deves tomar o chá em casa. Sacrifica-te alguns meses para gozares o resto dos teus dias.

– Terrível remédio!

– Mas necessário.

Ernesto advogava sinceramente a causa do companheiro. Não menos sinceramente entrou a cortejar a sobrinha do desembargador, não logo de supetão, mas a pouco e pouco, como o Jácome amansa cavalos, como os políticos amansam os povos rebeldes.

5

Fernanda gostava da conversação de Ernesto, mas nem se mostrava alegre nem desejosa de o ter ao pé de si. Seus olhos buscavam a miúdo os do primo, que fugiam cautelosamente com o fim sabido de lhe ir matando as esperanças aos poucos. As esperanças, porém, não morriam assim do pé para a mão. O amor tinha raízes e vinha de longe; não se apaga um incêndio com uma bochecha d'água.

Entendia Luís que era de bom efeito fazer o amigo no espírito da prima algumas insinuações contra ele. Ernesto abanou a cabeça quando ele lhe disse isto.

— Seria estragar tudo — acrescentou Ernesto.

— Estragar?

— Sem dúvida. Dizer mal de ti é aguçar-lhe e multiplicar-lhe a paixão. Tu não conheces o coração das mulheres, Luís. Nada de deitar lenha ao fogo.

Luís insistiu; a única resposta do amigo foi dizer-lhe que achara um processo para ele.

— Sim?

— É verdade; o meu padeiro teve uma briga com um vizinho por causa de questões amorosas. Perguntou-me se eu conhecia algum advogado bom. Respondi que conhecia um excelente, em cujas mãos ninguém perdia processo dessa ordem.

— Mas que houve?

— O rival injuriou o padeiro; o padeiro quer tirar vingança judicial.

— Está feito — disse Luís. — Não será processo muito maçante. Olha, não me dês processos maçantes.

— Pelo contrário, já te livrei de um.

— Ah!

— Um tio meu tem umas velhas questões de terrenos em São Cristóvão, coisa muito complicada e grave. Teve ideia de te dar a demanda; mas eu respondi-lhe que tu andavas muito atarefado. Livrei-te a ti da maçada, e a ele de perder os terrenos.

— Pelintra!

O processo do padeiro foi uma data na casa do desembargador. Luís aproveitou o ensejo para fazer muitas e muitas consultas ao pai, que andava contentíssimo com este renascimento judicial do filho.

Eram já passados mais de dois meses desde a entrevista do desembargador com o bacharel e ainda Ernesto não tinha encetado efetivamente a campanha.

Longe de fazer insinuações contrárias ao amigo, elogiava-o muito na presença da moça. Ninguém o elogiava tanto e por isso Fernanda preferia a conversa dele. A princípio fria, Fernanda foi revelando a pouco e pouco brilhantes dotes do espírito e sólidas qualidades do coração. A mosca morta, como lhe chamava o primo, era apenas mosca escondida; rompeu o invólucro e começou a esvoaçar com suma agilidade e graça.

Ernesto tornou-se uma necessidade da casa. Ele sabia jogar todos os jogos, desde o xadrez até às prendas; discutia sobre literatura, andava em dia com as modas, recitava ao piano, conhecia receitas de doces; era uma enciclopédia doméstica e viva. Todos o queriam ao pé de si; e mais ainda que todos a noiva de Luís. Ernesto dividia-se com discrição, mas sempre de maneira que a Fernanda coubesse quinhão maior. Gabava-lhe o rapaz todos os seus dotes naturais, ria-se dos seus ditos, aplaudia as suas observações, e com este sistema foi ganhando terreno incalculável.

Um dia percebeu que Fernanda tinha uma tal ou qual tendência poética. Não se deteve; entrou a falar de luas e boninas.

– Oh! Que bela coisa não seria – dizia ele – viver ao pé de um lago, dentro de um castelo que só a imaginação poderia construir, ao lado de quem se ama, livres ambos dos cuidados deste mundo, divorciados da prosa, entre a terra e o céu!

A moça não respondeu; estava embebida a ver o quadro que ele lhe pintava.

Ernesto continuou:

– Não lhe parece que a imaginação é um triste dom do homem?

– Talvez.

– Imaginar impossíveis, ou pelo menos ambicionar gozos raríssimos na terra é a maior desgraça que o espírito pode conceber. Eu nunca pude compreender Werther; Carlota não me apaixonaria, creio eu. Detesto o que vai terra a terra.

Ernesto esquecia-se, neste ponto, de que ainda na véspera fizera a apologia do arroz com ervilhas e ensinara à mulher do desembargador a melhor maneira de comer costeletas de porco. Mas se ele se esquecia, não menos se esquecia a prima de Luís Fonseca. Quando ele acabou de desenvolver a sua teoria acerca do amor, a moça, que olhava justamente para a lua, estando ambos à janela, suspirou e disse:

– Eu tenho às vezes ideias fantásticas. Dizem que há habitantes na lua; se os há, penso que só lá existe a vida tal qual eu a imagino. Se ela é tão bela vista de longe, o que não será vista de perto?

– Talvez não.

– Oh! Não me tire então este sonho!

– Melhor é que lhe tire a reflexão do que a experiência. A lua é a imagem exata da felicidade; formosa de longe, vulgar de perto.

– Quem sabe?

– A astronomia, que nos tira as ilusões. Eu também as tive, e ainda hoje as tenho, mas padeci e padeço.

– Padece?

Ernesto suspirou. A moça, que parecia ansiosa por ouvir confidências, talvez para poder fazer as suas, repetiu a pergunta. Ernesto abanou a cabeça.

– Não – disse ele –, não falemos mais nisto.

– Prefere então a terra?

– Prefiro o céu. Essas lembranças não eram céu nem terra; mas infernos com todas as suas chamas.

A conversa continuou deste modo entre os dois até que a mãe de Fernanda os veio interromper. Não tinha vontade disso a pobre velha, que já no seu coração dizia ser muito melhor que a filha casasse com Ernesto; mas era tarde e era preciso voltar para casa.

6

A noite para Fernanda foi já povoada de mil pensamentos diversos, de que Ernesto era o principal assunto. Pareceu evidente que o rapaz amava alguém, mas sem esperanças ou pelo menos com tão poucas como ela. Também não lhe pareceu fora de propósito que as meias palavras de Ernesto aludissem a algum amor já passado e infeliz. Em ambos os casos era uma alma com quem a sua simpatizava; a igualdade dos sentimentos e talvez das circunstâncias as chamavam uma para outra. A isto vinha juntar-se uma natural curiosidade feminil. De maneira que Fernanda, depois de pensar longo tempo na conversa de Ernesto, sonhou com ele quase toda a noite.

Daí a quatro dias encontraram-se outra vez em casa do desembargador. Ernesto estava alegre como das outras vezes.

– Ainda bem! – disse-lhe ela apenas pôde conversar com ele no sofá.
– Por quê?
– Porque o vejo mais alegre.
– Oh! É o meu gênio que me faz assim, não a minha estrela. A natureza foi mãe comigo; deu-me esta máscara.
– Sabe de uma coisa? – perguntou Fernanda sorrindo.
– O que é?
– Eu desejava...
Calou-se.
– Desejava?...
– Ser sua confidente – concluiu Fernanda fazendo-se rubra.

Ernesto estremeceu tão naturalmente, que a moça olhou assustada para as outras pessoas que estavam na sala.

Houve um momento de silêncio.

– Não tente encarar o inferno – disse Ernesto com melancolia –; pode cair nele.

E ao mesmo tempo que dizia isto, tomou um ar alegre e estouvado.

– Mas por que estou eu a dizer estas coisas? – observou ele. – São talvez ridículas ao seu espírito.

– Oh! Não! – protestou ela.

A conversa tomou caminho diverso e jovial. Todo o esforço de Ernesto se resumia em parecer que afetava bom humor, mas que realmente estava triste. A moça acreditou perfeitamente nessa afetação. Sua simpatia por semelhante estado do rapaz era já tamanha, que nessa noite apenas olhou para Luís umas sete ou oito vezes. Nas outras noites regulava por quarenta e tantas; houve uma noite de cento e cinco.

No meio da conversa indiferente em que estavam todos, uma senhora aludiu em voz alta ao casamento de Fernanda e Luís. A moça, que nessa ocasião olhava para Ernesto, notou-lhe a dolorosa impressão que isto produziu no rapaz; abaixou os olhos e ficaram ambos em profundo silêncio.

Nessa mesma noite, Luís perguntou a Ernesto:

– Que estiveram vocês conversando?

– Várias coisas.

– O negócio marcha?

– Lentamente, mas há de ir até o fim.

No dia seguinte, Fernanda, que não era janeleira, esteve toda a tarde à janela, com bom fruto, pois que viu aparecer ao longe a figura de Ernesto. O rapaz olhou para ela três ou quatro vezes, cumprimentou-a, e antes de voltar o canto ainda voltou a cabeça com a esperança de a ver. Viu-a, porque ela não saíra da janela, e também foi visto, porque ela não desviara os olhos dele.

Depois das circunstâncias que acabo de relatar, era impossível que o primeiro encontro dos dois não fosse um tanto acanhado e esquerdo. Assim foi na verdade. Fernanda não se atrevia a levantar os olhos para ele, e ele pela sua parte mostrava igual receio.

Mas como ela não revelasse irritação nem sequer aborrecimento, Ernesto concluiu que as coisas não andavam mal. Teve certeza disso na segunda noite, em que se encontraram na casa do desembargador. Desta vez o próprio Luís foi testemunha de que os olhos da prima frequentemente se dirigiam para o lado de Ernesto, e que os dois pareciam começar uma conversação que prometia ser mais íntima.

– Bravo! – disse ele ao amigo no dia seguinte almoçando no hotel. – Agora as coisas tomaram o verdadeiro aspecto. Já se carteiam?

– Ainda não, mas não tarda.

Tardou algum tempo que se carteassem; mas os olhos trabalhavam já com muito afinco, os dedos diziam uns aos outros coisas muito expressivas, na ocasião de chegada ou de despedida, e o terreno estava magnífico para a primeira epístola amorosa.

Literalmente, Fernanda já não fazia caso do primo. A frieza com que ele a tratava comparada com a atenção e o amor incubado de Ernesto era a sentença de morte da paixão que ela nutrira durante tanto tempo.

Luís preferira decerto que a prima fizesse algumas desfeitas, que ele receberia com desdém, mas que lhe tocariam agradavelmente no amor-próprio. Chegou até a provocá-las, mostrando-se solícito e afetuoso; mas foi o mesmo que se rendesse finezas ao chafariz do Largo do Paço. A moça nem se abalou; tratou-o como prima e não como noiva.

Não era um desastre; era justamente o que ele queria. Por isso não se zangou o bacharel; mas lá no fundo do coração lhe ficou um amargor.

Ernesto caminhou de vento em popa. Arriscou a primeira carta, tímida e desesperançada. Fernanda respondeu algumas palavras ternas e judiciosas. Luís teve conhecimento desses primeiros tiros de bala. A carta de Fernanda foi de comum acordo declarada um modelo.

– Não se pode negar – observou Ernesto – que é uma moça de coração e de inteligência.

– Sim, não contesto – respondeu Luís.

– E está apaixonada, vês?

– Vejo.

Seguiu-se um silêncio.

– E tu? – disse repentinamente o bacharel cravando os olhos no amigo.

– Eu? – respondeu Ernesto coçando a cabeça. – Não estou nem estarei, conquanto julgue que ela seria capaz de fazer um homem feliz. Uma coisa, porém, me preocupa.

– O que é?

– Entrei nisto cuidando que ia substituir um namoro por outro. Vejo que não. Tua prima apaixona-se deveras. Não quisera contribuir para um desgosto na família.

O bacharel ainda nessa manhã ouvira ao pai falar no casamento dele com Fernanda, não em março, que estava já no fim, mas em junho ou julho.

A ideia de que a prima de novo se voltasse para ele, e de que não houvesse remédio senão casar, o levou a dissuadir o amigo dos tardios escrúpulos.

– Qual desgosto! – disse ele. – Assim como se esqueceu de mim, há de esquecer-se de ti; e tudo volta aos antigos eixos.

– Vá feito.

– Falaste-lhe em mim alguma vez? – perguntou Luís depois de alguns instantes.

– Só para elogiar-te.

– E ela?

– Alegrava-se com o que eu dizia. Se eu dissesse o contrário, não se alegrava, mas aferrava-se a ti cada vez mais; é da regra.

– Vais responder a essa carta?

– Hoje mesmo.

A resposta foi ardente, mas muito calculada. Fernanda subiu ao sétimo céu, e a carta com que replicou podia medir meças à do Ernesto; o namoro continuou assim por meio de cartas, olhares, sorrisos e conversas, todo o arsenal, em suma, usado neste gênero de campanhas.

7

Ao cabo de dois meses já o namoro não era segredo para ninguém. Na opinião da família nenhum deles podia fazer mais acertada escolha; a mesma opinião era compartida pelas pessoas estranhas.

– Escolheu um anjo! – diziam as senhoras.

– Escolheu um cavalheiro! – diziam os homens.

Fernanda parecia até mais bonita do que antes; a razão era que a felicidade lhe dava à beleza um ar que a tristeza lhe tirou. Ernesto pela sua parte mostrava-se igualmente terno e solícito com a moça. Nenhum deles confessara o namoro; mas nenhum deles buscava escondê-lo dos olhos estranhos.

– Vê bem o que perdeste! – dizia o desembargador ao filho um dia em que estava de mau humor. – Como aquela, raras mulheres se encontram!

Luís abaixou a cabeça, sem proferir palavra, mas com um ar que, bem examinado, era antes de mortificação que de prazer. A vitória do amigo, tão de longe preparada, começava a picar-lhe o amor-próprio. Via os louvores e as invejas de que era objeto o amigo, e apesar de ter contribuído para isso mesmo, começava a irritar-se contra o vencedor e contra todos.

Esta impressão foi crescendo com o tempo. A transformação da prima contribuía ainda mais para lhe arredar o espírito. Estava longe de ver nela a mosca morta, como lhe chamava antigamente. Intenção de casar não tinha decerto, ou ainda lhe não chegara; apesar disso magoava-o a atenção que ela prestava a outro.

Enquanto Fernanda lhe queria unicamente a ele, não se dava por achado o bacharel; bastou que ela se voltasse a outro para que lhe nascesse o ciúme.

Ciúme é o termo; ciúme filho do amor-próprio, e mais tarde filho do amor sem apelido nenhum. Luís começou a sentir que o menor gesto da moça o perturbava, e que de cada vez que ela e Ernesto conversavam sozinhos era o mesmo que se lhe metessem um alfinete no coração.

Ao mesmo tempo começou ele próprio a fugir de Ernesto; e isto mesmo lhe deu azo a mortificação maior, porque entrou a reparar que também Ernesto o não procurava tão amiudadamente.

– Dar-se-á caso que?... – perguntou Luís Fonseca a si mesmo, sem ousar concluir a pergunta que naturalmente o leitor já completou.

Redobrou de atenção; tomou-se caseiro mais que nunca. Espiava por assim dizer as ações da prima; sempre que podia os ia interromper, e então observava no rosto de ambos a impressão que lhes causava. Mais de uma vez se convenceu de que a impressão não podia ser pior. Vingava-se não se desviando mais durante a noite inteira.

Luís não pôde enfim encobrir de si próprio que amava a prima, tanto quanto a desprezara outrora. Esta triste convicção foi um golpe ainda maior que o da entrevista com que esta narrativa começou.

– Eu afinal de contas sou um asno – dizia consigo Luís Fonseca. – Teci a corda que me há de enforcar. Que diabo me mandou confiar as minhas penas a um estranho? Saiu-me um peralta, um pérfido. Enganou-me. Estou roubado. Mas se eu mesmo fui chamar o ladrão!

Luís Fonseca dizia isto entremeado de muitos repelões em si mesmo, até que caía em si, e se lembrava de que Ernesto pouca ou nenhuma culpa tivera naquilo, que era puramente obra dele.

Ia além o bacharel.

– Quem sabe se me não engano? Ernesto foi sempre bom amigo. Talvez aquilo ainda seja necessário para livrar-me do casamento. É o que há de ser.

Esta ideia o levou a ir ter com o amigo. Achou-o a ler uma cartinha, que escondeu logo. Luís franziu a testa.

– Carta dela? – perguntou ele.

– Não – respondeu Ernesto depois de alguma hesitação.

– De outra?

– De ninguém.

Luís mordeu o bigode, mas conteve-se.

Seguiram-se cinco minutos de silêncio.

– Ernesto – disse enfim o bacharel –, venho pedir-te uma explicação e um conselho.

– Caso grave? – perguntou Ernesto sorrindo.

– Talvez.

Ernesto ofereceu-lhe um charuto, que o outro não aceitou. Novo silêncio que o bacharel foi ainda o primeiro a interromper.

– Começo pelo conselho – disse ele. – Sabes que o tempo deu os seus frutos. Aquele furor que me causou a resolução de meu pai passou completamente. Encaro hoje o casamento com outra cara. Acho-me disposto a aceitá-lo como uma doce necessidade do coração. Que te parece?

– Que me há de parecer? – disse Ernesto levantando os ombros.

– É verdade que as tuas ideias são opostas a esta; assim me disseste quando eu aqui vim há cinco meses pedir-te conselho. Em todo o caso, apesar de seres o que eu fui, sempre te considerei com mais juízo do que eu. Desejava, portanto, saber se faço bem em obedecer a meu pai.

– Sem dúvida.

– Devo então aceitar o casamento com ambas as mãos?

– Uma vez que te não repugna, é um dever.

Luís teve um movimento de alegria, que logo reprimiu. Ernesto começou a brincar com a corrente do relógio, com o ar de um homem que se não acha em posição demasiado cômoda. Houve um pequeno silêncio. Luís continuou:

– Agora a explicação. Em que estado para...

Hesitou.

– O quê? – disse Ernesto.

– Poupa-me dizer mais; creio que me entendeste.

Ernesto levantou-se, deu alguns passos na sala, e parou enfim defronte de Luís Fonseca. Olhou-o a fito durante alguns rápidos segundos, e enfim lhe disse:

– Luís, fizemos um dia uma coisa feia e perigosa; feia porque não era bonito ir perturbar o espírito de uma moça, com o único fim de zombar dela e comprar com isso alguns dias de vida dissoluta...

– Perdão...

– Perigosa – continuou Ernesto sem atender à interrupção do amigo –, perigosa porque era arriscar eu próprio o sossego do meu espírito. Não me salvei do perigo; mas o único meio que tenho para compensá-lo é apagar o lado feio da aventura.

– Dizes então?...

– Que eu gosto de tua prima.

Luís levantou-se de um salto. Os dois rivais encararam-se longo tempo sem dizer palavra, até que Ernesto foi sentar-se tranquilamente. Luís levantou os ombros e foi a ele:

– Felizmente para mim conheço as tuas ideias a respeito do casamento, e creio que não pretenderás...

– É justamente o contrário – interrompeu Ernesto. – Pretendo casar com ela.

– Oh! Mas isto é demais! – exclamou Luís. – Estás caçoando comigo, creio eu.

– Falo sério.

– Mas então...

– O quê?

– Andaste em tudo isto infamemente.

– Perdoo-te porque não sabes o que dizes.

A estas palavras, replicou Luís com duas ainda mais fortes, as quais provocaram da parte de Ernesto uma tréplica vigorosa; Luís voltou à carga com mais energia; Ernesto recebeu-o com quatro pedras na mão até que, depois de dizerem muitas coisas duras e feias um ao outro, separaram-se os dois, acabando assim a conversa e o capítulo.

8

Saiu Luís Fonseca disposto a fazer alguma estralada. A distância, porém, entre a casa de Ernesto e a sua foi bastante para lhe deitar água na fervura.

Não perdoou decerto ao pérfido, como ele dizia, nem se dispôs a derrear-lhe fácil vitória; mas a ideia do escândalo foi posta de lado. Meteu-se a noite de permeio, e no dia seguinte estava Luís mais tranquilo.

Oh! Mais tranquilo não! O mísero sentia-se cada vez mais apaixonado; o amor tocava já ao delírio. Era-lhe absolutamente impossível assistir à felicidade do rival.

Mas como impedir-lha?

Ir contar tudo ao pai?

Aceitou este primeiro alvitre, mas logo abriu mão dele. O pai naturalmente daria razão ao outro, a quem estimava já.

Tentar arrancar o rival às boas graças da prima era tarefa escabrosa e difícil.

Luís Fonseca deitou os olhos a todos os pontos do horizonte a ver se descobria um meio eficaz de derribar o rival.

Nenhum ocorreu.

Dois dias gastou nestas pesquisas infrutíferas.

No terceiro, estando a almoçar, e justamente ao meter o garfo no terceiro pedaço de bife, um súbito pensamento lhe alumiou o espírito.

– Eureka!

Estava achada a grande arma.

Luís preparou-se e foi à casa da tia. Fernanda recebeu-o com afabilidade, e a maior prova de que já nada sentia por ele foi a tranquilidade que lhe ficara no coração. Nem uma saudade! Nem um estremecimento!

O primo não se deu a averiguar até que ponto deixara vestígio no espírito da ex-noiva. A ideia de vingança o dominava.

– Está preocupado – disse Fernanda vendo que ele se sentava sem dizer palavra.

– É verdade; uma grave preocupação.

– Motivo de família?

– Talvez.

Luís Fonseca acompanhou esta resposta com um gesto de desespero que assustou a moça:

– Que é? – disse esta.

– Prima, sabe qual era o projeto de meu pai há meses a nosso respeito?

Fernanda abaixou a cabeça.

– Sabe, decerto – continuou Luís –, e o projeto não era só dele, mas de toda a nossa família. Tive a crueza e a insensatez de me opor interiormente ao casamento que se projetava. Abertamente não podia recusar; consultei a um amigo...

– Primo – interrompeu Fernanda –, falemos de outra coisa.

– Não; falemos desta.

Fernanda levantou-se.

– Bem – disse ela –, sou obrigada a sair.

– Há de ficar – disse o bacharel – quando souber que se trata do decoro da família e de a salvar de um perigo...

– Um perigo? – murmurou a moça tornando a sentar-se.

– Nem mais nem menos. Ouça.

Fernanda tremia.

– O amigo a quem consultei – continuou Luís – lembrou um meio que lhe pareceu excelente para afastar-me do casamento: o meio era procurar fazer-se amado da senhora e esfriar no seu coração o afeto que eu lhe inspirara.

Fernanda fez um movimento.

Luís continuou.

– Tive a covardia de aceitar o plano, e ajudá-lo a executar. Confesso todos os meus erros para melhor ver a sinceridade do meu arrependimento. Fui eu quem apresentou esse amigo em minha casa, onde ele logo captou as boas graças da família; e começou essa espécie de assédio em volta do seu coração. Ajudei-o, é verdade, com vergonha o digo, ajudei-o nessa infame tarefa!

A moça empalideceu no começo desta narrativa; mas as faces para logo se avermelharam. Luís continuou a referir tudo o que se passara entre ele e Ernesto.

– Com o que eu não contava, porém – disse ele –, era a punição que me reservou o céu. Esse amor silencioso, casto, que eu tive o desazo de desprezar, veio acender-se em mim, e aquilo que há poucos meses recusei como uma grande desgraça, hoje almejo e peço como uma das maiores fortunas da terra.

Luís esperou algum tempo a resposta de Fernanda às revelações que acabava de fazer; a moça olhava para ele sem articular palavra; parecia nem ouvir nada.

– Bem sei – disse ele – que não tenho direito a esperar o que lhe peço; mas há certamente no seu coração misericórdia para me perdoar. Do perdão virá talvez o amor que espero mais tarde. Quanto ao pérfido que me iludiu...

A moça estremeceu.

– Quanto ao pérfido que nos iludiu – continuou Luís –, estou certo de que não lhe merecerá nem uma expressão de desprezo.

Fernanda sorriu e murmurou:

– Por quê?

Luís olhou para ela com espanto. Seus olhos pareciam perguntar à moça se na realidade ele ouvira bem; por isso repetiu:

– Por quê?

E como Luís não se atrevesse a responder, a prima continuou:

– É difícil de crer que tudo isso que me referiu seja verdade; mas dado que seja, que deseja agora o primo? Que eu o ame? Nunca mais; o senhor mesmo tornou isso impossível. Que lhe perdoe? Perdoo-lhe de boa vontade...

– Mas...

– Nem só lhe perdoo; agradeço-lhe também, porque ao senhor devo eu a felicidade da minha vida.

– Como? Julga que esse homem que tão vilmente zombou da sua boa fé...

– Esse homem ama-me, e está perdoado. A história que o primo me contou já eu a sabia por boca dele mesmo, a quem desculpei tudo em troco da felicidade que me vai dar. Saiba que minha mãe consente ao nosso casamento e que este será oficialmente declarado daqui a poucos dias.

A leitora compreende, sem que seja necessário dizer-lhe, o estado do miserável moço ao ouvir estas palavras. Pegou no chapéu, cumprimentou, e foi chorar na cama, que é lugar quente.

Fim